"竹内鲁迅"与"西田哲学"
——基于东方思想传统的考察

葛强 著

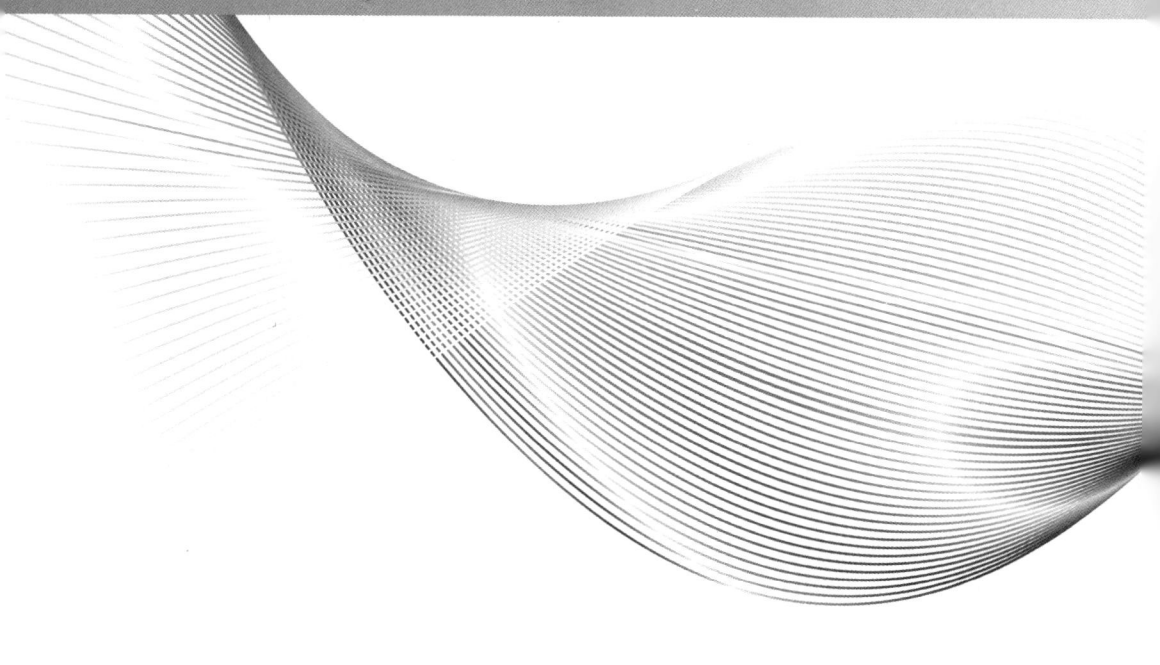

黑龙江人民出版社

图书在版编目(CIP)数据

"竹内鲁迅"与"西田哲学":基于东方思想传统的考察/葛强著.—哈尔滨:黑龙江人民出版社,2021.1(2023.1重印)
　　ISBN 978-7-207-12384-8

Ⅰ.①竹…　Ⅱ.①葛…　Ⅲ.①竹内好(1910-1977)—关系—鲁迅研究 ②西田几多朗(Kitaro Nishida 1870-1945)—哲学思想—研究　Ⅳ.①B313.5 ②I210

中国版本图书馆 CIP 数据核字(2021)第 022225 号

责任编辑:常　松
责任校对:蔡晓亮
封面设计:佟　玉

"竹内鲁迅"与"西田哲学"
——基于东方思想传统的考察
葛　强　著

出版发行	黑龙江人民出版社
地　　址	哈尔滨市南岗区宣庆小区 1 号楼（150008）
网　　址	www.hljrmcbs.com
印　　刷	北京一鑫印务有限责任公司
开　　本	787×1092　1/16
印　　张	11.5
字　　数	200 千字
版　　次	2021 年 1 月第 1 版
印　　次	2023 年 1 月第 2 次印刷
书　　号	ISBN 978-7-207-12384-8
定　　价	55.00 元

版权所有　侵权必究　　　　　举报电话:(0451)82308054
法律顾问:北京市大成律师事务所哈尔滨分所律师赵学利、赵景波

序

葛强的博士论文《"竹内鲁迅"与"西田哲学"——基于东方思想传统的考察》经过修订就要出版了,想让我为他的第一本书写个序。出版时间比较急,只有一周时间,我正好赶上手头有事情。他知道后说如果太忙就不麻烦了,但我还是想写一些话,即使短一点。

2014年,葛强报考我的博士研究生。他是日语系毕业生,目前在哈尔滨理工大学日语系任教。考虑到鲁迅与日本的关系,我对他的日语背景比较有兴趣,但担心在理论思维训练上不够。入学后,我特地叮嘱他系统地进行一些文史哲方面的学习。

不久,他的表现就让我释怀了:一是在课堂和平时的学术讨论中颇能抓住要害,显出较深的识见;二是在学期论文中展现了比较强的问题意识和思维深度。作为日语专业出身的学生,这是非常难得的。

读博前,葛强的孩子刚刚出生,读博期间长辈又陷重病,常见其告假时的匆匆神色。我只能多准其假,希望他在家一边学习一边照顾家庭,这样一年过去了。到了论文选题环节,我建议他以鲁迅与日本为方向,可以发挥日语专业的长处。

"竹内鲁迅"与西田哲学的选题,是我给他的。

竹内好基于丰富个人体验和深刻问题意识对鲁迅的独特阐释,自20世纪80年代译介到中国以来,深入地影响了国内鲁迅研究界,国内学界对"竹内鲁迅"的研究,也呈逐年增长之势,以至于言必称"竹内"的地步。当然,难免也有误读之处,有必要对"竹内鲁迅"进行还原。

竹内好以鲁迅为资源反思日本"转向"型的近代,而中国学者又借"竹内鲁迅"反思现代性,这本身就是一个有趣并值得关注的现象。这一现象显示东亚问题意识的交集,也提示我们,"竹内鲁迅"本身也是基于东亚传统的,"竹内鲁迅"的思想渊源,是一个值得探讨的问题。

"竹内鲁迅"形成之个人及时代的原因,近年来也多有研究,但竹内与"日本近代哲学之父"西田几多郎之间的影响关系,目前识者无多。竹内好新颖的鲁迅阐释背后,有更大的思想空间,其中就有西田哲学。李冬木曾注意到:"按笔者个人的读书感觉,所谓西田哲学的术语,在《鲁迅》中虽不一定'随处可见',但一定出现在那些十分绕口却又精彩的段落里,如果只在'术语'层面,那么事情或许简单,但问题是在竹内好思想中执拗坚持的'鲁迅''中国''亚洲'这一视点当中是否也连接着西田哲学的根干部分,即在东洋精神的'自觉'基础上,积极导入西洋哲学,以探求东西思想的内在融合与统一。"(李冬木:《"竹内鲁迅"三题》,《读书》,2006年第6期)

西田几多郎是京都学派(也称"西田学派")的创始人,第二次世界大战之前,西田哲学在日本思想界影响很大。作为京都学者,竹内好受到西田思想的影响,本在情理之中。在西田哲学与"竹内鲁迅"之间,我们能隐隐察觉丝丝缕缕的联系,如竹内好认为鲁迅文学产生于"无"或"终极之场"的观点,与西田对"绝对无的场所"的论述隐隐相通;竹内好的"矛盾的自我同一"及对《野草》内在矛盾的揭示,也似乎可以看到西田"绝对矛盾的自我统一"的影子。这些都令人遐想。

如果这一影响关系得到确认,一个更为深入的问题恐怕是西田与竹内好的思想传承、竹内好对鲁迅的青近以及中国学者对"竹内鲁迅"的青睐——这些交互关系之后,是否有共同的东方思想传统的支撑?

我将这些问题交予葛强博士,希望他在这些问题意识中找到研究的思路,考虑到其语言专业背景,同时有点担心。竹内好的"鲁迅阐释"及西田几多朗哲学本身就很复杂,还要揭示二者的内在关系,这个选题需要中、日思想史知识基础,更需要逻辑思维和追问的能力。这对葛强无疑是一个挑战。

葛强勇于接受这个挑战,并沉迷其中。

论文的写作无疑是一个艰苦的过程,每遇到思路解不开,电话不能解决问题,葛强就专程从黑龙江来苏州讨论论文。我们讨论的焦点有三个:一是日本近代哲学与西田哲学的问题,二是竹内鲁迅与西田哲学的内在联系,三是西田哲学、竹内鲁迅及中国学界对竹内鲁迅的接受背后可能存在的东方思想基础问题。过了半年,我问葛强进度怎样,他说已有15万字左右,发给我看,都是有关日本近代哲学和西田哲学的历史与逻辑的梳理,"竹内鲁迅"几乎还没有涉及。原来,他为了弄清日本近代哲学与西田哲学的内容,在一点点啃哲学史,并钻进哲学问题里去了,这样一路写了下来。他对于背景问题也想下硬功夫,这是难得的,但沉湎其中,不免顾此失彼。我提醒他,论文的核心部分是竹内鲁迅与西田哲学的关系及其东方思想基础,这样写下去会失重,前面需要压缩,将重心突出。但此时,距离答辩的时间已经不多了。

葛强很清楚论文的问题层次:"如果不把竹内好的思想还原到日本当时特殊的历史情境和思想脉络中去,就无法准确地把握竹内好为何如此言说鲁迅,也会导致我们在将'竹内鲁迅'引为当前反思现代性资源的同时忽略了其是否适用于现代中国这一根本问题。另外,如上文所述,'竹内鲁迅'与日本思想传统,特别是在'东西思想的内在融合与统一'这一点上与西田哲学有着深层次的精神联系,那么,西田几多郎究竟在哪些方面影响了竹内好?为什么偏偏是西田几多郎?竹内与西田的相遇,从思想史角度看有没有某种必然性?"因为时间关系,葛强可能没能完全展开后面几个问题的论述,但就完成的论文来看,基本处理了以下几个问题:一是对西田哲学产生的日本近代哲学的语境以及西田哲学发展过程的逻辑梳理;二是对"竹内鲁迅"产生的日本近现代思想语境的探讨,及对西田哲学与竹内鲁迅思想传承关系的揭示;三是基于此对西田、竹内、鲁迅相交集背后的东方思想传统的探讨。

在"西田哲学的成立与发展"一章中,葛强着重考察西田哲学产生的历史背景、思想资源及其问题意识。西田哲学产生于东西方文化碰撞的幕末至明治时期,西学带来了新的挑战,也带来新的思想资源和方法,东方思想在与西方思想碰撞中转型新生,自身的特质也更深地显现出来。在此一背景下,西田几多郎将重感悟、重体验的东方思想与重理性、重逻辑的西方哲学熔于一炉,重新构建了一套独具特色的哲学体系。在梳理西田哲学的过程中,葛强进入历史逻辑和论理逻辑,所涉及的都是专业性的论题,每一行文都需要有理解的支撑,在其思路与行文的延伸中,能感知他所下的硬功夫。

竹内好对鲁迅的表达,常有真知灼见的闪光点,其思想的"追光"来自背后更大的思想空间,即"西田哲学"的存在。"竹内鲁迅"与"西田哲学"的关系,是葛强论文的重点所在,就像竹内好说鲁迅有一个本源性的存在但不知如何表述一样,真正追究坐实这一关系颇难。葛强试图在日本近代思想语境中还原"竹内鲁迅"生成的话语场域与思想资源,并通过梳理竹内好的个人经历和心路历程,揭示其思想动机和问题意识,考察"竹内鲁迅"的形成过程。他认为,个人气质与主体性缺失的忧郁,使竹内好认同"京都学派"的"近代超克"论,像当年很多青年知识分子一样被西田思想深深吸引。与鲁迅的相遇,使他在东方思想的发源地发现鲁迅这个反思现代的参照系,从而提出了他的竹内鲁迅论和日本近代批判论。葛强还通过解读竹内好二战前后的相关文本,探寻西田哲学影响的痕迹,围绕《〈中国文学〉的废刊与我》《何谓近代》和《鲁迅》几个文本,揭示"竹内鲁迅"的主要观点与西田哲学的"场所"("有的场所""相对无的场所""绝对无的场所")、"绝对矛盾的自我统一"和"行为的直观"诸观念之间的可能关系。

葛强意识到,"像考察'回心'一词在竹内鲁迅中产生的意义偏离一样去分析竹内口中的这些词究竟哪里没有'严格意义上遵从了西田哲学的术语',或是哪些方面遵从了西田哲学的术语,对我们理解竹内鲁迅来说无疑是一项重要的工作,但更不应忽视的是二者在思考方式及思想渊源上的联系"。然而,竹内与西田的影响关系不好谈,对二者关系的东方思想传统的追问更是"羚羊挂角无迹可求"。葛强从"竹内鲁迅"与西田哲学思维方式上的共同处入手,认为二者都具有直观性、主观性、本源性和超越性的特点,"在这一颇具东方思想特征的'否定性',或者说是'超越性'思考方式上,鲁迅、竹内、西田三人之间也存在着某种程度上的关联"。从东方思想的"无"与"内在超越"两个维度,葛强详细梳理了西田哲学与佛、道思想传统之间的精神联系,揭示西田哲学的东方思想特质。他认为:"西田哲学在以'人生问题'为思想的出发点,以超越性的'绝对无'为逻辑基础,以'反省的思维'为实践方式,以'向内超越'为实践方向,以'自我否定'为核心原理等方面,都体现出了浓厚的东方思想色彩。"而对于"竹内鲁迅",诸如"本原""无"和"回心"等否定性与内在超越性诉求,则是经由"西田哲学"传承的东方思想的特色,因而,"如果说西田是向西方哲学的框架中灌注了东方的思想传统,那么竹内则是用西方哲学框架中的东方的思想传统重新浇筑了鲁迅的文学精神"。

这一纵深研究,也有现实问题意识的支撑,葛强希望为考察和反思我国研究界的"竹内鲁迅"热提供一个深入的视角。竹内与鲁迅有着各自不同的时代问题意识,盲目地抽取竹内好的"回心-转向"型现代性划分,将"竹内鲁迅"引为我们反

· 4 ·

思并寻求中国本位现代性的理论资源,不但曲解了"竹内鲁迅",可能也解构了鲁迅的思想遗产。怎样使"竹内鲁迅"语境化,从而更深入和理性地对待其学术和思想价值,值得我们进一步探讨。

经由竹内好,西田与鲁迅得以连接起来,而中国学者又在"竹内鲁迅"这里重新发现鲁迅,这本身就是饶有深意的文化现象。可以说,鲁迅研究,不仅是中国的鲁迅研究,而且是东亚的鲁迅研究,鲁迅研究背后有着共同的东亚问题的交集,因而,在鲁迅、西田和竹内背后探寻共同的东方思想的基础,无疑是具有重要学术价值的。这是一个具有挑战性的工作,无论是鲁迅、西田还是竹内,都是不容易把握的对象,葛强在西田哲学里沉浸过多,以至在竹内和鲁迅方面比重偏少,也是可以理解的。我想,鲁迅研究的丰富空间有待更多从外部的切入,外部研究的深入也是必要的前提。经由西田哲学和竹内鲁迅,既是扩大学术视野的功夫,也是一个发现自我的过程,相信葛强的鲁迅研究以后会有更多的发现和收获。

汪卫东
2020 年 10 月于姑苏

目　　录

序章 ··· 1
  一、本书的研究主旨 ·· 1
  二、相关文献概述 ··· 4
  三、本书的思路、方法与结构 ································ 14

第一章　国内学界"竹内热"的梳理 ························ 17
  第一节　走入中国的"竹内鲁迅" ···························· 17
    一、竹内好与"竹内鲁迅" ··································· 17
    二、国内学界"竹内鲁迅"研究概况 ······················ 23
  第二节　"竹内鲁迅"的问题与"竹内热"的问题 ·········· 26
    一、"竹内鲁迅"的问题："本原论"与"主观性" ······· 26
    二、"竹内热"的问题："竹内"过热 ······················· 32

第二章　西田哲学的成立与发展 ··························· 36
  第一节　西田哲学的形成 ······································ 36
    一、早年的经历与知识背景 ································· 36
    二、哲学研究的开始与修禅 ································· 44
    三、《善的研究》··· 50
  第二节　西田哲学的发展 ······································ 53
    一、"场所"的思想 ··· 53
    二、"一般者的自觉体系"与"无的自觉限定" ··········· 59
  第三节　后期的西田哲学 ······································ 69
    一、"行为的直观" ··· 71
    二、"绝对矛盾的自己同一" ································· 72

第三章 "竹内鲁迅":"西田哲学"的应用 ············· 77

第一节 "时代""个性"与"方法" ············· 77
一、"干涩"的时代 ············· 77
二、"不迎合"的个性 ············· 84
三、"自我否定"的方法 ············· 87

第二节 《〈中国文学〉的废刊与我》:"自我否定"与"绝对无" ············· 89
一、"废刊"与"自我否定"的原理 ············· 89
二、"绝对无"的价值取向 ············· 92

第三节 《鲁迅》:"自觉"的三个维度与"回心" ············· 97
一、"自觉"中的三个维度 ············· 97
二、"本原论"思维与"回心" ············· 105

第四节 《何谓近代》:"抵抗"与"回心"式超越 ············· 108
一、"抵抗"中的主体性精神 ············· 108
二、"回心"与"即非"逻辑 ············· 112

第四章 作为"东方思想"的竹内鲁迅与西田哲学 ············· 114

第一节 "西化"浪潮中的近代日本东方思想 ············· 114
一、国教地位的神道 ············· 114
二、儒学与神道皇国史观的融合 ············· 115
三、佛教的近代转型 ············· 119

第二节 西田哲学中的东方思想传承 ············· 123
一、东方的"无" ············· 123
二、"天人合一"与"内在超越" ············· 128
三、与禅的关系 ············· 136

第三节 作为"东方思想"的竹内鲁迅 ············· 145
一、明治时期日本的学术与主体性问题 ············· 145
二、"竹内鲁迅"的东方价值 ············· 153

终章 ············· 159

参考文献 ············· 163

后记 ············· 170

序　章

一、本书的研究主旨

鲁迅，作为中国现代文学的开拓者、奠基人和中国现代文学史上思想最深刻、最具代表性的作家，其文学和思想的影响力早已跨越国界，在世界范围内产生了广泛的影响。域外对于介绍、研究鲁迅最为热忱的国家，无疑是鲁迅曾经留学过的东瀛日本。张杰在《鲁迅：域外的接近与接受》一书中指出："世界上最初研究鲁迅的是日本，世界上第一部鲁迅传出自日本，世界上第一套《鲁迅全集》出自日本。"[①]诚如其言，早在1920年，日本著名汉学家青木正儿[②]就在他主编的杂志《支那[③]学》上刊载了介绍中国新文化运动的文章——《以胡适为中心的文学革命》。在这篇分三期连载的长篇文章中，青木正儿不但对鲁迅用笔名"唐俟"发表的白话诗做了评价，还评论了鲁迅的小说，称《狂人日记》的艺术水准乃前人所未及，并敏锐地指出鲁迅作为小说家前程远大。[④] 如果以青木的这篇文章为日本鲁迅研究之滥觞的话，那么日本的鲁迅研究史迄今为止已近百年。1932年，鲁迅的学生增田涉

[①]　张杰：《鲁迅：域外的接近与接受》，福建教育出版社，2001年版，第364页。
[②]　青木正儿(1887—1964)，字君雅，号迷阳，中国文学研究者、汉学家。毕业于旧制京都帝国大学文科大学"支那"文学科，曾历任同志社大学文学部教授、东北帝国大学文学部教授、京都帝国大学文学部教授、山口大学文理学部教授、立命馆大学院特任教授、帝国学士院会员等职务。1920年与小岛祐马、本田茂之等人共同创办了杂志《支那学》，并同胡适、吴虞、周作人、鲁迅等中国新文化运动的旗手们有书信往来。著有十卷本《青木正儿全集》(春秋社)。
[③]　据《辞海》第六版(上海辞书出版社2010年版)所载："古代印度、希腊和罗马的著述中称中国为 Cina、Thin、Sinae；后在佛教经籍和史书中译作支那、至那或脂那等。近代日本曾称中国为支那。"但"支那"这个词在近现代历史上为日本军国主义政府所利用，逐渐被附加了对中国的矮化、歧视、侮辱性含义，一直被我国政府所抵制，也并不被国际社会所接受。抗日战争胜利后，1945年日本外务省正式发布了《关于避免称呼"支那"的事宜》(支那ノ呼称ヲ避ケルコトニ関スル件)的公文，终结了这一词语在官方文件中的使用。为还原当时的历史语境，本书在无法避免地使用到这一词语之处，除直接引用的原文及当时语境下的专有名词外，均加了双引号，以示否定。
[④]　参见青木正儿《以胡适为中心的文学革命》，《支那学》第1卷1～3期，支那学社编，弘文堂书房，1920年版。

·1·

(1903—1977)在杂志《改造》4月号上刊载了据说由鲁迅本人亲自过目、改定过的《鲁迅传》①,"世界上第一部鲁迅传"当是指此。此外,在鲁迅先生逝世的翌年(1937),日本的改造社就出版了七卷本的《大鲁迅全集》,虽然收录的文章不全,但从时间上看的确早于我国1938年印行的上海复社版《鲁迅全集》。尽管日本学者很早就对鲁迅及其文学产生了关注,但早期关于鲁迅的成果却多是一些介绍性的评论文章或传记,正如靳丛林先生所指出:"缺少严格意义上的批评要素,称不上研究性的著作,直到1944年竹内好的《鲁迅》问世,才改变了这一状况。"②在日本已经发展了近百年的鲁迅研究中,竹内好的鲁迅研究有着承前启后的特殊地位。竹内好塑造的鲁迅形象及其采用的独特的思想方法在日本被称为"竹内鲁迅",在战后日本的中国文学研究及政治思想研究领域中展现出了巨大的影响力和极强的生命力,对战后日本的鲁迅研究产生了极为深远的影响。

  早在20世纪80年代初,在程麻、何乃英、严绍璗等我国学者的论著中就有了关于"竹内鲁迅"的介绍。1986年,竹内好的《鲁迅》一书也由浙江文艺出版社出版,标志着"竹内鲁迅"正式走进了中国鲁迅研究界的视野。可是,由于两国研究者在思想观念及鲁迅认识上的巨大差异,"竹内鲁迅"起初并没有造成太大的影响。从20世纪90年代中后期开始,随着两国学者接触交流的增多和国内研究界在思想观念、研究视点上的转换,竹内好的鲁迅研究才逐渐受到我国学者的重视。在竹内好独特的思考方式与研究方法的启发下,新锐学者开始尝试更多地从"心""生命本体"等主体精神角度出发,阐释鲁迅丰富复杂的精神世界,探求鲁迅文学产生的"原点",使"竹内鲁迅"成了我国鲁迅研究的重要思想资源。步入21世纪,国内学界对"竹内鲁迅"的关注进一步升温。据笔者统计,在中国知网上以"竹内鲁迅"为关键词,1980年至2000年间可检索到的论文只有17篇。而用相同关键词,在2000年至2015年间可检索到论文108篇。在鲁迅研究之外,作为日本战后杰出的思想家,竹内好基于鲁迅研究建立起的近代主义批判论也受到了我国学者的关注。特别是孙歌等人编译的《近代的超克》(2005)及靳丛林等编译的《从〈绝望〉开始》(2013)等著作出版后,"竹内好"更是成了社会思想文化语境中的关注热点。同样是2000年至2015年,换用"竹内好"为关键词,在中国知网上能检索到的

---

① 参见增田涉《鲁迅的印象》,角川书店,1970年版,第23~24、34页。
② 靳丛林:《竹内好的鲁迅研究》,北京大学出版社,2012年版,第14页。

论文增至571篇,越来越多的文章著作开始谈起了竹内好,国内研究界俨然出现了一股"竹内好热"。

但是,在"竹内鲁迅"和竹内好思想研究升温的同时,研究界也出现了一些警醒的声音,如"竹内鲁迅"的论述缺乏实证,显得过于主观;竹内好的思维方式中存在着本原论、一元论的思维偏好;学界中流行的"竹内话语"偏离了鲁迅研究本体,丧失了与鲁迅研究的精神联系;等等。实际上,无论是竹内好对鲁迅的阐释还是他对日本近代化的批判,都与其所处的特殊时代环境有着密不可分的关系。如果不了解竹内好的思想背景及其当时所处的时代背景,就无法真正理解他为什么如此解读鲁迅,更无法公正、全面地掌握其思想整体。在忽视中日两国在不同时代和社会发展阶段所面对的问题不同的情况下,盲目地谈论竹内好并将之引为思想资源,无疑会导致我们的研究丧失时代性和批判性,沦为一种装饰性的学院式话语游戏。

在本书中,笔者希望在前辈学人的研究成果的基础上,进一步考察竹内好是在怎样的社会和思想背景下展开其鲁迅研究的,以及他在阐释鲁迅时究竟怎样地利用了何种思想资源。为了解决这一问题,首先必须要究明:"竹内鲁迅"是怎样为我国学界所接受的?它的核心思想是什么?在我国又受到了哪些质疑?同时,还不得不追问:竹内好为什么要如此阐释鲁迅?他的根据又是什么?只有搞清这一系列的问题,才能最终回答"竹内鲁迅"是否是"直感的""玄学的",它的"本质论""一元论"倾向从何而来,以及从中引申出的现代话语对现今的中国来说是否可资借鉴等一系列问题。

另外,关于"竹内鲁迅"的思想资源,竹内好本人曾提到过日本哲学家西田几多郎对他的影响。[①] 据此,中日两国很多学者都注意到了在"竹内鲁迅"中有着"西田哲学"的痕迹,但相关研究尚未充分展开。仅就笔者所见,迄今为止只有刘伟先生对此进行了专门论述。在已发表的两篇论文《竹内好〈鲁迅〉的"玄学主义"与"西田哲学"》(2012)、《"竹内鲁迅"与"西田哲学"》(2013)中,刘伟先生梳理了"本源——无""矛盾的同一——绝对矛盾的自我同一""行为——行为的直观"三组"竹内鲁迅"关键词与"西田哲学"核心概念之间的关系,分析了"竹内鲁迅"给人以"玄学"印象的原因,并指出"西田哲学"给竹内好造成了深刻的影响。但为什么

[①] 参见竹内好《鲁迅》,孙歌编、李冬木等译,《近代的超克》,生活·读书·新知三联书店,2005年版,第134页。

偏偏是"西田哲学",以及如果"西田哲学"是"竹内鲁迅"的"玄"与"本质论""一元论"倾向的直接来源的话,那么它的最初源头又在哪里,以上问题尚未得到回答。

20世纪80年代以来,国内人文学界掀起"竹内鲁迅"热,但学界对"竹内鲁迅"的接受和阐释,多聚焦于鲁迅研究和现代思想研究层面,对于"竹内鲁迅"的思想来源和根基几乎没有触及。其实,"西田哲学"对"竹内鲁迅"的影响不仅仅体现在"关键词"的相像上,竹内好对鲁迅的把握方式和他的思维方式更与"西田哲学"有着密不可分的关系。从《鲁迅》成书前后竹内好的思想活动中可以看出,他是在接受了"西田哲学"后,才以西田哲学的"直观"方式在鲁迅身上捕捉到了某种根本性的东西,并在《鲁迅》中将之表达为"无",从而塑造了一个"挣扎"着不断地超越自我、形成自我的"文学者鲁迅"形象的。那么,在"西田哲学""鲁迅""无""挣扎""自我"和"文学"之间必然存在着一根隐形的链条将之串联在一起,或者说在西田、竹内与鲁迅三者之间存在着某种共性的东西为"竹内鲁迅"的生成提供了基础。而这一在纵向上勾连了三者的思想线索或基础,或许也是横向上连接了中国与日本,使我们既感佩于"竹内鲁迅"的魅力,又诟病其"非合理"的关键所在。笔者不揣浅陋,希望尝试从东方思想传承这一角度出发,深入考察"西田哲学"与"竹内鲁迅"的内在联系,以揭示这一联系背后的东方思想传统的存在。这一揭示既有助于说明二者之间精神联系的思想根基,也能说明国内"竹内鲁迅"热的或一思想原因,还能为回答上面谈到的问题贡献自己的一份微薄之力。

二、相关文献概述

本书在研究中所依据的文献,横向上可分为研究对象原著、现有研究与参照文献三部分,纵向上可分为中文文献和日文文献两种。

"竹内鲁迅"是本书最主要的研究对象,竹内好原著自然是最主要的文献。同时,由于研究中还涉及"竹内鲁迅"与"西田哲学"的关系问题,因此"研究对象原著"中还包括西田几多郎的部分原著。

1980—1982年,日本的筑摩书房陆续出版发行了全十七卷本的《竹内好全集》。除去竹内好的翻译、演讲、对谈及在各种座谈会上所说的言论外,"全集"之中几乎囊括了竹内好本人执笔并公开发表的全部文章。竹内好关于鲁迅研究的主要著作被收录于前三卷,此外还有部分关于鲁迅的评论散见于其他各卷之中。迄今为止,除了"竹内鲁迅"的核心文本《鲁迅》一书外,《鲁迅入门》和《鲁迅杂记Ⅰ—

Ⅲ》也都有了中文译本。尽管译者在翻译《鲁迅杂记Ⅰ—Ⅲ》时酌情删去了原著中一些内容重复较大的作品解说类文章,并非全译,但对展示竹内好的鲁迅观并无影响。另外,由于同《鲁迅》在一定程度上存在着相互指涉、互为补充的互文性,《〈中国文学〉的废刊与我》《何谓近代》等体现竹内好思想的重要文本也是本书的考察对象。所幸的是在前辈学人的努力下,很多文本都有了中文译文,尚未被译为中文的,笔者将参考日本筑摩书房版"全集",需要引用处自行翻译。

西田几多郎被称为日本近代思想史上最大的哲学家,其思想不但在日本影响深远,甚至在亚洲乃至世界哲坛也能占有一席之地。其处女作,也是其影响力最大的一部著作——《善的研究》,早在20世纪60年代就有了中文译本。《善的研究》尽管是西田的处女作,却是其前半生思索体验的结晶,可称其整个哲学体系的雏形。本书在研究中主要参考了商务印书馆中文版《善的研究》,其余的西田原著由于尚未见中文译本,使用的是日本岩波书店版《西田几多郎全集》。关于竹内好的早期思想与《鲁迅》的核心观点、创见,以及同"西田哲学"及其近代主义批判论的关系,将在本书中进行具体的分析和论说。

所谓"现有研究",既包括对"竹内鲁迅"和竹内好近代主义批判论的解读与评论,也包括对"西田哲学"的阐释与剖析。关于"竹内鲁迅"在我国的研究状况,正文中将专辟章节进行论述,下面先仅概述一下日本方面的研究。

竹内好的鲁迅研究为日本战后的鲁迅研究奠定了基础,丸山升、伊藤虎丸等后来者正是在对竹内好的继承、发掘与超越中,使鲁迅从一位异域作家、一个单纯的研究对象,转变为本国进行自我反思、自我批判的参照系。尽管如此,在日本,把"竹内鲁迅"作为专门的考察对象而进行的研究仍然不多。

从松本健一的《竹内好论——革命与沉默》(1975)与《竹内好"日本的亚洲主义"精读》(2000)、菅孝行的《竹内好论——亚细亚的反歌》(1976)、中川几郎的《竹内好的文学与思想》(1985)、丸川哲史的《竹内好——与亚洲的相遇:人与思想的轨迹》(2010)、鹤见俊辅的《竹内好——某种方法的传记》(2010)等一系列研究专著的书名上就可以看出,较之中国的研究者,日本学者更倾向把竹内好视为一位战后思想家,来对其人生、文学与思想进行整体性的诠释与考察。可以说,与竹内好的鲁迅研究相比,日本学者的关注点更多地在于他的"思想"与"方法"。以上专著尽管著作形式各有不同,但大都或结合竹内好的人生体验,或联系日本战后思想史上的重要问题,对其思想的形成、发展与方法做了详细的介绍、解读与评价。其中,松本健一和鹤见俊辅对竹内好的战前、战中体验和早期思想形成的考察,一定程度上弥补了笔者在关于竹内好早期人生经历资料收集上的不足,为本书的研究提供了宝贵的借鉴。另外,松本健一和中川几郎都先后对竹内好与日本近代浪漫主义的关系做了分析,尤其是中川指出竹内好身上具有一种"浪漫主义资质",而近代浪漫主义其实是一种观念论,对价值的绝对性的追求实际上是主体对自我绝对性强烈希求的自我绝对主义的一种表现。① 中川的这一论述为笔者理解并分析"竹内鲁迅"的主观色彩提供了有益的启示。

与上述研究相比,从书名上看,冈山麻子的专著《竹内好的文学精神》(2002)似乎与"文学"更为贴近,但事实上作者本人仍然是一位日本近代思想史学者。在《竹内好的文学精神》一书中,作者以文本分析为基础,对1937年的《北京日记》至1959年发表长篇论文《近代的超克》这20年间竹内好的思想轨迹做了细致的解读。冈山女士认为,竹内好是在北京留学期间通过文学阅读和恋爱体验,才在无力的自我的极点处发现了颠覆既成秩序的价值和使终极的"负"转化为"正"的可能性,并在《鲁迅》和战后的思想活动中将之进一步阐释为通过在自我的内部创造价值源泉,以"无力"的"文学精神"从政治和西方式近代性等外部的既成价值秩序中求得自律的思想方法。显然,冈山女士秉承的依然是日本学者所惯用的实证性研究思路,一直努力地在竹内好个人化的"体验"中挖掘其思想方法的来源与秘密。不能否认,一个人思想的产生与发展必然与其个人的经历有着密不可分的关系。但正如中川几郎所指出的,作为一个思想家,竹内好"难解"的原因正在于其"前半生史的不鲜明"。② 如果仅把思想看成体验的触发,一味地拘泥于在个人经历中找寻其来源,而忽略了与时代或其他思想的联系,则难免失之牵强与偏颇。本书则是把考察的关注点放在思想与思想之间的影响关系上,至于已被前人研究得比较充分的地方,如与竹内人生体验相关的实证性考察,为避烦冗,本书将一语带过。

另外,日本学者的研究中还必须要提到的是浅川史的《读鲁迅文学——竹内好〈鲁迅〉的批判验证》(2010)。此书的特别之处在于,作者在对竹内好的《鲁迅》进行彻底批判的同时,将鲁迅思想置于同中国革命的紧密联系中对之加以考察,阐明

---

① 参见中川几郎《竹内好的文学与思想》,オリジン出版中心,1985年版,第27~29页。
② 中川几郎:《竹内好的文学与思想》,オリジン出版中心,1985年版,第8页。

了鲁迅文学中内在的革命精神。竹内好在《鲁迅》中所阐释的鲁迅像不但对日本战后的鲁迅研究产生了深远的影响，而且他借解读鲁迅所表达的文学观也成为其后的学者和评论家们审视战中、战后日本文学的一个参照系。但在浅川看来，竹内好所描绘的鲁迅像"不过是将鲁迅套入了竹内预先设想的'文学者'像中"①，不但其立论过程充满了竹内的独断、诈术和想象，而且将鲁迅文学视为"赎罪文学"的文学观更是忽视了鲁迅及其文学处于中国革命的正中这一事实，只是"把鲁迅的作品做了私小说式的解释"②，因此其文学观也是随意的主观产物。同时，本书还对竹内好忽视鲁迅与"国防文学"争论的关系做了尤为尖锐的批评，认为："竹内通过把国防文学争论装入一种不切合具体现实的非现实的做派，来扼杀、抹消争论的现实意义和社会价值，也无视了'争论——鲁迅文学——抗日民族统一战线'之间的关系和同中国革命的关联。这样，竹内就把国防文学争论变为一种同日本军国主义侵略中国不相关的东西，并进一步把鲁迅文学变形为一种对日本帝国主义无害的东西。"③作者甚至指出，竹内好无视日本的帝国主义行径，不但歪曲了鲁迅和中国，甚至歪曲了彼时日本的真正姿态，也使《鲁迅》超出了竹内好个人的言论范畴，起了一种反动作用。浅川在鲁迅文学中看到的不是"绝望的呐喊"，而是一种"以现实性为生命，把现实作为武器"的革命精神，为我们提示了一个将马克思主义深深地内化于心、为中国革命挺身而出的"革命家鲁迅"形象。浅川通过驳斥在日本战后文学、思想领域有着深远影响的《鲁迅》，还切入了日本的鲁迅阐释问题之中，顺带地对丸山升、竹内实等人在竹内好的影响下而展开的鲁迅研究做了批判，为审视日本的战后文学研究提供了一个批判性的视点。

在日本，关于"西田哲学"的研究已经开展了百余年，期间积累了难以计数的文献。本书在研究中主要选取了 21 世纪以来出版的较新的研究成果。从内容上看，竹内良知的《西田几多郎》(1966)、小坂国继的《西田几多郎的思想》(2002) 对西田几多郎的思想形成、哲学特色、核心命题、同其他学者的影响关系以及其哲学的现代意义都有论及，属于涉及人与思想两方面的综合性研究；小坂国继的《西田几多郎——思想与现代》(1995)、藤田正胜的《西田几多郎的现代思想》(1998) 和《西田几多郎——生存与哲学》(2007)、永井均的《西田几多郎——什么是"绝对

---

① 浅川史：《读鲁迅文学——竹内好〈鲁迅〉的批判验证》，Space 伽耶，2010 年版，第 56 页。
② 浅川史：《读鲁迅文学——竹内好〈鲁迅〉的批判验证》，Space 伽耶，2010 年版，第 160 页。
③ 浅川史：《读鲁迅文学——竹内好〈鲁迅〉的批判验证》，Space 伽耶，2010 年版，第282～283页。

无"》(2006)、桧垣立哉的《西田几多郎的生命哲学》(2011)、气多雅子的《西田几多郎〈善的研究〉》(2011)则是以西田哲学各个发展阶段中的关键词为核心,在对西田错综复杂的哲学思想加以整理的基础上所进行的整体性考察,论述中既包括西田哲学基本概念、观点的介绍与剖析,还有作者站在我们所生存的现代对西田哲学的内涵进行的重新思考。如果说以上两类研究著作的关注点都放在了西田哲学"内部"的话,那么小坂国继的《西田哲学与现代——解读历史、宗教、自然》(2001)和《近代日本哲学中的西田哲学——比较思想的考察》(2016)、上田闲照的《西田几多郎是谁》(2002)、小林敏明的《西田几多郎的忧郁》(2003)则主要是从家庭、亲友、其他同时代的东西方哲学家或思想乃至战争等重要社会事件的影响之类的"外部"因素出发,对西田本人的精神与学术成长做了深入的分析和研究。此外,新田义弘的《作为现代问题的西田哲学》(1998)、花冈永子的《绝对无的哲学——西田哲学研究入门》(2002)、小坂国继的《围绕西田几多郎的哲学者群像——近代日本哲学与宗教》(1997)和《西田哲学的基础——宗教自觉的逻辑》(2011)、竹村牧男的《西田几多郎与佛教——究禅与真宗之根底》(2002)和《〈宗教〉的核心——求学于西田几多郎和铃木大拙》(2012)、小野寺功的《随想:从西田哲学到圣灵神学》(2015)都着重于从与佛教、基督教等宗教思想的关系角度出发来趋近西田哲学的本质,学者们不但对西田哲学与东西方宗教哲学的渊源进行了深入挖掘,还不约而同地从自然保护、环境伦理、新物质观、宗教多元主义、和谐共生等现代社会问题方面,就西田哲学在当今社会的应用与现实意义展开了思考和探索。从上述专著的名称和出版年份可以看出,尽管日本的西田哲学研究已经走过了一个多世纪的历程,可是非但远未日暮途穷,反而显示出了方兴未艾之势,随着现代科技、思想的发展,研究的深度和广度都有拓展,这也为本书的研究奠定了坚实的基础。

我国关于西田哲学的研究始于20世纪60年代。1965年,西田几多郎的代表作《善的研究》作为商务印书馆"汉译世界学术名著丛书"中的一册在我国出版。可实际上,在中文版《善的研究》面世的2年前,我国日本哲学研究的奠基人刘及辰先生就已经在其专著《西田哲学》中对西田哲学的主要观点、思想渊源和社会背景等做了比较详尽的介绍和系统的批判,书中许多深刻的见解和论断显示出刘先生深厚的理论功底和学术水平,在其后很长一段时间内成了我国学者研究西田哲学的参考。但需要指出的是,刘先生在这部著作中通篇都是站在马克思唯物主义立场对西田哲学加以彻底地否定和批判的,这不可避免地使整部著作带上了强烈的时代色彩和或多或少的主观倾向。

在刘及辰先生之后,由我国大陆学者所著的西田哲学研究专著仅有两本,都出版于2009年,分别是朴金波的《西田"融创哲学"研究》和韩书堂的《纯粹经验:西田几多郎哲学与文艺美学思想研究》。其中,前一部著作把目光聚焦于西田哲学的形成资源与过程之上,对西田哲学的西方哲学、东方佛教、日本哲学及马克思主义哲学等思想来源进行了扫描,并结合西田哲学各阶段中的关键词对以上种种东西方思想在西田哲学中的体现做了分析,最后认为西田哲学的特征在于"东西相融,古今相融,唯心唯物相融"①。在笔者看来,朴著的最大特色正如作者本人所说,在于"用客观的、历史的、辩证的态度研究西田哲学"②。作者并未像很多研究者一样把西田哲学混同于一般的唯心主义哲学,而是认为西田"把'纯粹经验'作为第一性有别于以纯意识作为第一性的唯心主义"③,对西田尝试将一种介于纯客观与纯主观之间的某种"中介"视为第一性的本原表示了赞赏,指出"这种探索是十分可贵的,我们应该充分肯定并把它吸收进现代哲学研究中"④,明显地体现了作者开放、包容的学术态度。后一部著作则尝试在深入考察西田哲学的基本概念、思维方法、体系构造的基础上,从哲学研究进一步切入文艺理论研究领域,根据西田哲学发展、深化的过程和逻辑体系来构建起一套基于"文学的纯粹经验"的文学研究理论,希望通过从艺术的角度阐释西田哲学来打破当今文学理论完全依赖、甚至消解于西方哲学之中的现状。尽管同样属于理论研究,但韩著显然更侧重于西田哲学应用价值的挖掘,尤其是作者在最后指出,西田哲学给我们的启示是要重视"东方的艺术思维方式和对世界的把握方式"⑤,甚至明确地说:"以东方的思维化解西方哲学的迷妄,西田为此作出了巨大贡献。"⑥从中明显可以看出作者对西田哲学的价值所持的肯定态度。由刘著的彻底批判到朴著、韩著的赞赏和肯定,从哲学理论的考察到应用价值的挖掘,对西田哲学认识、研究的转变充分体现了几十年间我国学术研究的发展和进步。

---

① 参见朴金波《西田"融创哲学"研究》,吉林大学出版社,2009年版,第184页。
② 参见朴金波《西田"融创哲学"研究》,吉林大学出版社,2009年版,第3页。
③ 朴金波:《西田"融创哲学"研究》,吉林大学出版社,2009年版,第3页。
④ 朴金波:《西田"融创哲学"研究》,吉林大学出版社,2009年版,第3页。
⑤ 韩书堂:《纯粹经验:西田几多郎哲学与文艺美学思想研究》,齐鲁书社,2009年版,第288页。
⑥ 韩书堂:《纯粹经验:西田几多郎哲学与文艺美学思想研究》,齐鲁书社,2009年版,第286页。

关于西田哲学的论文方面,在中国知网上以"西田几多郎"为关键词进行中文期刊篇名检索,自 1984 年至 2019 年 1 月间共有 28 条结果,其中包括吴光辉先生的两篇日文论文及 8 篇中国研究者所译的外国学者的论文。换用"西田哲学"为关键词进行篇名检索,除去外国学者的成果及同"竹内鲁迅"相关的文学方向论文,自 1982 年至 2019 年 3 月间共有 25 篇研究西田哲学的文章,其中有两篇日文论文。从内容上看,这些论文大致可以分为以下几类:一是西田哲学的思想与理论研究;二是西田哲学的意义与影响研究;三是西田哲学同其他东西方哲学的比较研究;四是西田哲学的思想来源研究。

第一类文章中,金竹山的《西田哲学的基本概念——纯粹经验》(1982)、贾春阳的《漫谈西田哲学》(1983)、春阳的《西田几多郎及其哲学刍议》(1984)、贾纯与君超的《西田几多郎及其哲学》(1986)、翁美琪的《西田几多郎的伦理观与宗教观平议》(1989)、范景武的《〈善的研究〉与西田哲学》(1994)、朴金波的《论西田哲学的体系及其实质》(1994)等早期研究,或围绕《善的研究》对西田的初期哲学思想进行剖析,或对西田的哲学观、伦理观、宗教观等全部思想做整体性考察,文章的字里行间中渗透着作者们对西田哲学的感悟、理解与评价,对后学者来说颇具借鉴、参考价值。但也能看出,这些文章在主题和研究范围上都很相近,尤其是 20 世纪 90 年代以前的文章,很多都未摆脱意识形态的影响,例如春阳就在其文章最后写道:"西田哲学的制造者虽于 1945 年的不安状态下与世长辞了,但它的死尸尚在发臭,人们要想彻底肃清它的流毒和影响,还需作出很大的努力。"[①]进入 21 世纪之后,西田哲学理论研究的文章主要有卞崇道的《试论西田哲学的宗教特性——宗教间对话的可能性》(2006)、徐羽的《西田哲学的核心概念及其禅学意蕴》(2007)、吴玲的《西田几多郎的政治伦理观解构》(2008)和《论西田哲学的基本命题——兼论西田哲学的特征》(2008)、许佳与吴玲合作的《浅析西田哲学中的道德与法律》(2015)、徐英瑾的《西田几多郎的"场所逻辑"及其政治意蕴——一种基于认知语言学的解读》(2015)、赵淼的《时间的场所化与媒介性——西田几多郎的时间阐释》(2017)、刘伟的《现象学视域下的"西田哲学"——〈善的研究〉中的"纯粹经

---

① 春阳:《西田几多郎及其哲学刍议》,《外国问题研究》,1984 年第 1 期,第 42 页。另外,发表于《东北师大学报(哲学社会科学版)》1986 年第 1 期上的由贾纯与君超合作的《西田几多郎及其哲学》一文中也有与此极为相似的表达。从文章的发表时期、观点及行文来看,贾春阳、春阳、贾纯似为同一作者的不同笔名。此为笔者个人猜测,如与事实不符,请原作者见谅。

验"与"意识的立场"》(2019)。从这些文章的题目中可以看出,2000年以来我国学者关于西田几多郎哲学思想的研究,无论是研究的视角、方法,还是所涉及的领域,都有所拓展,学者们开始从宗教、政治伦理、道德与法律等不同角度对西田哲学进行深入研究,提出了不少具有启发性的观点。例如,徐英瑾运用认知语言学的工具对西田哲学"场所逻辑"的"主客合一"特征进行了解读,并进一步分析了西田哲学与战时日本政治形势之间的关联后,指出:"由于这种兼顾日常生活习性与艺术或宗教体验的哲学探索方式对于任何一种具有'跨语境同一性'的政治组织的天然冷漠性,将西田哲学理解为任何一种政治见解的直接哲学后果的做法,都将会是十分牵强的"[1],"西田和当代日本官方立场的表面上的接近,则很可能更多地是其策略性考量的产物,而非其哲学思想的直接后果。倘若西田生活在一个与战时日本完全不同的政治环境中,其哲学所内藏的和平主义意蕴,或许也就会有机会得到一种更为清楚的展示吧"[2]。显然,较之于前一个阶段,徐文在理论深度和观点上都显得更为深入、全面和客观。

第二类文章以探讨西田哲学的意义与影响为主,主要有韩英的《日本近代自我意识的形成与西田哲学》(2003)、刘岳兵的《西田哲学中矛盾的现代性:与时局的对抗和屈服》(2010)、卞崇道的《西田哲学研究的当代意义》(2010)、高华鑫的《西田几多郎〈日本文化的问题〉研究》(2013),以及吴玲的《西田哲学的文化观、世界观与国家观评述》(2010)、《西田哲学中的"东亚共荣圈原理"——兼与军部的"大东亚共荣圈"理论比较》(2012)、《西田几多郎与"近代的超克"》(2013)等。其中,既有学者主张从自我、现代性等方面来挖掘西田哲学的现代意义,也有学者侧重于从历史角度出发考察西田哲学给日本近代社会带来的影响,认为有必要在源自日本的论证西田哲学现代性的热潮中对西田哲学所隐含的日本民族优越论继续保持警惕。尽管关注点有所不同,但学者们所持的都是对西田哲学进行"重新思考"的态度,认可西田哲学对于在西方中心主义主导的当今世界中弘扬东方传统文化价值具有重要的意义。

第三类文章主要是西田哲学同其他哲学思想的比较研究,主要有刘文柱的《西

---

[1] 徐英瑾:《西田几多郎的"场所逻辑"及其政治意蕴——一种基于认知语言学的解读》,《学术月刊》,2015年第8期,第32页。
[2] 徐英瑾:《西田几多郎的"场所逻辑"及其政治意蕴——一种基于认知语言学的解读》,《学术月刊》,2015年第8期,第43页。

田哲学与格林哲学》(1983)、吴光辉的《西田哲学与儒学思想的对话》(2009)、卞崇道的《论宗教与哲学的关系——井上圆了与西田几多郎之比较》(2009)、胡嘉明的《实在与良知——西田哲学与阳明学之比较》(2014)、徐瑾的《论"善":西田几多郎与摩尔之比较研究》(2017)、王万松的《"纯粹经验"与"表象"之思——西田几多郎与布伦塔诺的共同指向》(2018)等。西田几多郎在思想形成初期受到了东西方思想的共同影响,这已是学界的共识。上述论文中,刘文从格林哲学对西田的影响出发,主要对西田按格林哲学的模式构筑其哲学、伦理学的过程做了考察;吴文尝试通过审视西田哲学与儒学之间的异同来探讨二者之间对话的可能性,并期待进一步架构起儒学同日本哲学之间对话的桥梁;卞文围绕宗教与哲学的关系对井上圆了和西田几多郎的思想做了对比,考察了他们之间的共性认识和差异,还在此基础上分析了二者在思想上的联系;胡文则通过"统一力""良知"等概念的对比,考察了西田哲学与阳明学之间的关系。这些文章的思路和观点都对本课题的研究提供了启示和借鉴。

相对于前面几类文章,第四类文章着重考察西田哲学的思想来源,主要有朴金波的《西田哲学来源新探》(1992)和《论"西田哲学"的融创性》(2013)、徐水生的《西田几多郎与中国古代哲学》(1994)、顺真的《西田哲学的儒学来源》(2006)、姚婕的《西田几多郎的"纯粹经验"与老子哲学》(2011)等。其中,朴金波的两篇文章尽管发表的时间前后相隔20年,但主要观点都是说西田哲学是一种融合了东西方思想的独创哲学,与学界的定论有一脉相通之处。徐水生发现,学者们在谈到西田哲学的东方思想渊源时往往只列举佛学,却很少提到中国古代哲学。基于这一点,徐文考察了西田哲学与儒、道等中国传统古代哲学的关系,对西田哲学中的"纯粹经验""知的直观""实在"等概念与庄子哲学的关系,"自我意识"理论与阳明学的关系,以及"善"的理论与儒家的"中庸""至诚"思想的关系等做了较为全面的分析。同样是着眼于西田哲学与中国传统哲学的关系,顺真则把考察的重点放在了儒学之上,不但考察了西田个人的儒学素养和阳明学在西田"身心皆困"的人生关口上对其心灵起的"棒喝"作用,还进一步把西田的"纯粹经验"和王阳明所说的"格物致知"中的"物"做了深入比较,认为王阳明所"格"之"物"是一种由心构造而出的存在,是当下意识本身,"是没有主客二分实为主客俱泯的圆融之境"[①],即

---

① 顺真:《西田哲学的儒学来源》,《吉首大学学报》(社会科学版),2006年第4期,第23页。

为西田的"纯粹经验"。姚婕也从相近的思路出发,在解析"纯粹经验"这一西田哲学的基本概念的基础上,对西田在表达方式、哲学立场、伦理思想等方面与道家,尤其是与老子的相似之处进行了考察。由于本书涉及西田哲学之东方性格的来源问题,所以上述文章对本书的研究有重要的参考价值。例如,姚文在结语处便指出,西田受佛教禅宗思想的影响较大,但禅宗本身就是印度佛教同中国固有的老庄思想融合的产物,因此可以说道家思想也是西田的思想基础之一。[①] 鉴于在西田人生早期的儒道思想体验、"纯粹经验"的概念中所体现的儒道思想特征等方面,上述文章都已经讲得相当充分,本书便不再一一引举,以避烦冗。为了廓清西田哲学的东方传统思想特征,上述文章尚未论及或论述得还不清晰之处,如印度佛教与老庄思想、禅宗的影响关系及其共同特质,以及儒、道、佛等东方传统思想与西田哲学彼此间的"共性"等方面,将是本书思考的重点。

所谓"参照文献",是指为了梳理东方思想在日本近现代思想史中的传承线索而当作参照系的文献。

关于日本近现代思想方面,日本学者的研究成果尤为丰富。笔者在研究中主要参考了由"近代日本思想史研究会"的学者们合著的青木书店版《近代日本思想史》丛书。这部书的特色在于:第一,这是一部囊括了日本从"幕末"到第二次世界大战结束这一历史时期中各种思想发展状况的"通史";第二,主编及执笔者全部是日本知名大学教授或研究日本近代思想史的学者,在知识的深度和准确性上有着可靠的保障;第三,编写于日本战后第二个十年开始之际。通过战后十年间的体验和反思,学者们一方面已对绝对主义、法西斯主义等思潮的形成和战争责任等问题有了清醒、深刻的认识和客观、公正的态度,另一方面,战后剧烈的动荡以及对明治维新以来近百年的近代史的批判,又使日本学术界自然而然地产生了一种新的研究近代思想史的热情与需求——从输入和移植欧洲思想而形成起来的近代思想中挖掘属于日本民族的独创性的东西,来将之作为现代日本思想改革的基础。用这部书编者的话说,即"把必须摒弃的加以摒弃,应该继承的继承下来,这是我们的任务"[②]。以上特色,决定了这部著作无论在内容上还是在思考方式上,都与本书有着颇高的契合度,为笔者的研究带来了极大的便利。

[①] 参见姚婕《西田几多郎的"纯粹经验"与老子哲学》,《日语学习与研究》,2011年第3期,第101页。
[②] 近代日本思想史研究会:《近代日本思想史》第一卷,马采译,商务印书馆,1983年版,第1页。

此外，关于日本近现代思想，我国学者也有许多较新的研究成果。例如，卞崇道先生在其《融合与共生——东亚视域中的日本哲学》(2008)一书中，从东亚视域出发，对明治时期以前日本哲学思想的酝酿、明治及明治时期之后日本哲学的诞生与成长做了细致的考察，还在此基础上对如何在东西方思想融合与共生的逻辑下重构东方哲学做了探讨。刘岳兵先生的《日本近现代思想史》(2010)一书则与之相反地有意淡化了"日本的传统思想与流入的各种近现代西方思想的冲突与交融问题"①，而是力图通过对原始资料的梳理和解读，来展现思想史中所蕴含的各种可能性。前辈学人的这些著作都为笔者思索佛、儒、道等东方传统思想与日本近现代哲学、文学的关系问题提供了可资参考的线索和素材。

最后，中国古代哲学对于研究日本文学出身的笔者来说相对较为陌生，涉及东方传统哲学之特征的问题时，理应参考前贤师长的有关论述。在这一方面，方东美、汤一介、赖永海等先生的论著是笔者在研究中十分重视的资料。

三、本书的思路、方法与结构

"竹内鲁迅"在"东西思想的内在融合与统一"这一点上与日本思想传统，特别是与号称日本独创哲学的西田哲学有着深层次的精神联系。本书拟从东方思想传统的传承角度出发，以"竹内鲁迅"和"西田哲学"为研究对象，通过分析"竹内鲁迅"与日本的原生哲学"西田哲学"在思考方式、思想特征、时代背景和文化语境上的联系，进一步挖掘"竹内鲁迅"的东方式思维特征及其与东方思想传统的关系。笔者认为，对这一问题的考察不但能够为我们考察和反思当前研究界中流行的"竹内话语"提供一个不同视角，而且有助于我们"清理乃至建立我们自己接触竹内的语境，藉着竹内，对我们自己的语境有所自觉"②，以便从"竹内鲁迅"中挖掘更多的思想灵感和精神资源。

韦勒克和沃伦在《文学理论》中指出："一部文学作品的最明显的起因，就是它的创造者，即作者。因此，从作者的个性和生平方面来解释作品，是一种最古老和最有基础的文学研究方法。"③本书涉及的两个主要研究对象竹内好与西田几多郎

---

① 刘岳兵：《日本近现代思想史》，世界知识出版社，2010年版，第9页。
② 郜元宝：《鲁迅六讲》(增订本)，北京大学出版社，2007年版，第166页。
③ 韦勒克、沃伦：《文学理论》，刘象愚、邢培明、陈圣生、李哲明译，生活·读书·新知三联书店，1984年版，第68页。

虽然并非小说家,但要考察他们思想的形成和独特性,就不能不涉及其生活经历和教育背景。因此,文本的内部研究与外部研究相结合是本书使用的研究方法之一。

日本著名哲学家户坂润认为:"所谓思想,并非仅是横亘于哪个思想家头脑中的一般的观念。它作为一种社会势力,具有社会性的客观存在,并且在打算参加解决社会实际问题时,称为思想的东西才开始成立。"①也就是说,指导实践是思想理论存在的目的和价值,一旦脱离了社会现实,思想就沦为了学者书斋中的摆设而失去了意义。笔者的着眼点在于思想和文学是时代的反映,将"竹内鲁迅"的精神特质把握为与日本近现代社会思潮的共鸣。基于这一点,本书既要涉及思想产生的时代背景和历史原因,也必不可少地要探讨思想本身的结构、特征及与前代思想之间的联系等问题。因此,思想史研究中的哲学诠释法、历史研究法和文本细读法等也是笔者必须借助的基本方法。

本书涉及思想史研究、哲学理论研究及文学研究三个领域,主要分为国内"竹内热"的梳理,"西田哲学"的形成、理论特点及影响分析,"西田哲学"对"竹内鲁迅"的影响以及二者共同的东方传统思想背景分析四个部分,共构成本书主体的四章。

第一章主要的工作是对国内学界产生"竹内热"的过程加以梳理和审视,目的在于明确"竹内鲁迅"自身和国内学界"竹内热"各自所存在的问题。笔者以为,尽管学界关于竹内好的鲁迅论及日本近代批判论的文章为数不少,但总的来说,观点仍然相对分散,多数声音都是站在"竹内鲁迅"的外围来阐述竹内鲁迅论的意义、价值或问题等,而较少深入文本内部对其思想的内涵和特征进行系统的梳理,尤其是对其批评的发言显得表面化,具体到文本细节上的分析尚嫌不足。本书将为这一方面的完善做出努力。

第二章将目光聚焦于"西田哲学"。西田几多郎于明治三年(1870年)出生,日本战败同年(1945年)殁,其一生几乎与日本整个近代史的时间相等同②,称得上是明治一代学人最典型的代表之一。西田几多郎从一个立志做"顶天立地自由人"的进步青年逐渐转变为一个禅宗信者,最终成为日本哲学"京都学派"的宗师,甚

---

① 户坂润:《日本意识形态论:现代日本中的日本主义、法西斯主义、自由主义思想批判》,白扬社,1936年版,第3页。
② 关于日本的"近代"起止问题虽尚存争议,但日本史学界通常把明治维新至太平洋战争结束的这段时间称为"近代"。

至在战争中为日本军国主义政府所利用,日本近代的"个人"自觉在国家主义的重压下不断萎缩、妥协的情况,可以说在他的身上得到了最充分的体现。通过本章对西田几多郎的精神成长的考察能够说明,正是因为日本的"近代"徒有西方近代之表而无其神,才让竹内好等"近代"之后的日本学者们仍然要发出"何谓近代"之问。此外,本章主要对"西田哲学"在各个阶段上的发展状况和特征加以分析,希望在此基础上阐明西田哲学究竟在哪些方面体现了东方传统思想的哪些特征。弄清这些问题,不但能让我们明白西田几多郎缘何又是如何援引了东方传统哲学为思想资源创建了所谓的"日本原生哲学",更重要的是关系到东方传统思想是如何经由西田哲学而深深介入到"京都学派""竹内鲁迅"等日本近现代思想发展之中的。

第三章主要以文本分析和关键词分析相结合的方式考察"竹内鲁迅"与"西田哲学"的精神联系。竹内好的代表性文本几乎都诞生于写作《鲁迅》的前后,这段时期可以说是他的学术与思想的形成期。本章通过对《鲁迅》及其前后几篇经典文本的整体分析,来考察竹内好在思考方式、思想内核、语言表述甚至行动上所受到的西田哲学的影响。

第四章则着重考察"西田哲学""竹内鲁迅"与东方思想传统的关系。明治以来的近代日本尚未实现真正的近代化,便在"西潮"的雾霾中像一辆失控的列车般一路向战争的深渊狂奔而去。诞生在这样一种历史大潮中的西田哲学,尽管因在战争期间遭以恶用而在战后一段时间备受冷落,但作为日本最初的"原创哲学",其影响力早已渗透入思想界的方方面面,持久地发挥着作用。本章以西田哲学的主要特征为线索,考察西田哲学与东方思想传统之间的关系,以及这种东方式的思想特质又如何经由西田哲学进入竹内好的鲁迅阐释及现代性思考之中的。

本书的结语,在总结上述的基础上,尝试从思想史的视野来对东方传统思想的种种特点在日本走向"近代化"的过程中,经由"西田哲学"而为"竹内鲁迅"所继承的原因、理路和意义进行概括和说明,以探讨我们在今天应该以何种姿态来与"竹内鲁迅"进行对话。

第一章 国内学界"竹内热"的梳理

第一节 走入中国的"竹内鲁迅"

一、竹内好与"竹内鲁迅"

竹内好是日本现代杰出的思想家,是日本中国现代文学研究的开创者,也是日本展开鲁迅学术性研究的第一人。

1910年(明治四十三年),竹内好出生在日本长野县的一个下级官吏之家。在东京、大阪两地渡过中学生活后,1931年(昭和六年),竹内好进入了东京帝国大学文学部"支那"文学科,由此而同中国文学和中国结下了缘分。翌年8月,在文部省①"对支文化事业部"的半额资助下,竹内好等一行8人赴朝鲜和我国东北地区进行了一次参观旅行,这也是他第一次踏上中国的土地。8月22日,旅行团在大连解散,竹内好又自费去了北平,在北平逗留至10月初。其间,竹内好聘请家庭教师学习汉语,并尽量购买了许多新刊行的文学书籍。这次短暂的北平之旅使竹内好深深地被北平的风景和人所吸引,使他真正地关注起中国和中国文学。②

1934年3月,在临近毕业前,竹内好和武田泰淳③、冈崎俊夫④等几位同学好友共同发起成立了"中国文学研究会",并于翌年2月创建了会刊《中国文学月报》⑤,以此刊为中心展开了对中国现代文学的介绍、研究活动。从筑摩书房版《竹内好全

---

① 1871年设立的负责教育、学术、文化等相关行政事务的日本政府机构。
② 参见竹内好《孙文观的问题点》,《竹内好全集》第5卷,筑摩书房,1981年版,第25页。
③ 武田泰淳(1912—1976),日本"战后派"代表作家之一、中国文学研究者。
④ 冈崎俊夫(1909—1959),中国文学研究者,翻译过丁玲、巴金、李广田等人的中国现代文学作品。
⑤ 从1940年第60号起刊名改为《中国文学》。

集》所收的"年谱"①中可以看出,中国文学研究会起步的第一年,除了每月固定举办的小规模的研究报告会、恳谈会之外,并未取得很多实际成果。但在这段时期的文学活动中,竹内好却结识了顾志坚、王莹等中国留学生和增田涉、谢冰莹、徐祖正、周作人等人。在与这些人的交流中,竹内好进一步了解到了中国文坛的状况,并开始广泛阅读起茅盾、丁玲、田汉、老舍等中国现代作家的作品,甚至还读了《资本论》,这也为他日后将"鲁迅"和"中国革命"引为反思日本近代化路线之对立项埋下了最早的伏笔。《中国文学月报》创刊后,竹内好就将全部精力投入到了中国文学研究会和刊物的运营中,在举办研究会例会、交流会及制定会刊编辑方针之外,还全面参与刊物的集稿、整理、校对、发行等工作,甚至执笔撰写每期的刊后记,对中国文学研究以及各种社会活动都展现出了极大的热情。值得一提的是,竹内好对鲁迅的关注也开始于这段时间。中国文学研究会拟在1936年11月发行的《中国文学月报》第20号上推出"鲁迅特辑号"。为此,竹内好从同年8月起开始读鲁迅的《呐喊》《华盖集》,且对《狂人日记》尤感兴趣。9月,在继续阅读鲁迅作品的同时,竹内好便开始着手撰写其最早的一篇《鲁迅论》。10月19日,在鲁迅特辑即将推出的前夕,从中国传来了鲁迅病逝的消息。为表哀思,竹内好匆忙中翻译了鲁迅的《死》,临时加入了业已准备就绪的特辑之中。翌年10月,即日本发动全面侵华战争不久后,竹内好在日本外务省文化事业部的资助下赴北平留学,为期两年。从竹内好在北平期间所写的日记来看,在沦陷下的北平,除了未南下的周作人、钱稻孙、徐祖正等寥寥数人外,竹内好并未接触到更多的中国学者、文人,在编辑《中国文学月报》、翻译中国文章之余,两年的留学生活中更多是收获了一段恣情放纵的异国体验。

1939年10月,两年的留学生活告一段落后,竹内好返回东京。据"年谱"显示,在回国之前,竹内好就有了将《中国文学月报》改为公开发行销售刊物的想法。回国后的翌年1月,在其主张下,中国文学研究会就以特别会员制取代了此前的同人制,迈出了从一个志同道合者的交流团体向专业编辑、出版组织方向发展的第一步。从同年4月第60号起,《中国文学月报》正式更名为《中国文学》,开始上市销售。此后的3年间,竹内好就围绕着中国文学研究会和这份刊物展开了编辑、翻

---

① 竹内好:《竹内好全集》第17卷,筑摩书房,1981年版,第281~369页。以下简称为"年谱"。靳丛林先生在其著作《竹内好的鲁迅研究》的附录中已将此"年谱"译为中文,为避免重复翻译,以后凡是引用"年谱"中的内容均转引靳著之译文。

译、写作等文学活动。由于战争期间纸张、经费、征稿都面临着诸多困难,杂志的销量难以维持生计,此间竹内好还曾供职于回教圈研究所、东亚研究所、京北实业等机构。1941年5月,日本评论社计划出版一套《东洋思想丛书》,竹内好决定从事关于鲁迅的研究,并与之签订了《鲁迅》一书的出版合同。

1943年1月,中国文学研究会的成员在武田泰淳家聚会时,竹内好提出解散研究会并停刊《中国文学》。尽管同人之中有人持反对意见①,但在竹内好的坚持下,3月出版的《中国文学》第92号上仍然刊出了由竹内好执笔的《〈中国文学〉的废刊与我》一文,宣告《中国文学》杂志停刊。几乎与此同时,竹内好开始执笔撰写起酝酿已久的《鲁迅》。② 同年11月29日,竹内好就完成、交付了书稿。紧接着在12月1日,就接到了军部下发的入伍征集令,当月便被派往了中国湖北。战争期间,竹内好先后被任命为传令兵、勤务兵、宣抚班、报道班等职务,大多数时间都隶属于以老兵为主、装备较差的"屯驻用"部队,不太接触战争第一线。③

1944年12月,即竹内好入伍一年后,《鲁迅》一书由日本评论社首次出版。1945年8月,随着日本战败,竹内好的兵役也宣告结束。在中国逗留了一段时间后,1946年6月竹内好复员返回日本,时年36岁。回国不久后,竹内好很快又再次投入了中国文学的研究活动。除了每周出席中国文学研究会的旧同人例会之外,他又开始着手翻译《鲁迅作品集》、茅盾的《西北见闻记》,并对《鲁迅》进行了改订,于当年11月再版刊行。翌年2月,竹内好又开始翻译《鲁迅评论集》。8月,又应小田切秀雄④之邀,开始动笔为世界评论社《世界文学手册》丛书撰写一部与上部作品同名但内容不同的《鲁迅》。⑤ 接下来的1948年,竹内好进一步拓宽了自己的思想活动。4月,发表了奠定其战后思想家地位的重要文本《中国的近代与日本的近代——以鲁迅为线索》⑥;5月,《关于领袖意识》脱稿;12月,《中国人的抗战意识和日本人的道德意识》脱稿。1949年6月,评论集《鲁迅杂记》出版。从这一年起,

---

① 参见竹内好《两年间》,《竹内好全集》第14卷,筑摩书房,1981年版,第125、126页。
② 据"年谱"所载,《鲁迅》一书起笔于1943年2月,恰好处于竹内好提出并落实《中国文学》停刊期间。
③ 竹内好本人曾谈到1944年6月其所属部队参加过两次交战,详见靳丛林《竹内好的鲁迅研究》,北京大学出版社,2012年版,第220页。
④ 小田切秀雄(1916—2000),日本文学评论家,法政大学名誉教授。曾参与《近代文学》杂志创刊和新日本文学会的创立活动,著有七卷本《小田切秀雄著作集》。
⑤ 此书后经竹内本人增删,改名为《鲁迅入门》,于1953年由东洋书馆再版。
⑥ 此文后更名为《何谓近代——以日本与中国为例》。为保持引文的一致性,以下均称此文为《何谓近代》。

竹内好开始兼任庆应义塾大学文学部讲师,此后又陆续担任东京大学兼职讲师、东京都立大学教授、思想科学研究会会长、东京大学研究生院讲师等职务,直至1960年5月为表示抗议国会强行通过日美安保条约而辞去教职。同年11月,竹内好参加了普通社的共同研究"日本内部的中国"第一次研究会,后来此研究会在1963年2月更名为"中国之会"并创办了杂志《中国》,放弃了公职的竹内好便一直以此杂志为阵地,十余年间长期连载系列文章《为了了解中国》,积极地向日本介绍现代中国。与此同时,他还以编辑、评论家的身份继续活跃于思想界,在鲁迅研究之外,进一步将研究范围扩展到中国近现代思想研究领域,对鸦片战争以来至新中国成立的历史过程及思想性加以发掘和诠释,并将之引为思想武器,对明治维新以来的日本近代化路线及思考模式进行了激烈的批判。在晚年,竹内好主要将精力投入到了鲁迅作品的翻译上,其译著之后由筑摩书房集结并出版为六卷本的《鲁迅文集》。[①] 1980年9月,即竹内好逝世三年后,由饭仓照平[②]、桥川文三[③]、松本健一[④]、猪野谦二[⑤]、埴谷雄高[⑥]、松枝茂夫[⑦]等人监修的《竹内好全集》第一卷也由筑摩书房出版,此后每月刊行一卷,至1982年全部十七卷出版完结。竹内好的鲁迅研究成果主要被收录在《竹内好全集》的前三卷之中。第一卷由《鲁迅》与《鲁迅杂记Ⅰ》(1946—1956)所构成;第二卷包括《鲁迅入门》和《鲁迅杂记Ⅱ》(1956—1973)两部分;第三卷中则收录了《现代中国的文学》《中国文学与日本》及《鲁迅杂记Ⅲ》(1973—1977)。从内容上看,写于日本战败前的《鲁迅》无疑是其中最重要的一部鲁迅研究著作。

在《鲁迅》中,竹内好诠释了一个将文学作为"行动"来与政治和时代交锋,在政治的包围中以文学的"无力"来批判政治,从而将文学的"不用之用"变为"有用",最终使文学与政治达成"矛盾的自我同一关系"的、强韧的"文学主义者"的鲁迅形象。而鲁迅之所以成为这样的文学者,竹内好认为是因为获得了某种"根本上的自觉"。这种自觉赋予了鲁迅一种敢于反抗一切成规与权威、于不断的自我否定

---

① 第4~6卷出版于竹内好逝世之后。
② 饭仓照平(1934—),中国文学研究者,东京都立大学名誉教授。
③ 桥川文三(1922—1983),日本政治学研究者、政治思想史研究者、评论家,明治大学教授。
④ 松本健一(1946—2014),日本思想史学家、评论家,丽泽大学经济学部教授。
⑤ 猪野谦二(1913—1997),日本文艺评论家、近代文学研究者,神户大学教授、学习院大学教授。
⑥ 埴谷雄高(1909—1997),本名般若丰,日本小说家、评论家。
⑦ 松枝茂夫(1905—1995),日本中国文学研究者,东京都立大学名誉教授、早稻田大学教授。

中实行自我变革并形成自己自身的性质,鲁迅又通过其终生不妥协地"挣扎"使自己的精神渗透到了中国现代文学的历史之中,化为传统构筑起中国现代文学的自律性。竹内好将他找到的这种"本源的自觉"称为"文学者的自觉",认为正是这一自觉使周树人成了鲁迅,成了"真正的文学者",而后,"文学者鲁迅"才衍生出"启蒙者鲁迅""革命者鲁迅"等表象。对鲁迅获得这一自觉的方式,竹内好自认"找不到恰当的词汇来表述"①,于是他采用了一种极具宗教色彩的比喻性说法——"回心"。"回心"一词在日语中原指出于某种宗教性的自觉,宗教思想与态度发生了明显改变,从而产生了新的具有主体意识的自我。尽管竹内好多次使用这一词来指代鲁迅对于文学的某种觉醒,但在《鲁迅》中他始终没有说清鲁迅的"回心"源自于何,其原理又是什么,只是模糊地说"鲁迅的文学,在其根源上是应该被称作'无'的某种东西"②。同时,为了给自己塑造的鲁迅像找到一个原点,竹内好甚至不惜质疑广为人知的"幻灯片事件"的真实性,将鲁迅发生"回心"的时间推定为发表《狂人日记》以前那段沉默的"绍兴会馆时期"。竹内好这种执着于事物本源性的阐释与方法论,无疑为他的立论提供了强大的理论整合力,但同时,含混抽象、缺乏系统的逻辑论证的表述也招来了许多批评与质疑。其本人似乎也意识到了自己鲁迅论的不足,在书中反复称自己的"关于鲁迅文学的自我形成之原理"是"一份非常抽象的研究笔记""对结果没有自信"。③

以1945年战败为契机,日本思想界对日本的历史与文化展开了深刻的反思。在战时思想陷入困境的竹内好,此时也开始重新整理自己的思想,并进一步于1948年发表了显示其近代观的重要论文《何谓近代》。在这篇堪称《鲁迅》的姊妹篇的长篇论文中,竹内好把作为鲁迅"绝望"的行动化而显现出的"抵抗"(挣扎)阐释为"回心"产生的媒介,并以此作为标准将中日两国的近代划分为两种不同模式,提出中国的近代是以"抵抗"为媒介,能够不断自我超越的内发性的"回心"型文化,而日本的近代是一种无媒介的、不断从外部"拿来"的"转向"型文化,由此将鲁迅引为反思日本近代化道路的资源,展开了其独具特色的日本近代批判论。在上述

---

① 竹内好:《鲁迅》,《近代的超克》,孙歌编,李冬木等译,生活·读书·新知三联书店,2005年版,第8页。
② 竹内好:《鲁迅》,《近代的超克》,孙歌编,李冬木等译,生活·读书·新知三联书店,2005年版,第58页。
③ 参见竹内好《鲁迅》,《近代的超克》,孙歌编,李冬木等译,生活·读书·新知三联书店,2005年版,第138、144页。

业绩之外,竹内好还在1960年日本掀起的反对日美安保条约运动中发挥了舆论指导作用,甚至采取了辞去东京都立大学教授职务这种稍显激进的举动来表示自己对议院强行通过安保条约这一反民主、反宪法举措的强烈抗议。竹内好在事后曾提道:"无论是当时还是现在,我都不认为那时自己从事的是政治活动。我只是对政治不当地介入市民生活进行了不得已的抗议而已。"①总而言之,安保时期的竹内好投身于社会活动,以演讲、参加集会活动甚至是"自我否定"的辞职等实际行动对日本政府反民主、反近代的举动进行了"抵抗"。不管外界对他的种种行动如何理解,就其自身而言,可说是真正地躬行了自己的思想与信念。正如其所说,"文学是行动,不是观念"②。

竹内好就这样由中国文学研究起步,在文学、思想和社会活动等多方面都创造了丰富多彩的业绩。在这些业绩背后起着核心作用的便是他从鲁迅身上解读到的独特的思想方法。可以说,竹内好的鲁迅研究与他的日本近代主义批判思想有着互为表里的关系。或者说,《鲁迅》中所塑造的那个"不退让,也不追从"的"文学者鲁迅"是竹内好全部思想的源泉。

通过《鲁迅》和长篇论文《何谓近代》,在日本步入"现代"前③,竹内好便将鲁迅作为思想资源引入日本知识界,确立了透过鲁迅来审视中国的现代性并借此反思、批判日本之"近代",以求重建民族主体性的阐释框架。随着日本帝国主义在战争中惨败,日本从政治制度到思想文化毫无抵抗地全盘接受了"美国模式",而另一方面,中国却在无产阶级政党的领导下走上了独自的现代化道路。两国之间在战前、战后的鲜明差异给日本知识界带来了强烈的冲击,促使日本知识阶层进一步对日本的近代化模式发起反思,并向中国的革命和现代化道路寻求经验。在这种情况下,竹内好所开创的将鲁迅置于"文学与政治"的认识框架中加以考察并引为反思日本的思想资源这一研究范式便在日本的鲁迅研究和中国文学研究领域释放出了巨大的影响力,其后来的研究者,或如丸山升④一样把"竹内鲁迅"作为超越

---

① 竹内好:《近况报告——杂感·二》,《竹内好全集》第9卷,筑摩书房,1981年版,第240页。
② 竹内好:《鲁迅》,《近代的超克》,孙歌编、李冬木等译,生活·读书·新知三联书店,2005年版,第134页。
③ 日本史学界通常将1945年战败视为日本现代史的起点。
④ 丸山升(1931—2006),中国文学研究者,东京大学名誉教授、樱美林大学名誉教授。

的对象而向之发出质疑和挑战,或如伊藤虎丸①一般继承了竹内好关于亚洲近代的问题意识,甚至木山英雄②以及20世纪70年代以后登场的学院派学者们从鲁迅的作品文本出发所做的研究中也或多或少地体现着"竹内鲁迅"意识的存在。在某种程度上,说日本的鲁迅研究史就是一部"竹内鲁迅"不断被挑战和超越的历史也并不为过。

竹内好开创了以鲁迅为媒介来批判、思考本国甚至整个东亚近代化路径的研究范式,将异域的鲁迅作为精神资源注入第二次世界大战后日本的文学和思想中,形成了战后日本鲁迅研究独树一帜的特质。之后的丸山升、伊藤虎丸等一代学人基于共同的文化反省意识,在其开拓的阐释空间中通过与鲁迅对话,提出了各自不同的"鲁迅像",使日本的鲁迅研究走出了战前的"外国作家介绍、评价"层次,从而在世界鲁迅研究界获得了独自的地位,也获得了同中国鲁迅研究对话的资格。

二、国内学界"竹内鲁迅"研究概况

"竹内鲁迅"作为给日本战后的鲁迅研究、中国文学和思想研究带来了深远影响的研究成果和研究范式,同样也受到了中国学者的广泛关注。我国学者关于"竹内鲁迅"的论文数量众多,笔者认为国内的"竹内鲁迅"研究可以世纪之交为界线,分为前后两个阶段。前一个阶段以对竹内好的鲁迅研究进行整体性的介绍、评价为主,属于一种概括性的初步研究;后一个阶段则是在继承前一阶段研究成果的基础上,产生了围绕不同关键词语或核心概念来对竹内好及其鲁迅论进行的深入考察,并且出现了对"竹内鲁迅"进行重新评价或加以否定的态度。

在第一阶段中,20世纪80年代关于"竹内鲁迅"的介绍多是作为描述日本鲁迅研究整体状况的一部分而出现的,例如吕元明的《日本鲁迅研究史》(1981)、程麻的《日本的鲁迅研究近况》(1981)、严绍璗的《日本鲁迅研究名家名作评述》(1982)、刘柏青的《鲁迅与日本文学》(1985)等文章、专著都对竹内好的鲁迅研究及其在日本鲁迅研究史中的地位做了较为全面的介绍和评价。但是,正如有学者所指出:"由于日本的著作大都没有中国译本,这样的介绍宛如雾里观花,并未对中

---

① 伊藤虎丸(1927—2003),中国文学研究者,曾历任广岛大学教授、和光大学教授、东京女子大学教授、明海大学教授等职务。
② 木山英雄(1934—),中国文学研究者,一桥大学名誉教授。

国的鲁迅研究产生真正的影响。"①而20世纪90年代后关于"竹内鲁迅"的论文,无论是数量还是深度都有所提升,出现了如刘国平的《"竹内鲁迅"论》(1994)和李春林、臧恩钰的《关于"竹内鲁迅"的断想》(1995)等理论性较强的文章。尤其是前者,对竹内好在《鲁迅》中所运用的"主观移入"式的研究方法、"文学与政治相对应"的批评视角、"坚持自主性立场"的哲学意义方法论和从正反两方面给日本鲁迅研究带来的影响,都做了鞭辟入里的分析,还对竹内好在战后关于鲁迅论述的变化及其从鲁迅形象中引发出的日本近代批判论的理论机制进行了深刻而细致的剖析。文章在最后提出:"如果我们不是将'竹内鲁迅'这一称谓仅仅理解为是对一种学术意义上的鲁迅研究特色的概况,而认识到它的带有自己的指导思想、方法原则、价值观念、判断标准等特征的思想体系上的意义,那么我们将会在日本近代思想发展和建设的历史进程的层面上,体会到竹内鲁迅论的全部含义及独特价值。"②由此可以看出,无论是从论述的全面性还是从理论深度上来看,此文都达到了一个新的水平,而且笔者以为,刘国平先生在文中指出:"强调研究者主体参入意识,反对纯学术的'学院派'研究方法,可以说是他从事鲁迅研究始就遵循的基本原则。"③这也为我们是否应该对当前日渐出现的脱离当事人所处的历史语境、以纯学术的眼光来对"竹内鲁迅"进行批评、反思的倾向而进行"再反思"提供了一个良好的启示。

较之第一个阶段,进入21世纪以后对于"竹内鲁迅"的研究体现了理论化、细致化的特点。在继承第一阶段研究成果的基础上,学者们开始从不同角度对竹内好其人及其鲁迅论进行深入研究,涌现了郜元宝的《竹内好的鲁迅论》(2002)、李冬木的《"竹内鲁迅"三题》(2006)、王家平的《"竹内鲁迅"的范式、特质、影响及其对它的超越》(2009)、李春林的《关于"肉薄""竹内鲁迅"的札记》(2012)、靳丛林的《"竹内鲁迅"的"回心之轴"与鲁迅的"确信"》(2015)等一系列富有思想性的文章。同时,还有一些关注"竹内鲁迅"的研究者,如靳丛林、赵京华、刘伟、韩琛等学者都发表了多篇讨论"竹内鲁迅"的研究论文。另外,正如前文所述,随着对竹内好及其鲁迅论了解的全面与深入,这一阶段中对之的评价也从之前的赞赏、感佩多

---

① 刘伟:《"日本视角"与中国现代文学研究——以竹内好、伊藤虎丸、木山英雄为中心》,人民出版社,2011年版,第158页。
② 刘国平:《"竹内鲁迅"论》,《鲁迅研究月刊》,1994年第10期,第62页。
③ 刘国平:《"竹内鲁迅"论》,《鲁迅研究月刊》,1994年第10期,第58页。

于批判逐渐转向多方面，尤其是在其问题意识和思想方法作为一种异域资源逐渐成为我国当前现代性反思语境中的热点而被广为谈论后，不但有学者表示了警惕与戒备，甚至负面评价也多了起来。关于学者们所提出的具体问题与批评，笔者将在后文中详细谈及。总之，总体来说，进入21世纪以后，无论是对"竹内鲁迅"的研究还是评价，都呈现出了多样化的趋势。

这一阶段中诞生于我国的"竹内鲁迅"研究专著，当首推靳丛林先生的《竹内好的鲁迅研究》（2012）。在此书中，靳丛林先生结合竹内好的人生际遇和近代日本的社会政治、文化背景，运用翔实的资料对《鲁迅》一书的参考资源、结构框架、核心概念、思考方法、历史影响做了精细入微的解读，还从对鲁迅的小说、散文、杂文及《两地书》和《自嘲》的批评和解说等方面，对竹内好在战后所发表的关于鲁迅的评论文章做了系统、深入的考察，在力图为读者生动、准确地描绘一幅"竹内鲁迅"宏观全景的同时，又指出了竹内好在特定时期下对鲁迅作品较为肤浅乃至错误的认识，揭示了"竹内鲁迅"在日本现代文学史、文化史上独特的思想价值。从研究理念和方法上看，作者从一开始就紧贴竹内好的日记、《郁达夫研究》、《中国文学的废刊与我》及《鲁迅》等文本谈问题，不离文本的同时又不拘泥于文本，体现了一种实证研究与理论探讨相结合、客观公正的学术态度，为我们思考在当今"竹内好"越来越热的情况下如何面对"竹内鲁迅"提供了参照。赵京华先生在2011年出版的《周氏兄弟与日本》一书中围绕着竹内好、丸山升、木山英雄、伊藤虎丸、北冈正子等学者的工作，对日本鲁迅研究的发生、发展与现状进行了系统性的阐述，其中的多个篇章谈及了竹内鲁迅论，尤其是从跨国影响与传播的视角，对它的文学史、思想史意义和在学界产生的影响做了深入的阐发与介绍。在同是2011年出版的《"日本视角"与中国现代文学研究——以竹内好、伊藤虎丸、木山英雄为中心》一书中，刘伟先生用一整章的篇幅，从"竹内鲁迅"在日本鲁迅研究史中的地位、"竹内鲁迅"的学术基础、《鲁迅》一书中所蕴含的"竹内视角"及这部经典著作给中国鲁迅研究带来的影响等几方面对竹内好的鲁迅论做了归纳和论说。特别是在分析"竹内鲁迅"的学术基础时，作者以竹内好所用的"无""矛盾的同一的""行为"三个关键词为线索，对"西田哲学"和"竹内鲁迅"之间的影响关系进行了分析，这是迄今为止仅见的深入"西田哲学"理论内部中对二者关系所做的探讨研究。另外，尽管属于思想史研究著作，但孙歌先生的《竹内好的悖论》一书对竹内好的思想和他的鲁迅研究做了许多独到的解读和精辟的论断,也是"竹内鲁迅"研究中不可忽视的重要参考资料。

第二节 "竹内鲁迅"的问题与"竹内热"的问题

前文中提到过,无论是在日本还是在中国,"竹内鲁迅"在学界产生重大影响的同时,也伴随着一些争议。这些争议可以粗略地分为两个方面:一是"竹内鲁迅"自身在内容与思维方式上的问题;二是围绕"竹内鲁迅"的种种"竹内话语"的问题,或者说是如何看待"竹内鲁迅"的思想价值的问题。

一、"竹内鲁迅"的问题:"本原论"与"主观性"

关于"竹内鲁迅"自身的缺陷,日本和我国学界提出的问题比较一致,即竹内好在思维方式和语言表述等方面所存在的本原论、主观性倾向。这些问题在"竹内鲁迅"的核心文本《鲁迅》中体现得最为明显。

> 我是站在要把鲁迅的文学放在某种本源的自觉之上这一立场上的。我还找不到恰当的词汇来表述,如果勉强说的话,就是要把鲁迅的文学置于近似宗教的原罪之上。我觉得鲁迅身上确有这种难以遏制的东西。鲁迅在人们一般所说的作为中国人的意义上,不是宗教的,相反倒是相当非宗教的。"宗教的"这个词很暧昧,我要说的意思是,鲁迅在他的性格气质上所把握到的东西,是非宗教的,甚至是反宗教的,但他把握的方式却是宗教的。……在鲁迅的根柢当中,是否有一种要对什么人赎罪的心情呢?……鲁迅不是普通意义上的思想家。他的根本思想,就是人得要生存。……人得要生存。鲁迅并没有把它当成一个概念。他是作为一个文学者以殉教的方式去活着的。我想像,在活着的过程中某一个时机里,他想到了因为人得要生存,所以人才得死。这是文学的正觉,而非宗教的谛念,但苦难的激情走到这一步的表达方式,却是宗教的。也就是说,是无法被说明的。[①]

[①] 竹内好:《鲁迅》,《近代的超克》,孙歌编、李冬木等译,生活·读书·新知三联书店,2005年版,第8~9页。

在《鲁迅》开篇的"序章"中,竹内好就为鲁迅的文学预设了一个"原点"。之所以预设这一原点,是因为他的感觉,源于他从鲁迅身上感觉到了某种"难以遏制的东西",即所谓的"某种本源的自觉"。为了表述这种东西,竹内好又相当文学化地将之比喻为"宗教的原罪",并用了一段篇幅来对之进行解释,称"宗教的"是指鲁迅把握这种东西的方式,而并非所把握之物的本身,鲁迅的"根本思想"是"人得要生存",鲁迅在其人生的某一时机里把握到的是"因为人得要生存,所以人才得死",这是"文学的正觉",而非"宗教的谛念"。但实际上,"正觉"与"谛念"均是宗教,准确地说是佛教用语。前者广义上是指证悟一切诸法之真正觉悟,故成佛又称"成正觉",狭义上则特指释尊于菩提树下金刚座上觉悟缘起之法,证得解脱;后者之"谛"为"真实不虚之义",即"真实、不虚不谬之念"。显然,竹内好是在比"谛念"更为本质、彻底这一意义上使用了"正觉"一词来形容鲁迅所把握到的这种东西,即他所说的"某种本源的自觉",而鲁迅获得这一"正觉"的时机亦即文学家鲁迅的原点。

基于这种"原点"预设,竹内好之后的工作就是要为寻找并描述这一使周树人成为鲁迅的时机和本源而努力。但众所周知,关于鲁迅文学生涯的缘起,鲁迅本人曾在《呐喊·自序》中提到过"幻灯片事件"。于是,为了使自己的鲁迅原点得以成立,竹内好不得不对"幻灯片事件"的真实性提出质疑,并把鲁迅发表《狂人日记》以前在绍兴会馆的"蛰伏时期"推定为"文学者鲁迅"产生的原点,认为鲁迅正是在其人生中的这段沉默时期里抓到了对他一生来说都具有决定性意义的某种东西,而这无疑就是前面他所说的"本源的自觉""文学的正觉"。但在这里,竹内好又使用了另一个宗教词语——"回心"——来称呼它。

> 我想像,鲁迅是否在这沉默中抓到了对他的一生来说都具有决定意义,可以叫做回心的那种东西。我想像不出鲁迅的骨骼会在别的时期里形成。他此后的思想趋向,都是有迹可循的,但成为其根干的鲁迅本身,一种生命的、原理的鲁迅,却只能认为是形成在这个时期的黑暗里。所谓黑暗,意思是我解释不了。这个时期不像其他时期那么了然。任何人在他的一生当中,都会以某种方式遇到某个决定性时机,这个时机形成在他终生都绕不出去的一根回归轴上,……读他的文章,肯定会碰到影子般的东西。这影子总在同一个地方。虽

然影子本身并不存在,但光在那里产生,也消失在那里,因此也就有那么一点黑暗通过这产生与消失暗示着它的存在。……鲁迅就背负着这样一个影子,度过了他的一生。我把他叫做赎罪的文学就是这个意思。而他获得罪的自觉的时机,似乎也只能认为是这个在他的生平传记里的不明了的时期。①

鲁迅在《呐喊·自序》中的自述究竟有无虚构这一点,因为难以证实,所以为后来人提供了一定的想象空间。但竹内好带着强烈的目的性去谈论这一问题,自然会遭到非议。更重要的是,在以上几段引文中,竹内好不但毫未掩饰其话语的主观性,甚至还因为"找不到恰当的词汇"而在行文中使用了大量"宗教——非宗教""生——死""变——不变""黑暗——光"等矛盾式的表达,以及"原罪""殉教""正觉""谛念""回心"等宗教用语。可以说,《鲁迅》甫一开篇,观点上的本原论倾向、主观主义或者说浪漫主义倾向,以及概念上的暧昧模糊,就为这部"研究笔记"染上了"非科学"的底色。与上面引文类似的表述还有很多,比如:

> 鲁迅的文学在其根源上是应该称作"无"的某种东西。因为是获得了根本上的自觉,才使他成为文学者的,所以如果没有了这根柢上的东西,民族主义者鲁迅,爱国主义者鲁迅,也就都成了空话。②
> 鲁迅是在终极的意义上形成了他的文学自觉的。③
> 这是什么呢?靠语言是表达不出来的。如果勉强而言的话,那么便只能说是"无"。但这种东西的确是有的。为什么要这样说呢?因为如果没有这种东西,也就不可能有各种各样的显现,作为显现的鲁迅也就不能不消亡。因此,反过来说,只要有鲁迅存在,如此假定便坚不可疑。应该认为,根源上的东西是实际存在着的。④
> 道路无限,他不过是走在这无限之路上的一个过客。然而这个过客却不

---

① 竹内好:《鲁迅》,《近代的超克》,孙歌编、李冬木等译,生活·读书·新知三联书店,2005年版,第45~46页。
② 竹内好:《鲁迅》,《近代的超克》,孙歌编、李冬木等译,生活·读书·新知三联书店,2005年版,第58页。
③ 竹内好:《鲁迅》,《近代的超克》,孙歌编、李冬木等译,生活·读书·新知三联书店,2005年版,第58页。
④ 竹内好:《鲁迅》,《近代的超克》,孙歌编、李冬木等译,生活·读书·新知三联书店,2005年版,第99页。

知在什么时候把无限幻化为自己一身之上极小的点,并以此使自身成为无限。他不断地从自我生成之深处喷涌而出,喷涌而出的他却总是他。就是说,这是本源性的他。我是把这个他叫作文学者的。①

我只把我的努力集中指向一个问题,那就是力图以我自己的语言,去为他那惟一的时机,去为在这时机当中鲁迅之所以成为鲁迅的原理,去为使启蒙者鲁迅在现在的意义上得以成立的某种本源的东西,做一个造型。②

薄薄的一册《鲁迅》中,"根本上的""根柢上的""根源上的""终极的""本源性的""原理"等词语频繁出现,强烈地凸显了竹内好在思维方式上的本原论倾向。

事实上,"竹内鲁迅"在思考方式上的本原论倾向与叙述上的主观性色彩就像同一个硬币的两面,很难割裂开来谈。一方面,这种执着于原理性、本原性的思考,追求问题的终极解决,直抵事物本质的思维模式,构成了"竹内鲁迅"的核心魅力;另一方面,悖论、玄化的语言和缺乏科学实证的依据,又成了"竹内鲁迅"最为突出的问题。问题的核心在于,竹内好所说的这种"本源的东西"源于其个人同鲁迅文学碰撞后的直感。他承认直觉到的东西靠语言无法表达,只能勉强用一个颇具东方哲学色彩的"无"来称之,欲为其造型,但又缺乏历史细节和文字依据,就只能用宗教式的玄化语言从侧面去描述其周边、现象,让人们去感受,或者说屈从于自己的预设。"如果没有这种东西,也就不可能有各种各样的显现,作为显现的鲁迅也就不能不消亡"这一逻辑,类似于哲学中的"鸡蛋悖论"。没有蛋怎会有鸡?没有鸡怎会有蛋?一旦陷入了这种逻辑陷阱,就只能被其设定的"无"所深深吸引了。

尽管竹内好充满特色的"原鲁迅"阐释开拓了一个观照鲁迅的全新视野,对中日两国的鲁迅研究都有着重要的意义,但因为在理论根基和语言阐述上存在着本原论、主观化等明显的问题,所以长期以来也受到了很多批评和质疑。例如,日本学者木山英雄就曾提出:"他的《鲁迅》全部章节都是以鲁迅内在的根源性的'文学的自觉',或者从宗教体验进行类推的所谓'回心'这个唯一的焦点或者假设为主题的","一旦接受了所谓决定性的'回心'这样一种超越实证直逼要害的论旨,其

---

① 竹内好:《鲁迅》,《近代的超克》,孙歌编、李冬木等译,生活·读书·新知三联书店,2005年版,第108页。

② 竹内好:《鲁迅》,《近代的超克》,孙歌编、李冬木等译,生活·读书·新知三联书店,2005年版,第144页。

他也就再没有什么可说的了"。①

实际上,长期以来,我国学界也一直存在着对"竹内鲁迅"的质疑。其中,最早被注意到的是"竹内鲁迅"的主观性问题。20世纪90年代初,程麻先生就在其《超越竹内好——日本鲁迅研究之动态》一文中指出竹内对鲁迅精神风貌的解释"清晰地显露出研究者本人的心理印记和主观色彩",是"竹内心目中的鲁迅"。② 进入2000年后,随着对竹内好及其鲁迅论认识的日渐清晰,我国学界中原本就存在的对"竹内鲁迅"的质疑和否定之声也越发高涨起来,更有学者直接将竹内好欠缺系统、逻辑的直觉性论述称为"玄学"。关于这一点,高远东先生的话比较有代表性:"他的方法是玄学主义的,建构目标则是文学主义的,是把鲁迅文学发生的真实条件纯化简化之后的一种再创造。""竹内的鲁迅构图,我们如果不把它视为一种十足'竹内主义'的'机能化'视像,视为一种主观价值的投射,而是误以为它就是鲁迅的客观的历史形象,就会出大问题。"③

随着对"竹内鲁迅"了解、研究的深入,"竹内鲁迅"在思维逻辑上的问题也逐渐引起了学者们的注意。我国最早对此发出警示的或许是吴晓东先生。在完成于2000年3月的《鲁迅的"原点"——竹内好与伊藤虎丸对〈狂人日记〉的解读》一文中,吴晓东先生指出"竹内鲁迅"从整体角度来把握鲁迅的研究视野能弥补我国鲁迅研究界的盲点,但同时也提醒道:"应该清醒地意识到,对原理性与终极性的问题的迷恋要警惕于一元论的陷阱"④;而到了2005年,他又更加一针见血地指出:"玄学化的思维有它的深刻性和彻底性,但是另一方面,对原理性与终极性的问题的迷恋容易使对象服从于自己拟设的理论和逻辑框架,其中有一元论的陷阱,得出的结论就往往避免不了本质主义的特征。""倘若把回心和赎罪意识看成鲁迅的唯一原点的话,就可能同时遮蔽了鲁迅的可以多重阐释的复杂性。"⑤另外,韩琛也在谈及竹内好、伊藤虎丸等日本学者的"鲁迅原点说"对我国学界的影响时指出,形式主

---

① 木山英雄:《也算经验——从竹内好到"鲁迅研究会"》,《鲁迅研究月刊》,2006年第7期,第29、30页。
② 程麻:《超越竹内好——日本鲁迅研究之动态》,《东方丛刊》,1992年第1辑,第157页。
③ 高远东:《"仙台经验"与"弃医从文"——对竹内好曲解鲁迅文学发生原因的一点分析》,《鲁迅研究月刊》,2007年第4期,第24、26页。
④ 吴晓东:《鲁迅的"原点"——竹内好与伊藤虎丸对〈狂人日记〉的解读》,《鲁迅与竹内好》,薛毅、孙晓忠编,上海书店出版社,2008年版,第326页。
⑤ 吴晓东:《何谓"文学的自觉"?——解读"竹内鲁迅"过程中的困惑》,薛毅、孙晓忠编:《鲁迅与竹内好》,上海书店出版社,2008年版,第181、182页。

义地模仿日本学者来重构鲁迅原点,某种程度上即意味着对"幻灯片事件"所隐喻的启蒙主义、民族主义的鲁迅的放逐,也丧失了我国传统鲁迅研究的当代性与批判性的问题意识,使"原鲁迅"建立在了"反鲁迅"的基础之上。① 李明晖同样认为《鲁迅》的本质论思维存在着逻辑问题,指出:竹内好实际上是在一边表示不应该把鲁迅本质化,一边在论证本质性的"文学者鲁迅像",而且在竹内好、丸山升与伊藤虎丸等"鲁迅像"时期的日本的鲁迅研究著作中包含有大量的"思想立说"成分,这一点就鲁迅研究本身来说"不无偏差"。②

2010年以后,对"竹内鲁迅"的质疑在增多的同时越发走向深刻。其中具有代表性的有韩琛在《"无"鲁迅的"竹内鲁迅"》一文中认为"竹内鲁迅"是"形式先于内容、语言先于事实、目的先于历史",是一种以"否定鲁迅"来成就其自身的"玄学式的同义反复逻辑"③;无独有偶,孙海军同样对"竹内鲁迅"的逻辑性发出了质疑,指出竹内好实际上是用一个"无"字悬置了鲁迅思想转换的真正原因,而并未真正地解决问题,鲁迅的最终生成并非源自某种宗教性的神秘体验或道家意义上的"无","而是儒家心学传统与思维范式在现代创造性转换的结果"④;李明晖则在评析竹内好、丸山升、伊藤虎丸等人的学术成就时从更加宏观的角度指出日本鲁迅研究史中存在着一种"努力为自己描述的鲁迅'本质'自圆其说"的倾向,这种倾向是鲁迅研究的一种"偏至",并认为其根源在于"把学术的衍生物当成学术本身,对文学缺乏热情而对狭小的'现实'热情过度"。⑤

除此之外,竹内鲁迅论还被指出存在着将"文学者鲁迅"与"启蒙者鲁迅""政治"与"文学"相对立的二元思维,以及弱化了作品分析,放弃了对鲁迅的"实体性"理解等其他一些问题。但究其根源,仍然与围绕"文学者鲁迅"这一核心命题所体现的本原论的、主观化的思维方式有着密不可分的关系,可以说,这才是"竹内鲁迅"——包括竹内好由之阐发出的日本近代批判论在内——的最大、最核心的问题。

---

① 参见韩琛《鲁迅原点问题及其知识生产的悖反——兼及新世纪中国鲁迅研究批判》,《理论学刊》,2014年第5期,第121页。
② 参见李明晖《百年日本鲁迅研究的生机与偏至》,《文学评论》,2016年第5期,第160页。
③ 参见韩琛《"无"鲁迅的"竹内鲁迅"》,《湘潭大学学报(哲学社会科学版)》,2015年第1期。
④ 参见孙海军《"竹内鲁迅"的逻辑误区:以"回心"说为中心》,《文艺评论》,2016年第4期。
⑤ 参见李明晖《百年日本鲁迅研究的生机与偏至》,《文学评论》,2016年第5期。

二、"竹内热"的问题:"竹内"过热

在《鲁迅》中,竹内好将鲁迅阐释为"一个强烈的生活者,是一个彻底到骨髓的文学者"①,对于鲁迅的文学表达方式和鲁迅充满战斗性的生存方式,他使用了"挣扎"一词来表达:

> 他不退让,也不追从。首先让自己和新时代对阵,以"挣扎"来涤荡自己,涤荡之后,再把自己从里边拉将出来。这种态度,给人留下一个强韧的生活者的印象。……但是他被"挣扎"涤荡过一回之后,和以前也并没什么两样。②

对于鲁迅通过"挣扎"来生成自我的方式,竹内好做了如此剖析:

> 他为表白痛苦而寻求争论的对手。写小说是出于痛苦,争论也是出于痛苦。小说里吐不尽的苦,便在争论里寻找倾吐的地方。……但他所抗争的,其实却并非对手,而是冲着他自身当中无论如何都无可排遣的痛苦而来的。他把那痛苦从自己身上取出,放在对手身上,从而再对这被对象化了的痛苦施加打击。他的争论就是这样展开的。可以说,他是在和自己孕育的"阿Q"搏斗。因此,争论在本质上是文学的。即,不是行为以外的东西。……他预知到了有个影子将会折磨自己。这个影子曾从内面折磨过他,但现在又被对象化在他的面前。与之战斗,在他那里就是表现自我。于是他这样做了。这是胜过一切的、第一义的文学者之路。③

接着,竹内好又连续截取了《战士和苍蝇》《这是这么一个意思》等一系列鲁迅杂文中的篇章,想说明鲁迅一生一直与之抗争的并非历次论战的对手,而是外化于自身之外的自己的痛苦,鲁迅正是通过与对象化了的自己战斗并毁灭自己这样一

---

① 竹内好:《鲁迅》,《近代的超克》,孙歌编、李冬木等译,生活·读书·新知三联书店,2005年版,第39页。
② 竹内好:《鲁迅》,《近代的超克》,孙歌编、李冬木等译,生活·读书·新知三联书店,2005年版,第11页。
③ 竹内好:《鲁迅》,《近代的超克》,孙歌编、李冬木等译,生活·读书·新知三联书店,2005年版,第108~109页。

种自我否定的方式来不断生成新的自己。竹内好之所以谈到鲁迅与孙文的关系，主要意图似乎是引出《鲁迅》的另一个重点——文学与政治的关系，因此他本人承认此处的说明有些言不尽意。但正如前文所述，《鲁迅》的立论基础原本就不是科学的文本分析，在这里，通过对"挣扎"的阐释，竹内好仅仅粗疏地提出了"文学者鲁迅"的核心原理——自我否定。"竹内鲁迅"的核心内涵就是沿着"回心"和"抵抗"这两个关键词所抵达的"无"，亦即鲁迅"向死而生"式的"自我否定"。而竹内好作为一个思想家的特别之处，也正在于他对日本近代的反省和批判是以缺乏鲁迅式的"自我否定"这一点为基轴展开的。

在写于1948年的《何谓近代》中，竹内好指出，近代的日本正是由于缺乏鲁迅式的"抵抗"（挣扎）才迅速接纳了西方的近代，实现了急速的"近代化"。他将这种没经历过与西方的近代真正交锋的近代化模式称为"转向"，认为这种"近代"不过是如鲁迅笔下所说的由"奴隶"变成了"奴隶主"，并没有产生新的"精神"，换句话说就是没有获得真正的主体性；与此相对，鲁迅身上那种激烈的"拒绝自己成为自己，同时也拒绝成为自己以外的任何东西"①的"双重抵抗"，那种不停上征的"自我否定"，成了竹内好在战后由文学出发而介入日本社会与现代性问题之中，构建其理想的日本现代主体的精神原点和思想资源。

随着竹内好的鲁迅研究和现代中国研究著述陆续被介绍到我国，学者们对其学术思想整体形态的认识也逐渐清晰起来，不仅是他的鲁迅研究论著，作为日本战后杰出的思想家，他的日本近代主义批判论也开始日渐为人所关注。前文中提到过，进入21世纪以来，在中国知网上以"竹内好"为关键词进行主题检索，所检索出的文章数远多于以"竹内鲁迅"为关键词检索出的数量，换为篇名检索后也是同样。笔者以为，这足以说明我国学界对"竹内好"的兴趣已高过"竹内鲁迅"，或者说，对其思想的兴趣正在日渐高过其鲁迅研究的本体。这一点与日本学界一样。而与日本一样正是问题所在。

进入21世纪，随着反思现代性思潮渐起，很多学者争相拥入这一新的研究视阈。竹内好从反思日本近代化的角度对鲁迅精神做出的"反抗性""原发性"阐释，恰好迎合了寻求中国本位"现代性"的诉求。于是，很多研究者在对竹内好和"竹

---

① 竹内好：《何谓近代》，《近代的超克》，孙歌编、李冬木等译，生活·读书·新知三联书店，2005年版，第206页。

内鲁迅"没有深入了解的情况下便将之引为思想资源,形成了一种众声喧哗、言人人殊的局面。2005年,《读书》杂志和上海大学分别举办过关于竹内好的座谈会和国际学术研讨会,会后《读书》杂志曾连续刊载了相关文章,上海研讨会的会议论文也以《鲁迅与竹内好》(2008)为题结集出版。据郜元宝先生回忆:"有趣的是,虽然上海大学这次的会议主题是《鲁迅与竹内好》,但大多数学者对于竹内的鲁迅论并不感兴趣,他们一致跳开了竹内思想的这个起点,而执著于竹内从他的鲁迅论出发渐渐形成的中国论、日本论乃至东亚论,会议许多时候是被孙歌女士的亚洲论述所左右。"①与会学者的相关发言在此恕不一一列举,但从会后出版的文集来看,可知郜元宝先生所言非虚。较之竹内好所阐释的鲁迅形象,研究者们对从政治、思想角度谈论竹内好的研究视角与方法似乎更感兴趣,很多言说明显脱离了"竹内鲁迅"和鲁迅研究本身,而是承载了更多如何处理中日关系、寻求民族主体性重建以及现代性反思等"非文学"的现实性思考,使"竹内好"逐渐地冲淡了"竹内鲁迅",也丧失了与鲁迅研究的精神联系。

　　显然,上述问题与我们对竹内好当时所处的特殊历史语境及其所利用的思想资源认识不够充分有着直接的关系。笔者赞同孙歌先生的观点,即《鲁迅》和《何谓近代》两个文本有着内在的逻辑一贯性,共同体现了竹内好思想形成的原理。②竹内好立足与文学与文化的立场,以异国的"鲁迅"为媒介,谋求介入历史、寻求日本文化主体性重建的方法与实践,固然可以引为我们当下展开现代性反思的思想资源,但如果忽略了竹内好解读鲁迅的特殊语境和他当时所面对的时代问题,仅在高校科研考核制度的压力下盲目跟风似的"扑向没有鲁迅的竹内的国际政治思想"③,必然会导致想要寻找"鲁迅"的人猛烈地批判"竹内鲁迅"的主观性,而想要追问"思想"的人却在一味地将其主观性的成果引为资源,这样一种学术上的倒错与混乱。对于这一点,早已有学者表示了担心,如汪卫东先生曾指出:"竹内鲁迅传入中国后,其独特魅力吸引了许多国内学者,感佩于竹内鲁迅的深刻魅力,并伴随着作为鲁迅同乡的自豪感,很多学者轻易认同了竹内由《鲁迅》出发对于中日'回心'型与'转向'型近代模式的划分,并把它轻易转入对中国现代化问题的分析。

---

　　① 郜元宝:《鲁迅六讲》(增订本),北京大学出版社,2007年版,第166页。
　　② 参见孙歌《孙歌答〈中华读书报〉陈洁问》,《鲁迅与竹内好》,薛毅、孙晓忠编,上海书店出版社,2008年版,第376页。
　　③ 郜元宝:《鲁迅六讲》(增订本),北京大学出版社,2007年版,第166页。

这一认同，没有意识到我们与竹内问题意识的深刻差异"[①]；韩毓海先生也曾谈道："如果不将竹内好的思想首先置于他所生活的日本文化的语境中，而是一下子就将他的思想普遍化——甚至将竹内思想一概理解为对于整个现代性的反省和批判，那恐怕是既失去了对于现代性的理解，也失去了竹内好"[②]；日本学者坂井洋史则更加深刻地指出忽视语境的滥用恰好是对竹内好的背离："到处寻找有效解决自己面临的问题的思想，把这些叫作'思想资源'或'思想武器'，不管这些思想在原本语境中的意义和局限如何而尽量（有时候竟不问其精华或糟粕）动员起来，轻而易举地'拿来'其中的一部分为己用的及其功利化的实用主义思维，才是竹内好强烈反对的'近代主义'。"[③]

竹内好由鲜明的日本问题意识出发，将鲁迅作为批判本国日本的资源，从而构建了"回心""挣扎"的鲁迅形象，他所阐释的"竹内鲁迅"，某种程度上近似于其个人主观思想的投射，这与20世纪上半期日本动荡不安的时代背景、他本人的知识结构和当时可借鉴的思想资源有着密不可分的关系。许多学者都注意到竹内好对鲁迅的阐释中体现了与日本哲学家西田几多郎的思想联系。但到目前为止，竹内好是否真的从西田哲学汲取了什么，究竟在哪些方面受到了影响，甚至是"为什么是西田哲学？"这样的根本问题都还没有得到彻底的解决。为了回答以上问题，有必要先对西田哲学产生的背景及其理论构造做一番深入的考察。

[①] 汪卫东：《人·现代·传统——近30年人文视点及其文学投影》，北京大学出版社，2015年版，第138页。
[②] 韩毓海：《竹内好何以成为问题——再读〈近代的超克〉》，《鲁迅与竹内好》，薛毅、孙晓忠编，上海书店出版社，2008年版，第48页。
[③] 坂井洋史：《略谈"竹内好"应该缓论》，《鲁迅与竹内好》，薛毅、孙晓忠编，上海书店出版社，2008年版，第258页。

第二章　西田哲学的成立与发展

第一节　西田哲学的形成

一、早年的经历与知识背景

明治三年(1870年),西田几多郎出生于日本石川县的一个地主之家。幼时家境殷实,西田几多郎从小就受到了良好的教育。明治初期的小学虽然在学制上模仿了欧洲,但很长一段时间之中,教学内容仍然以传统的汉学、儒学为主,这也为西田几多郎在幼年打下了牢固的儒学基础。

明治十五年,西田几多郎从小学毕业,翌年考入中学石川县师范学校。入学后不久,西田几多郎因病休学1年。离开闭塞的乡村来到大城市的1年时间,不但使西田几多郎切身感受到了文明开化的社会新风,也使他认识到毕业后成为一名小学教师与他所憧憬的学者相距甚远,于是他就借休学之机毅然地选择了退学。此后,西田在私塾学习了一段时间汉学、数学和英语,在此期间遇到了对他的人生产生了重要影响的恩师北条时敬。[①] 当时在石川县专门学校任数学教授的北条时敬颇为赏识西田的数学才华,在恩师的推荐下,明治十九年9月,西田几多郎以插班生的身份进入了石川县专门学校。

石川县专门学校是明治十四年以高等专业教育为目的设置的县立学校,前身是江户时代加贺藩的藩校明伦堂,学制分为4年的预科[②]和3年的专科两部分,专科部分为法、文、理三门学科,教学内容除了汉学外,均使用英语授课。当时这样的学校在东京之外的地方极为罕见。明治二十年,明治政府文部省在全国分设5所

---

① 北条时敬(1858—1929),号廓堂,教育家、数学家,第12任学习院院长。
② 相当于初等中学。

高等中学,石川县专门学校被改组为第四高等中学校,受文部省直辖。因为在改称为第四高等中学校之前一直不受明治政府管制,所以学校的气氛比较自由。明治二十年前后的日本,虽然自由民权运动已经活力不再,但它所引发的自由主义思想却方兴未艾,特别是随着日本资产阶级蓬勃发展,以"脱亚入欧"为口号、"鹿鸣馆"为象征的欧化主义正值顶峰,社会中激荡着一股追求自由与进步的风潮,这种自由主义思想同样传入了石川县专门学校。这所学校本就格外重视引进西方近代文化,甚至以英语进行专业教育,这一点也成了学生们学习的原动力。在这里,西田感受到了新的时代气息,拼命吸收新的文化、科学知识,坚定了成为学者的志向。

西田几多郎最初被编入了专门学校预科部二年级,翌年学校改称第四高等中学校后,西田被编入了预科第一级,次年升入本科一部文科。在由预科升入本科时,西田遇到了人生中的一个重要抉择——是选择理科以后研究数学,还是选择文科将来从事哲学。

>在四高,我也到了决定将来专业的时候。如同很多青年一样,我也对此问题感到迷惑。特别是从事数学还是哲学,对我来说是难以抉择的问题。一位我所尊敬的老师劝我从事数学。告诉我哲学不仅需要逻辑思维能力,还需要有诗人的想象力,我有没有那样的能力尚未可知。于理来说诚然如此,我也没有否定这一点的自信。但尽管如此,我总觉得将一生寄托于干燥无味的数学有些不尽人意。虽然有点怀疑自己的能力,最终还是选择了哲学。①

西田在这里说的"一位我所尊敬的老师"指的就是北条时敬。非常欣赏西田几多郎的北条时敬强烈反对他学哲学,就此,西田的学生木村素卫根据西田的话回忆道:"北条氏劝西田先生也成为数学专家。自己也带着这种打算来学习。那时读到一本井上圆了的名为《哲学一夕话》的书,通过这本书,产生了放下数学试试搞哲学的想法。和北条氏商量此事遭到反对,未被允许。……故只好对哲学死心,拼命地学习数学。……期间获悉北条氏调到了一高。没有压制的人了,先生自由了。这下可以开始随意尽情地读哲学书了。"②由此可见,对于青年时期的西田几多郎

---

① 西田几多郎:《某教授的退职辞》,《西田几多郎全集》第12卷,岩波书店,1966年版,第169~170页。
② 木村素卫:《西田几多郎先生的话》。转引自藤田正胜《西田几多郎——人生与哲学》,岩波书店,2007年版,第20页。

来说，进入文科、走哲学之路，并非一种顺势而为、水到渠成的结果，而是熬过了外部压力和内心挣扎后的生命抉择。

西田回忆彼时的学校生活说："我们以前的石川县出身者，文官自不待言，武官中也没有从没上过这所学校的。学生悉为金泽旧士族子弟，老师也皆是此学校的毕业生，如大哥一般。虽说是7年制的学校，最下级和最上级的学生之间有颇大的年龄差，但即便如此仍十分亲近，是全体亲如一家般的有温情味的学校。"①但自从学校改称四高，并被纳入国家教育体制后，学校的氛围也发生了急遽的变化。

> 变为第四高等中学校后，校风一改，即由一个地方的家族性的学校变为了天下的学校。当时的文部大臣是叫作森有礼的萨摩人。因其想向金泽注入萨摩隼人之教育，叫来了一个在鹿儿岛县任县议会议长的姓柏田的人担任首任校长。和校长一起来的干事、舍监等人，皆为当过警察等的萨摩人。师生亲密温暖的学校，忽然变成了充满规则的专断的学校。我们向往学问文艺，抱着极为进步的思想，但学校并不喜欢那个方向。加之，在当时的我们看来有的老师学力不足，经常发生很多冲突，因此对学校产生了不满。特别是山本君，对什么事都有很多自己独自的见解，不会向人屈服，故而觉得学校无趣了。因此，山本君率先退学了。接着我也随后退学了。我当时附山本君之骥尾。虽然有人传言我们被逐出了学校，但并不是那样。或许该说负有青年之气吧，当时的我们意气风发，认为即使从觉得不满的学校退学，靠自学也能前进，任何事靠独立独行都能开拓前途。宪法发布式的当天，我们几人举着"顶天立地自由人"的文字拍了照片。②

从这段多年后的回忆文字中我们仍能真切地感受到当年那位青年学生的愤懑与不甘。出于对学校"专断"的不满，西田等学生经常以戏弄"学力不足"的老师、逃课等方式与校方对抗。虽然付出了因"品行分低"而最终退学的代价，但在四高

---

① 西田几多郎：《山本晃水君的回忆》，《西田几多郎全集》第12卷，岩波书店，1950年版，第245页。
② 西田几多郎：《山本晃水君的回忆》，《西田几多郎全集》第12卷，岩波书店，1950年版，第247～248页。

文科,西田结识了铃木大拙①、山本良吉②、藤冈作太郎③等好友。日后回忆起这段时光,西田曾感叹:"四高的学生时代在我的生涯中是最愉快的时期。任青年意气豪放不羁,无所顾虑地率性而为。"④

西田几多郎等人因为与校方作对最终从四高退学这一事件,看似只是处于反抗期的少年的顽皮行径,但从大的方面来看,却折射出了明治中后期的日本,自由主义、个人主义思想与绝对主义、国家主义的冲突问题。明治十五年(1882年),时任驻英公使的森有礼在巴黎会见了赴欧洲考察宪法的伊藤博文,对宪法实施后的教育政策做了建言,得到了伊藤博文的赞赏。明治十八年,伊藤博文出任首任内阁总理的同时,起用森有礼为首任文部大臣进行教育改革,推行国家主义文教政策。翌年,森有礼即废止了原有的"教育令",连续颁布了"帝国大学令""师范学校令""中学校令""小学校令"等一系列"学校令",确立了一套以帝国大学为顶点的、适应宪法下国家秩序要求的教育体系。众所周知,伊藤博文政府所建立的国家秩序即绝对主义天皇制。森有礼的教育制度改革肩负着将天皇制国体植入国民内心的重要任务,可以说是建立绝对主义天皇制国家秩序的重要措施之一。森有礼希望通过把原有不受中央政府管辖的学校纳入体制内,将此类学校的自由主义校风染上国家主义色彩,以此来打压启蒙主义、自由主义倾向,强化忠君爱国、富国强兵的意识形态。可见,高等中学校的创立——就西田来说则是石川县专门学校改称四高这一事件在国家层面上有着重要的政治意义。尤其是四高所在的石川县在江户时期属于强藩加贺藩,在明治初期的政府看来,石川县专门学校中旧士族子弟们"全体亲如一家"般的气氛无疑是"地方主义"的表现,自然要加以打压。因此,才用倒幕维新的策源地鹿儿岛县的人来替换了旧加贺藩出身的教师,激起了西田几多郎等"向往学问文艺,抱着极为进步的思想"的学生的不满。或许那时西田几多郎屡屡与校方冲突的原因仅是出于对校方"充满规则的专断的"方针、"学力不足"的教师的反感,以及失去"全体亲如一家般的温暖"的不甘与愤懑,而并无批判明治政府的教育政策、反抗国家秩序的政治自觉。但从其行为的性质与影响来看,却

---

① 铃木大拙(1870—1966),本名贞太郎,佛教哲学家,曾在东京帝国大学、学习院、大谷大学等任教。
② 山本良吉(1871—1942),号晁水,日本伦理学家、教育家,曾历任学习院教授、武藏高等学校教授、校长。
③ 藤冈作太郎(1870—1910),国文学家,曾任东京大学副教授。
④ 西田几多郎:《某教授的退职辞》,《西田几多郎全集》第12卷,岩波书店,1966年版,第170页。

无疑具有于政权的高压下维护人格的自由与独立的政治意味,从中也能看出西田几多郎执着于自我、顽强、不甘失败的性格特点。

值得强调的是,西田反抗校方的行为在当时并非个例,而是普遍存在于各所旧制高等中学之中的。旧制高中是以国家主义教育方针为目标而建立的,当时受到自由主义思潮影响的青年学生们普遍对学校中国家主义的高压管理产生了逆反与抵抗情绪。例如,与西田几多郎同龄的近代日本文艺评论家、思想家田冈岭云(1870—1912),当时就读的大阪中学校在"学校令"发布后改称为第三高等中学校,田冈出于对学校的官僚主义作风不满,同样因频频与校方对抗而退学;明治二十一年(1888年)考入第二高等中学校的高山樗牛[1]对当时的二高也曾批判道:"本校应称压制学校,其所教学问或应称卑躬屈膝学。第一校长吉村既无学识又无卓见,取而代之,压制思想却非中岛所能企及的……如实施了这种好似将如斯有为的青年按入箱中,如强行将草木掰断般的压制教育,其结果将会如何,实不堪长叹。"[2]由此可以看出,在明治十年至明治二十年,自由民权等思想已经广为知识青年们所接受了。在这些思潮的诱发下,西田等进步青年身上已经表现出了追求人格的自由与独立的近代的个人自觉,并且在自由民权运动遭受挫折、绝对主义天皇制的国家权力开始确立以后,知识青年们的自由主义"个人意识"已经开始与国家主义的"国民意识"产生对立了。

摆脱了学校的羁绊,年轻气盛、血气方刚,相信"靠自学也能前进,任何事靠独立独行都能开拓前途"的西田几多郎开始独自向着成为一名开创新时代思想的哲学家而努力。但年轻的他很快就遭遇了重大的挫折。由于终日在家读书,西田患上了眼疾,被医生禁止了看书。更为严重的是,此时西田家内部也发生了重大的变故。明治二十年至明治三十年的日本已经基本上完成了第一次产业革命,但明治六年(1873年)即开始实施的地税改革并没能解决农民的土地问题,在农村依然保留了大量半封建的生产关系。近代工业的发展与国内市场的狭小导致明治二十三年日本爆发了最初的经济危机,具体表现为米价的上涨和各种商品的普遍跌价。西田几多郎的父亲此时参与了大米投机买卖,却遭遇了失败,使西田家濒于破产。这样,一直以来支撑他"独立独行"的物质条件也消失了。在四高的同学们来年即

---

[1] 高山樗牛(1871—1902),本名林次郎,日本文艺评论家、思想家,东京大学讲师,文学博士,明治三十年代的言论领导者。
[2] 转引自竹内良知《近代日本思想家·7·西田几多郎》,东京大学出版会,2007年版,第45页。

将毕业并升入大学的时候,西田几多郎却再次走到了人生的十字路口。另外,随着自由民权运动的衰退,日本民主主义革命的萌芽也随之流产,绝对主义天皇制国家秩序得以确立,官僚主义统治日益强化,在自上而下实行的资本主义改革的推动下,日本迅速实现了产业的近代化。外界社会环境的这种变化,使得做一个人格思想独立、与权力挺身相抗的学者越发艰难起来。在以上种种因素的共同作用下,明治二十四年(1891年)9月——井上哲次郎的《敕语衍义》出版的同年同月,西田几多郎接受了母亲的建议,"终又屈节地来到东京,进入了文科大学的选科"①。从"屈节"一词能够看出西田对上帝国大学选科怀有的不甘。可见"自学前进"之路没有走通这件事虽然没有让他失去"独立独行"的意志,但这种意志在精神层面上显然遭到了打击。更大的打击则来自他进入选科之后。

> 当时的选科生真的是很惨。当然,从学校的立场看来或许是理所应当的,但选科生却受到了非常不公平的待遇。和现在一样,二楼是图书室,中间的大房间是阅览室。但选科生不能在那间阅览室读书,只能在走廊里摆放的桌子那里读书。上了三年级,本科生可以进入书库检索图书,选科生当然是不被允许的。此外,或许是我的偏见,即便去访问老师,也觉得有的老师的门很难登。忽然被置于和不久之前一起读高中的同窗们相差悬殊的待遇之下,善感的我内心很受伤。三年之间,蜷身于角落里度过。但另一方面,不受任何事拘束,能够自由地按自己的喜好学习,内心里怡然自乐,自有超然矜持之处。②

以上这段事后的回忆文字语气虽然平静淡然,但不久前还是意气风发的四高优等生的青年西田③,在对日渐转向专制的教育体制说了"不"后,忽然就落在了同龄人的身后,甚至连自己最喜欢的在图书馆看书这件事上都遭到了极为不平等的

---

① 西田几多郎:《某教授的退职辞》,《西田几多郎全集》第12卷,岩波书店,1966年版,第170页。根据1886年发布的"帝国大学令",旧东京大学改称"帝国大学",由"大学院"和"分科大学"两部分构成。大学院主要从事研究,分科大学负责教学,是当时日本教育体系中的最高教育机构。当时的帝国大学下设法、医、工、文、理5个分科。"选科"是旧制帝国大学开设在"本科"之下的学历层次,学制与本科同为3年,但只能在规定课程中选择一部分来学习,学习条件上也会受到限制,且毕业后不颁发学位证书。报考选科不需要高中毕业,初中毕业即可入学。对于从四高中途退学的西田几多郎来说,选科是进入大学的唯一途径。
② 西田几多郎:《明治二十四五年前后的东京文科大学选科》,《西田几多郎全集》第12卷,岩波书店,1950年版,第241~242页。
③ 据西田几多郎的学生下村寅太郎所记,四高时代藤冈作太郎为全班第一,西田几多郎是全班第二。参见下村寅太郎:《年轻的西田几多郎先生——〈善的研究〉成立前后》,人文书林,1947年版,第34页。

待遇,这种巨大的落差带给自尊心极强且争强好胜的西田的伤害之大可想而知。能够不受打扰地自由读书的"怡然自乐"和"超然矜持",听起来更像源于不甘认输却又无法否定现状的一种心理上的自我保护。他在《某教授的退职辞》中写的"我总觉得成了人生的落伍者"①,想必才是彼时心态的真实写照。在明治二十四年11月17日——入学两个月后——写给友人山本良吉的信中,西田甚至写道:"小生学哲学,茫然于无趣之日,心里如前途暗夜一般。"②可见当时他的心情有多么黯淡。幸而,沉重的挫折感和屈辱感并未使西田对自己的能力产生怀疑。但显然,意气行事地拒绝学校体制——这首次与现实和权力的对抗便遭受了惨痛的失败,给西田几多郎的心理乃至人格都带来了深刻的影响。从挺身与校方对抗、在"钦定"宪法发布之日誓做"顶天立地自由人",到"三年之间,蜷身于角落里度过""内心里怡然自乐"地"超然"于现实之外,西田几多郎的"独立独行"愈发开始转向自己的精神内部,体现出回避社会现实的精神主义"内倾"倾向。甚至西田在奠定了哲学界的泰斗地位后仍努力与时局保持距离的政治姿态,应该与这一时期受到的挫折与伤害不无关系。

另外,在同年10月6日给山本良吉的信中西田写道:"大丈夫必不可屈。孟子曰天之欲作大人,必先试以辛苦。不运乃试余辈之试验场。大丈夫应奋发不屈也。余辈应取百折不挠之英雄豪杰以法也。君闲中须读英雄传。古人之行事盖大益于君之一生。"③这虽然是写给同样由四高退学却连选科也没能上的山本良吉的鼓励之言,但显然也是对处于"前途暗夜"中的自己的激励。西田援引孟子之言,鼓励友人以传统汉学之中的"大丈夫""英雄豪杰"为榜样,把眼前的逆境视为"天"将降大任于己的试炼,可以看出那时支撑西田坚信自己的抉择、保持自己人格的统一和独立的,并非源自西方的自由主义哲学,而是自幼便深入于心的儒学或汉学修养。另外,把这封信的字里行间中所透露出的"隐忍"与四高时期的"挺身相抗"相比较,也能看出从这时起西田的思想就已经出现了向精神主义的"克己"方向转变的倾向。

关于大学时代的学习,西田回忆道:"与高中时代有很多活泼愉快的回忆相反,大学时代既不与老师亲近,也没交到朋友。每日默默进入图书馆,独自读书,独自

---

① 西田几多郎:《某教授的退职辞》,《西田几多郎全集》第12卷,岩波书店,1966年版,第170页。
② 西田几多郎:《书简集》,《西田几多郎全集》第18卷,岩波书店,1966年版,第15页。
③ 西田几多郎:《书简集》,《西田几多郎全集》第18卷,岩波书店,1966年版,第12~13页。

思考。在大学虽然学习了很多东西,但真的不觉自己有被教授过或打动过的课程。"①诚如其本人所言,从西田以后的学术发展过程来看,当时东京帝国大学哲学科的教学内容对西田的影响确实不大。这一方面有受到歧视待遇而在精神层面越发偏向"独立独行"的原因,但更重要的原因是这一时期东京帝国大学哲学科所教授的内容与西田的思想倾向并不契合。如前所述,作为家里的长子,在家道中落后西田的身上背负着一家人的期望。但在"屈节"地以选科生的身份进入大学后,遭遇的却是更加残酷冰冷的现实。这一切使得西田在思想上发生了向精神内部的转向。或许是无意识地,他在哲学上的关注点已经由四高时代受启蒙思想激发而产生的现实与哲学、政治与哲学的内在关系问题,转向了如何在《教育敕语》发布后绝对化的政治权力日渐统治国民精神的状况之中来寻求人生的意义、维护自己人格的独立与统一的问题。当时的帝国大学哲学科的教学由德国聘请的外教布塞所主导,正处于学院派学术"德国化"的过程中。而明治政府向大学中引入德国学术完全是为了将以德国宪法为蓝本的"钦定"宪法的精神贯彻到国民思想之中。最突出的体现就是1886年所颁布的"帝国大学令",其第一条即规定:"帝国大学以教授适应国家需要的学术技艺及研究其奥蕴为目的。"②其中"适应国家需要"这句话,赤裸裸地说明了彼时的帝国大学既不是为了弘扬教育而设立的机构,也不是为了探求真理所建的设施。在这样的大学里,作为欧洲大学传统的学术自由受到了本质上的限制。可想而知,当时帝国大学哲学科的学院派课程,无论在性质上还是在内容上都无法满足西田几多郎的思想需求,才使得西田更多地依靠"独自读书,独自思考"来尽可能地从大学中汲取自己所需的思想养分。虽然尚未确证西田在大学选科时代主要受到了哪些哲学思想的影响,但从他这一时期写过《康德伦理学》一文,且毕业论文以休谟为研究对象等事情之中可以看出,西田几多郎大学时对这两人的思想比较关心。道德、人性与人的价值的问题无疑是休谟和康德的伦理学思想的核心,而这不但是明治中期以后的日本人——尤其是青年们——所共同关注的问题,更是西田几多郎彼时的思考重心。特别是无论是两人在伦理学方面对道德与人性的重视,还是在哲学思想上对人的感觉经验和主体性的强调,从中我们都能找到与西田几多郎后来在《善的研究》中提出的哲学思想的联系。可以

---

① 西田几多郎:《明治二十四五年前后的东京文科大学选科》,《西田几多郎全集》第12卷,岩波书店,1950年版,第244页。
② 东京府学务课编:《学令全书》,十一堂,1887年版,第1页。

说，正是帝国大学哲学选科时代这段难称美好的经历，奠定了西田几多郎此后人生和学术的方向。

二、哲学研究的开始与修禅

明治二十七年（1894年）7月，西田几多郎从帝国大学的文科大学选科毕业。但因为选科生没有学位，很难找到工作，因此陷入了失业状。这时日本政府又发动了蓄谋已久的甲午战争，战争导致的经济问题使变卖资产愈发困难起来。生活无以为继的困苦与无奈无疑加深了青年西田的挫败感，而人越是如此，就越需要寻找目标维持自我、支撑自己生存下去，因此在无限失意中，西田的思想愈发倾向于精神主义，更多地开始思考人格、理想、价值、自我存在的意义等哲学问题。利用这段失业中的空闲，西田开始读起英国哲学家、伦理学家托马斯·希尔·格林（Thomas Hill Green, 1836—1882）的《伦理学导论》（*Prolegomena to Ethics*, 1883）。

格林作为牛津唯心主义学派的代表人物、新黑格尔主义者，在英国政治思想史上具有重要影响，正是在格林的推动下，源自德国的唯心主义思辨哲学才曾经一度在经验主义独霸学坛的英国占据了主流地位。格林在认识论上受到了康德的影响，承认知识的材料或内容来自感觉，但他认为知识并非经验主义所说的那样只是对外界的消极的反映，在知识的产生中离不开精神的关联作用。格林认为，正是人的思想或意识为多样化的客观世界提供了超越性的统一力，使自然中的众多事物处于了联系的链条之中，如果没有意识的联系作用，那么现实世界也就失去了意义，所以自然不能脱离意识而存在，是思想或意识为现实赋予了实在性。思想或意识是认识和认识对象二者的来源，这样格林就在认识的主体与客体之间确立了根本的同一。但因为人的意识受到时间和空间的限制，而且不同的人的意识各不相同，因此格林否认是人的头脑创造了自然世界，而认为存在着一种在人类头脑之上的、超越了时间与空间的永恒意识（etemal consciousness），它创造了作为认识对象的自然世界，并提供了普遍的无条件的联系，也制约着我们的认识。这样，格林不但论证了普遍存在于自然和知识中的精神作用，还为其找到了根据。在此基础上，格林指出，精神原则同样存在于人的道德生活中。格林认为人的欲望不同于动物的盲目的冲动，而是产生于自我主观的作用。人的生存目的绝不仅仅在于追求满足欲望、获得快乐，而是在于满足自我内在的要求，即对自我实现（self-realization）的追求。同时，由于人是永恒意识在动物有机体中的再生，因此人的自我实现无法从动物性的欲望的满足中获得,而只能通过对自身的反省,在不断地超越动物性的属性中走向和永恒意识的同一,这就是人类所追求的共同的最高目的——共同之善。

正如前面提到过的那样,大学选科时代,西田因为对道德与人格问题的关心而对休谟和康德颇有兴趣,还做过一番研究。机械唯物主义或自然主义哲学把人的感觉解释为物体触发感官之后的结果,却无法具体地对人的主观世界、即内在的人格世界加以说明。休谟在他的《人性论》中开创了一条对人的内在精神世界予以说明之路,从这种意义上看,休谟的哲学无疑是以人的人格世界为最后皈依的。但他在《人性论》中所把握的人格的主观世界终归是建立在感觉经验的基础上的,并没有从理论上对道德的人格统一性和能动性加以说明,仍然是一种自然主义的、经验论的人性论。而与休谟相反,康德、黑格尔基于先验观念论提出的人格性理论则具有轻视人格经验的直接性的主知主义性格。格林在哲学上深受康德、黑格尔等人的影响,此外还对休谟有着深入的研究,不但写过《休谟人性论导论》(Introductions to Hume's Treatise of Human Nature,1874),甚至还编辑过休谟著作集。格林最重要的代表作《伦理学导论》正是一部关于人格与道德的著作。

格林把自然世界视为由人的自我意识统摄的一个系统,再把人的有限的自我意识归结为一种类上帝的无限的"永恒意识",在此基础上将人的自我完善与实现确立为道德的善,并将之扩大到人类整体的层面,以"共同之善"这一道德理想在政治领域中为国家对个人与社会的干预提供了理论与道义的支持。格林所主张的德国观念论不但严重冲击了在英国根基深厚的自然主义、经验主义哲学,而且他从唯心主义角度提出的伦理学思想也对密尔的功利主义、斯宾塞的社会进化论等思想形成了批判。而功利主义和社会进化论等思想恰恰是日本思想启蒙运动和自由民权运动的理论基础。因此,从西田对格林的《伦理学导论》第一编——"形而上学的知识"(Metaphysics of Knowledge)——的认可中可以看出,从这时起西田的思想就已经告别了自然主义、唯物主义,迈出了寻求人生价值于唯心主义的决定性一步。多年后,西田几多郎在其经典著作《善的研究》中写道:"意志是意识的最深的统一作用,即自我本身的活动,因此作为意志原因的本来的要求或理想总是产生于自我本身的性质,也可以说就是自我的力量。我们的意识,无论在思维或想象上,也无论在意志上,或是在所谓知觉、感情、冲动上,在它们的根基深处都有一种内在的统一物在进行活动,所以意识现象都是这个统一物的发展与完成。同时,对于这种整体进行统一的最深的统一力就是我们的所谓自我,意志是最能表现出这种力量的。由此可见,意志的发展完成,立即成为自我的发展完成,因而可以说善就是自我的发展完成(self-realization)。"①对比之下我们不难发现,无论是作为西田哲学核心概念的"纯粹经验"的"统一力",还是其哲学中"自我发展的完成——善"的伦理思想,与格林的学说都有很多一致之处。从某种程度上可以说,在真正展开哲学研究之初与格林的相遇对西田哲学的发展产生了十分重要的影响。

明治二十八年(1895年)4月,西田终于找到了工作,在石川县立能登寻常中学校的七尾分校任教师,并于次月同自己的表妹得田寿美结婚。西田同表妹的婚姻从最初就遭到父亲的反对,没落的大家族之中也纠纷颇多。西田在婚后不到一年写给山本良吉的信中就表达了对婚姻的后悔之意:"小生今已后悔family life,故切望大兄勿要亦陷入此鬼窟。"②家庭生活不幸福的同时,充满了官僚主义气氛的学校让西田在工作方面也颇为不顺心。结婚与就业不但没让西田摆脱负担,反而使他在家庭内外、公私双方都陷入了更深的人生悲哀之中。虽然境遇不顺,可西田依然坚信自己日后必有所成,努力地通过学习来充实自己。但从另一方面来看,此时的一心向学似乎也是对现实的一种逃避。现实的重压,没有让西田更多地去思考造成自己苦闷的社会的、历史的原因,从而"向外"去与时代和社会相抵抗、斗争,反而使他越发地"向内"去探求人格、价值、理想、世界观等精神、伦理问题。

> 本月25日小生得一女儿。余又多作了浮世之网。恐自己日日气力衰微。若去金泽的话,想拜访雪门禅师,听取妙话。③

明治二十九年(1896年)3月25日西田的长女出生。但女儿的出生不但没有带来幸福感,反而成了使人气力衰微的缠身牵挂,可见那时西田的心境有多么灰暗。至此,西田几多郎终于走向了宗教。4月,西田被自己的中学母校四高聘为讲师,讲授心理、逻辑、德语课程。前面引文中的"若去金泽的话"所指的大概就是去四高赴任。可能就是在这时西田拜访了雪门禅师。虽然明治二十九年的西田日记

---

① 西田几多郎:《善的研究》,何倩译,商务印书馆,2010年版,第108~109页。
② 西田几多郎:《书简集》,《西田几多郎全集》第18卷,岩波书店,1966年版,第41页。
③ 西田几多郎:《书简集》,《西田几多郎全集》第18卷,岩波书店,1966年版,第41~42页。

缺失,但明治三十年1月14日及2月2日、8日的日记中都有拜访雪门禅师的记载。① 从此开始,西田对参禅的热情开始高涨,在此后曾陆续跟随雪门、滴水、广州、虎关等大师修禅。

西田之所以选择参禅,直接的原因无疑是受到了恩师北条时敬的影响②,但也与他对格林哲学的认同与接受不无关系。正如前文所述,格林把一种先验意识的根本统一性视为世界的绝对的精神原则,而个人内部的精神统一则是这种精神原则的体现,才是真正的自我实现,亦即真正的善。对格林的哲学主张,西田不但表示了认同,而且对他日后的哲学思想也产生了深刻的影响。在明治三十二年(1899年)12月写给山本良吉的信中,西田如此写道:"禅之一事,小生无何事可言。唯请与大拙兄相谈。但君对由如何方法达至所谓思想之统一怎么想呢? 余以为禅法或为最捷径。由此捷径尚且不得统一者,别求他途亦应徒增无益。余无关所得之有无,想尝试一生修行之。"③从西田的这段话中恰好可以找到格林哲学与参禅的接点,即他是把参禅作为达到"思想之统一"——格林的"自我实现"——的"最捷径"的。但与此同时,西田的思想也愈发偏离了西方式的近代化路线。

追求精神上的安定与统一却不能减少现实生活中的烦恼。不久,西田的妻子寿美带着女儿离家出走,西田的父亲因此而震怒,最终发展至不得不在父亲的压力之下离婚。值得一提的是,或是出于练习德语的目的,西田到这一年10月为止的日记均是用德文写的。从这种对自己的家庭纠纷、人生大事冷眼旁观的态度中,不难看出他对自己年届三十却连婚姻之事都无法掌控的无奈与悲哀,再次展示出西田不与权威和现实抗争,一味地通过追求学问的精进来逃避的精神主义倾向。也是在这一年,西田在四高校友会办的《北辰会杂志》上发表了《休谟以前的哲学之发达》《休谟的因果法》两篇文章,可见对禅的关心并没有冲淡他对西方哲学的学习,更多的干扰还是来自现实中的生活。西田离婚后不久,由于学校内部的种种问题被《日本人》杂志曝光,在四高改革的旋涡中,有6人遭到解职,其中就有曾对校长的方针发表过不满言论的"嘱托讲师"④西田几多郎。离婚、失业等相继而来的打击使西田连做学问都无法安心。为了追求内心的安定与平和,西田越发热衷于

---

① 西田几多郎:《书简集》,《西田几多郎全集》第18卷,岩波书店,1966年版,第5、7页。
② 北条时敬多年参禅。详见北条时敬《廓堂片影》,西田几多郎编,教育研究会,1931年版,第883页。
③ 西田几多郎:《书简集》,《西田几多郎全集》第18卷,岩波书店,1966年版,第49页。
④ 经人介绍入职的讲师。

对禅的修行。6月被解职后西田赴京都妙心寺拜访了虎关禅师,并在7月1至7日随同虎关禅师"接心"①。接着在8月6至12日,西田又参加了妙心寺僧堂的"接心"会,之后逗留在妙心寺继续修禅。正是从这时西田开始常年参禅,"独参""坐禅""打坐"等词语在西田此后的日记中频频出现。

在妙心寺期间,西田获悉恩师北条时敬被内定为山口高等学校校长,并决定接受老师的邀请于明治三十年(1897年)9月赴山口高等学校任教。在山口县,工作方面有恩师的关照,生活上一个人独居,远离了家庭内部的纷争,使西田的心情有了好转,但与同僚的交际应酬等依然使他无法静心。为此西田仍然屡屡赴京都妙心寺修行,在山口期间也连日不断地打坐。明治三十一年的日记中关于打坐的记载远远多于前一年,能够看出这一时期西田对修禅表现出了极大的热情。在明治三十年秋到了山口县后写给山本良吉的信中,西田写道:"此肉身固重要,然人岂能勉强保此肉体?想来,人之生命,不在于肉身,而在于其人之理想。人深探其内心,做了有反认为善之事时,即自己受到他者压迫,所谓自己者业已亡也。德富肉体虽存,却已入棺木中也。人深深探内心深处,得真正之自己并与之合一时,即便其时间仅为一分,其生命即已永久。为何自己苦精神而欲求此丑肉体之生存呢?违背自己一毫而求此肉之永存,即便肉体存在,精神死去也万事终矣。"②从这段话可以看出,此时西田的想法与格林的"自我实现说"别无二致,而"修禅"正是西田找到的"深探内心深处,得真正之自己并与之合一"即"自我实现"的方法。

明治三十二年2月,北条时敬转任四高校长,西田再应恩师之招于同年7月回到了金泽,任四高教授,讲授心理、逻辑、伦理、德语等课程。在山口的两年间,西田几多郎的父亲去世,西田因此得以和妻子复婚,又迎来了长子西田谦的出生。与两年前去山口时相比,再次回到金泽后工作和家庭环境都有了极大的改善,西田的心情和精神状态也有了大幅好转。他在日后回顾这段时期的生活说道:"在山口的高等学校待了一段时间后,终又成为四高的德语教师过了10年的岁月。在金泽的10年间我的身心都得以壮大,是我人生中最好的时期。"③但即便是在这段人生最好的时期,西田也没有放松修禅。在明治三十二年至三十六年这几年的日记中④,西

---

① 亦写作"摄心",指一定时期内昼夜不断地坐禅。
② 西田几多郎:《书简集》,《西田几多郎全集》第18卷,岩波书店,1966年版,第44页。
③ 西田几多郎:《某教授的退职辞》,《西田几多郎全集》第12卷,岩波书店,1966年版,第170页。
④ 其中,明治三十三年(1900年)的日记缺失。

田记载了自己急于在学术上获得成就的焦躁、未能得到便于研究的清闲职位的失望、被削减了哲学课时后自尊心的受伤、对同事出国留学的羡慕、因吃闲食和与人谈笑浪费了时间的后悔、对散漫读书的反省等种种"妄念"。此外,还有大量诸如"午前坐禅。午后坐禅。……夜坐禅,至十一时左右"[1]等关于修禅的记录,以及"人生本应为学问"[2]等笃志向学的自勉。可以看出,学问、名利等思想的纠缠仍然让他十分苦恼,所以他才更加热衷于修禅,希望借此拂去心头的杂乱,寻求精神的统一。除了平时专注地打坐参禅外,西田还经常去金泽郊外的洗心庵拜访雪门禅师,假期不辞辛苦地去京都向妙心寺的虎门、大德寺的广州等大师求教。虽然在参禅之余他也发表过《论先天知识之有无》(1897)、《美的说明》(1900)、《关于现今的宗教》(1901)、《人心的疑惑》(1903)等论文,但显然较之哲学的研究,修禅才是西田那时的心之所向。在明治三十四年(1901年)3月17日,西田在洗心庵受戒,被雪门禅师赐号"寸心居士"。但那时的西田苦于修禅多年仍无法参透公案[3],在同年5月13日的日记中西田写道:"自余开始参禅,数年一进一退无何所得,实满面惭愧。"[4]直至明治三十六年7月,西田才找到自己的问题所在。在7月23日的日记中,西田写道:"购得一本名为禅宗的杂志。中有近重博士之谈,大感惭愧,余为学问而修禅乃谬误。余应为心、为生命而修禅。未至见性不考虑宗教或哲学之事。"[5]意识到学问与参禅的矛盾后,真正放下了功利心,西田就很快取得了突破。8月3日的日记中便写有"午前七时听讲座。晚独参无字被认可"[6]。这一天,西田在京都大德寺孤篷庵参"无"字公案[7],悟得的见解被广州禅师认可。至此,西田多年参禅终于通过初关达至"见性"的境地。

> 学问毕竟是为 life。life 乃第一等之事也。无 life 则学问无用也。(明治三十五年二月十日日记)[8]

---

[1] 西田几多郎:《日记》,《西田几多郎全集》第17卷,岩波书店,1966年版,第46页。
[2] 西田几多郎:《日记》,《西田几多郎全集》第17卷,岩波书店,1966年版,第94页。
[3] 佛教禅宗用语,指佛教禅宗祖师、大德在接引参禅学徒时所做的禅宗式问答。禅宗认为历代宗门祖师典范性的言行和内省经验可资后人作为判别是非迷悟的准绳,犹如古代官府之文书成例,故谓之公案。
[4] 西田几多郎:《日记》,《西田几多郎全集》第17卷,岩波书店,1966年版,第59页。
[5] 西田几多郎:《日记》,《西田几多郎全集》第17卷,岩波书店,1966年版,第117页。
[6] 西田几多郎:《日记》,《西田几多郎全集》第17卷,岩波书店,1966年版,第119页。
[7] 即对于"狗子还有佛性也无?"之问,赵州答:"无。"究问参禅者对此"无"字的看法。
[8] 西田几多郎:《日记》,《西田几多郎全集》第17卷,岩波书店,1966年版,第74页。

> 参禅以明大道　学问以开真智　以道为体　以学问为四肢(明治三十五年日记末页)①

> 悟得一大真理,以今日之学理向人说之可也。(明治三十六年六月十一日日记)②

从以上引文中可以看出,在西田看来研究"学问"(哲学)是为了人生,而与学问相比,通过参禅得到的"见性"体验才是"大道"(人与世界的本源),才是更为根本性的东西,学问只能居于从属地位,而且这种通过参禅得来的"真理"是可以用近代的哲学理论加以说明的。因此,在参破了"无"字公案后,西田又重新将目光投向了对于人生有指导作用的哲学研究,开始了把自己通过"见性"体验得来的"真理"用西方哲学的语言来理论化、系统化的努力。获得了"见性"体验之后,虽然并没有停止打坐,但明治三十八年1月以后在西田日记里"打坐"等字样开始显著减少。西田将自己之前倾注在参禅上的热情逐渐转移到了对哲学、心理学以及宗教的研究之上。与之前出于兴趣地"散漫"读书不同,明治三十七年以后西田开始更多地抱着研究的态度钻研起西方哲学家的著作。根据其日记和信函记载,西田在明治三十七年以后的两到三年间,广泛阅读了康德、斯宾塞、黑格尔、叔本华、费希特、谢林、詹姆斯③等人的著作,尤其认真地研究了从费希特到叔本华的德国哲学。正是以多年参禅获得的宗教体验为核心,广泛地吸收、利用西方哲学话语,西田才构建起了自己独自的哲学体系。

三、《善的研究》

明治三十九年,西田把在四高讲授伦理课的教案冠以《西田氏实在论及伦理学》之名印发给了学生,同年年末又把"实在论"的部分内容单独以《实在论》为名再次印发给了学生及松本文三郎④、得能文等友人。⑤ 翌年3月,在"哲学会"成员得能文的推荐下,《实在论》经修改订正后以《关于实在》之名发表在了"哲学会"的机关杂志《哲学杂志》(第241号)上,从而宣告西田正式登上哲坛。明治四十年

---

① 西田几多郎:《日记》,《西田几多郎全集》第17卷,岩波书店,1966年版,第99页。
② 西田几多郎:《日记》,《西田几多郎全集》第17卷,岩波书店,1966年版,第113页。
③ William James(1842—1910),美国哲学家、心理学家、教育学家,实用主义哲学的倡导者。
④ 松本文三郎(1869—1944),印度哲学、佛教学家。
⑤ 参见西田几多郎《日记》,《西田几多郎全集》第17卷,岩波书店,1966年版,第171、174页。

(1907年)4月,西田又将教案中关于"伦理学"的部分推敲后以《伦理学》为名印刷成册寄送给了松本文三郎等几位友人。① 至此,西田几多郎的哲学处女作,也是西田哲学的核心著作——《善的研究》的核心部分基本成型。明治四十一年8月,西田又在《哲学杂志》(第257号)上发表了论文《纯粹经验与思维、意志及知的直观》,这篇论文即《善的研究》第一编"纯粹经验"的雏形。同年10月,西田开始撰写后来成为《善的研究》第四编的《宗教论》,翌年5月便以《关于宗教》为题部分发表在了《丁酉伦理演讲集》第80集上,两个月后,又在第82集上发表了《关于宗教——续》。但不久西田患上了肋膜炎以至经常缺课,接替北条时敬的校长趁机给西田施压,已经对四高感到厌倦且已在日本哲学界赢得了瞩目的西田便产生了调动的念头。最后,经众多友人多方联系后,西田在明治四十二年9月来到了京都,在著名的皇室、贵族大学"学习院"担任德语教授。第二年,经由在京都帝国大学工作的好友松本文三郎、山本良吉的斡旋,西田又收到了京都帝国大学文科大学的招聘信息,提供的职位是伦理学讲座的助教授。当时在京都帝国大学任伦理学讲座教授的是西田的大学学弟桑木严翼,尽管屈居学弟之下有失颜面,但为了能从事自己原本的哲学专业,西田依然接受了京都帝大的聘请。来到京都帝国大学后,西田终于又找到了可以全心投入哲学研究的环境。明治时期的最后一年——明治四十四年1月,酝酿已久的日本哲学史上划时代的著作——《善的研究》终于得到出版,西田时年42岁。

《善的研究》可说是西田几多郎前半生思索和体验的结晶,也是其全部哲学著作中最系统、易懂的一部。全书由"纯粹经验""实在""善"与"宗教"四编组成。西田在此书的初版自序中写道:"第一编阐述作为我的思想根底的纯粹经验的性质,初读的人可以省略。第二编叙述我的哲学思想,可以说是本书的重点。第三编本来打算以前一编的思想为基础,论述善的问题,但也无妨把它看做是独立的伦理学。第四编则就我一向当做哲学的终结来看的宗教问题,叙述了我的看法。这编是我在病中写的,难免有很多不完整的地方,但总算达到了我想要说的终点。我所以特别将本书命名为《善的研究》,是由于在本书里,尽管哲学上的研究占据了前半篇幅,但人生的问题毕竟还是本书的中心和终结。"②这段文字不但清楚地展示

---

① 参见西田几多郎《日记》,《西田几多郎全集》第17卷,岩波书店,1966年版,第180页。
② 西田几多郎:《善的研究》,何倩译,商务印书馆,2010年版,第5页。

了全书的结构,也表明了西田哲学的基本立场、体系以及出发点与落脚点,即西田基于"纯粹经验"这一概念提出了自己独特的实在观,并在此基础上进一步引申出意在解决人生问题的伦理思想,而最终将人生问题的解决和哲学的终结都指向了哲学化了的宗教思想。因此,《善的研究》不但是西田将自己的哲学思想体系化的第一部著作,也是西田哲学成立的重要标志。

在《善的研究》中,西田认为意识自身包含着分化和统一两个方面,其中意识的统一是"意识成立的重要条件及其根本要求"①,而意识的分化则是更大的统一的开端,这种统一的极点就是主客合一的"纯粹经验"的状态,即"实在"。"实在"既是"真理",又是"实践",是真正的知行合一,也是道德中的"善",是艺术中的"美",是"宇宙的本体"。而在此书的最后一编中,西田又通过"实在"的概念继续阐释了宗教中的"神"。西田认为神就是"宇宙的根本",是"实在的统一者",是自然与精神二者根基里的"唯一的统一力",而"宇宙与神的关系就是我们的意识现象与其统一的关系"。② 因为我们的人格正是实在的无限统一力的表现,所以我们的"自我的最大要求"——自我的完成与人格的实现,也是意识的根本统一力的要求,即寻求主客未分以前的"最深刻的统一",而这也是宗教的要求。西田之所以将宗教视为哲学的归宿,正是因为在他看来学问是为了人生,而无论是自我还是宗教,最终都寻求着主客合一的统一,即服从意识的统一力,走向同作为神和宇宙本体的"实在"相合一。当达至"主客合一、物我一致"的"最深刻的统一"——宗教的要求——的时候,也就意味着与作为宇宙本体的"绝对无限的佛或神"相接触了。

但是,在自古以来便将"万世一系"的天皇视为"现人神"③的日本,尤其是在当时日本的军国主义势力正急剧膨胀的历史语境中,他所主张的抛开理性的思考,通过"去爱""去信"来达至"神人合一"的论调无疑充满了强烈的危险性,很容易被阐释为国民无须理解绝对主义天皇制,也无须理解战争的目的,只需要去爱天皇、拥护天皇的决定,与作为"共同意识"的国家保存一致,就像西田说的那样,"为国家效力就是为了争取伟大人格的发展与完成"④。而实际上,西田的这种思想也的确曾为战争起过一定的推波助澜的作用。"据说,在中日战争时期,有的日本青年在

---

① 西田几多郎:《善的研究》,何倩译,商务印书馆,2010年版,第5页。
② 西田几多郎:《善的研究》,何倩译,商务印书馆,2010年版,第136页。
③ 以人的姿态现于世间的神。
④ 西田几多郎:《善的研究》,何倩译,商务印书馆,2010年版,第122页。

从军的背包里藏有《善的研究》这本书,他想从那里找到人生的归宿。也有的青年把从书本上剪裁下来的西田像片紧贴在自己的身上走上战场,他想从这张像片上获得一些安慰。"①由于自我的诉求受到国家主义的压抑而不断地向个人的精神内部逃避的西田,其满口的"知"与"爱"最终还是为日本绝对主义天皇制做了嫁衣,不能不说是巨大的讽刺。

第二节 西田哲学的发展

一、"场所"的思想

在1936年的《善的研究》新版序言中,西田几多郎对《善的研究》之后的自己的思想历程简单做了如下概述:

> 从今天的观点看来,本书的立场是意识的立场,也可能被看做是心理主义的。纵然受到这种非难也是无可奈何的。不过就是在写这本书的时期,潜藏在我的思想深处的,我认为也不是仅仅这一点点。我的纯粹经验的立场,到了我写《自觉中的直观和反省》一书时,就通过费希特的"纯粹活动"的立场,发展成为绝对意志的立场;到了写《从动者到见者》一书的后半部时,又通过希腊哲学转变到"场所"的观点。到那个时候我才觉得获得了对我的思想进行逻辑化的开端。于是,"场所"的观点,就具体化为"辩证法的一般者",同时"辩证法的一般者"的立场就直接化为"行为的直观"的立场。在本书中所说的直接经验的世界或纯粹经验的世界,现在已经看做是历史实在的世界了。行为的直观世界、即想像的世界才是真正的纯粹经验的世界。②

《善的研究》出版后立即在日本学术界引起了反响和争论,在收获赞誉的同时,也很快受到了高桥里美(1886—1964)等人的质疑。尽管西田一再强调被他称为"唯一的真正实在"的"纯粹经验"是一种超越了主客对立与个人的直接经验,但

---

① 柳田谦十郎:《我的世界观的转变》,生活·读书·新知三联书店,1958年版,第85页。转引自刘及辰《西田哲学》,商务印书馆,1963年版,第32页。
② 西田几多郎:《善的研究》,何倩译,商务印书馆,2010年版,第1页。

其论述中诸如"意识现象是唯一的实在"①、"我的真意是:所谓真正的实在是不能称之为意识现象的"②、实在的真景"只能由我们自己加以领悟,而恐怕不是能加以省察、分析,用语言来表达的"③、客观的实在"是指意识统一的结果,想怀疑也无法怀疑,想寻求也无法寻求"④等言辞,不但本身就存在着前后矛盾之处,而且也没有摆脱观念论的色彩,欠缺说服力。正如西田在上引再版序言中所说,在《善的研究》中他将"纯粹经验"把握为一种"意识现象",运用的大多是心理主义的观点,逻辑上还很不明确。特别是在写作了《善的研究》之后不久,西田接触到了李凯尔特(Heinrich Rickert,1863—1936)、柯亨(Hermann Cohen,1842—1918)等人的新康德主义,使他意识到了思维本身具有自律性,不能单纯地被"纯粹经验"所兼容,对于主客合一的"纯粹经验"与建立在主客对立基础之上的"思维"二者之间的关系自己还没有说清。于是,为了重新探索经验与思维——或者说直观与反省——之间的关系,在1913年至1917年间,西田连续发表了长篇论文《自觉中的直观与反省》,并于1917年结集成同名著作由岩波书店出版,记录了自己为维护"纯粹经验"的整体性而做的"恶战苦斗"。

西田在《自觉中的直观与反省》开篇就谈到写此书的意图在于用"在自己的内部反映自己"的"自觉"来说明"主客尚未分的、知者和被知者合一的、现实原样的、不断发展的意识"⑤的"直观"与"立于此发展之外,对其返而视之的意识"⑥的"反省"二者之间的关系。显然,这里的"直观""反省"和"自觉"分别对应着《善的研究》中的"纯粹经验""反省的思维"和"意识根源性的统一力"。在《善的研究》中被看成广义的"纯粹经验"的"反省的思维",在这里被赋予了"站在直观(纯粹经验)之外对其返而视之的意识"的地位,并进一步提出了"自觉"这一概念来解释二者之间的内部关系。西田从费希特(Johann Gottlieb Fichte,1762—1814)的"纯粹活动"(Thathandlung)这一概念中得到了启发,认为"自觉"与费希特的"纯粹活动"一样,是一种能够自我设定自我的根源性的纯粹意识。在"自觉"的体系中,直观是包括反省在内的直观,反省是直观的反省,二者是相互包摄的同一关系。也就是

---

① 西田几多郎:《善的研究》,何倩译,商务印书馆,2010年版,第39页。
② 西田几多郎:《善的研究》,何倩译,商务印书馆,2010年版,第41页。
③ 西田几多郎:《善的研究》,何倩译,商务印书馆,2010年版,第48页。
④ 西田几多郎:《善的研究》,何倩译,商务印书馆,2010年版,第128页。
⑤ 西田几多郎:《自觉中的直观与反省》,《西田几多郎全集》第2卷,岩波书店,1965年版,第15页。
⑥ 西田几多郎:《自觉中的直观与反省》,《西田几多郎全集》第2卷,岩波书店,1965年版,第15页。

说,"我"对"我"本身加以思考就是反省,在对自我加以反省的同时会于"我"的内部产生某种对于自我的新的认识,而这一过程也是对"我"的直观,如此得到的直观又会再次孕育出新的反省,通过新的反省"我"复又被再次直观,并如此无限地发展下去。因此,反省就成了自我发展的作用。换句话说,在"自觉"之中隐含着自我发展的契机。并且,"自觉"通过反省而不断发展的过程也是向自己的根源不断地溯源的过程,那么"自觉"的不断深化也就意味着向真正自我的不断觉醒。这样,在"自觉"之中发展便成了向内的溯源。西田正是从这一角度把"自觉"把握为一种如实地、无限地自我展开的活动体系,认为正是这一活动使"实在"成为可能。这样,西田就通过"自觉"的概念阐明了直观与反省、思维与经验的内在关系。西田在《自觉中的直观与反省》里并没有仅满足于"自觉的体系",还进一步地提出在"自觉的体系"背后存在着一种为一切提供根源性的、肯定和否定相统一的"绝对自由意志",并以之为思维和经验、精神和物质之间的关系提供解释。这也就是他在前面引文中所说的"纯粹经验的立场"经由费希特而发展至的"绝对意志的立场"。可以看出,从《善的研究》到《自觉中的直观与反省》,西田的研究已经从用以"说明一切"的主客合一的"纯粹经验"趋近到了使之成立的根源性的"统一力",但仍然没有说清其来源,最后不得不将之归结为"神的意志",仍然是一种"意志主义"。西田自己也认识到了这一问题,坦率地承认道:"几多迂余曲折后,只能说余遂未得任何新思想或解决任何问题。难免被说成是刀折矢竭请降于神秘的军门。"①

这一问题直到 1926 年《场所》一文的发表才得以解决,同时代表着西田哲学从前期过渡到了中期。这一阶段西田的主要著作有《从动者到见者》(1927)、《一般者的自觉体系》(1930)和《无的自觉限定》(1932)等。如前文所述,《自觉中的直观与反省》中的"自觉"就是通过反省与直观的同一而"在自己的内部反映自己"。如果说此时西田的着眼点只在"反映自己"之上的话,那么到了《从动者到见者》中,他的关注点就已经转向了"在自己的内部"之上了。既然"自觉"是一种"反映自己"的根本性的活动,那么这一"活动"及其"作用"又发生或存在于何处呢?基于这一想法,西田的思考从"自觉"转向了"场所",或者说从"反映自己"的作用转移到了"反映"进行的场所。这样,西田哲学就从"纯粹经验"的立场经过"自觉"的

---

① 西田几多郎:《自觉中的直观与反省》,《西田几多郎全集》第 2 卷,岩波书店,1965 年版,第 11 页。

立场,进一步过渡到了"场所"的立场,或者更直接地说就是从"纯粹经验"经"纯粹经验的自觉"发展到了"纯粹经验的自觉的场所"。这一过程与其说是根本立场发生了变化,不如说是在逐步深化。西田的思考从"把直接的纯粹经验视为根本的实在"立场出发,经过"纯粹经验的反省的自觉"的立场,进一步地彻底深化到了"纯粹经验的自觉发生的场所"的立场。

在《从动者到见者》的序言中西田写道:"存在会将动者的一切自行化为无,视为在自己之中反映自己之物的影子。我认为在一切的根底之中皆存在着否定见者的见者。"①在《从动者到见者》中,西田将作为意识的统一活动的"自觉"称为"动者""直观"概括为"见",认为从"动者"或其作用本身出发尚未能完全把握"最后的立场",在"动者"的背后存在着"否定见者的见者",也就是其自身绝对不会为他者所反映,而只能在自我之中反映自我的"见者"。而"场所"指的就是以上概念及作用所存在、发生的场所。西田将"场所"分为三个层次:"有的场所""相对无的场所"和"绝对无的场所"。对此西田解释说:"在被限定了的有的场所上可以看见动者,在相对无的场所上可以看见意识作用,在绝对无的场所上可以看见真正的自由意志。"②也就是说,"有的场所"指的是"存在"所在的"空间"和"动者"发生作用的"力之场","相对无的场所"是指主观与客观或者自我与非我、意识与对象等对立二者的关系所存在的"意识之野"。在"相对无的场所"中,尽管具体的现实的东西已经消失了,但"意识之野"这面镜子所照映的依然是现实世界,意识仍然离不开对象,纯粹的自我尚未出现,因而只是"相对的无"。"相对无"也可说是一种"相对有",还不是"真正的无"。"真无的场所,必须是超越任何意义上的有无对立而使之成立于内部的无。"③在西田看来,只有将一切的物、活动、关系等包含于自身之内的"绝对无的场所"中,才会出现绝对不会被对象化的"真正的自我"。通过这一概念,西田意在强调,在超越了主客对立之后,自我反映自我的场所并不在"物"(对象)之中,只能在"自我自身"之中。而"意识"只是"见者"反映在自我自身之中的"影像"。很明显,在《从动者到见者》中,使"意识"得以成立的已经不再是"意志"或"绝对自由意志"了,在"动者"的背后存在着将自我本身反映在自我之中,将自我对象化的"见者"。"实在"也从过去的"活动"的"统一点",转为了"包容面"。

---

① 西田几多郎:《从动者到见者》,《西田几多郎全集》第4卷,岩波书店,1965年版,第5~6页。
② 西田几多郎:《从动者到见者》,《西田几多郎全集》第4卷,岩波书店,1965年版,第232页。
③ 西田几多郎:《从动者到见者》,《西田几多郎全集》第4卷,岩波书店,1965年版,第220页。

"见者包容了被见者的时候,才成为真正的直观。"①这样,自我即对自己自身的直观,也就是对自己自身的自觉。所以,"绝对无的场所"也就是"自己的自己同一"的"自觉"的场所,从中我们可以清楚地看到西田的哲学立场已经从"意志主义"转换到了"直观主义"。

"场所"概念提出后,西田终于获得了将自身思想逻辑化的突破口,消解了此前"自觉"的立场所未能完全消解的唯心主义色彩。以"场所"概念为核心,西田构建起一套与古希腊以来的西方哲学逻辑完全不同的、在主语和谓语的关系上以"谓语"为主的"场所逻辑",也被称为"谓语逻辑"。

英语、法语、德语等欧洲语言通常以"主语+谓语"的形式构成基本句式。在这样的语言中,首先将事件或者动作的主体确立为主语,接着用谓语来叙述前面主体的性质或状态。可以说,欧洲的各种语言的特征就体现在对一个事件的分割、分析、结构化之上。这一特征并不仅仅是偶尔地体现在语法中,而且与欧洲人认识事物的方式紧密相关。也就是说,在认识事物时,他们通常将重点放在如何去把握对象,或者说如何去客观叙述对象之上。这样一种态度要求将事物解析为"本体"与"属性"两方面来加以把握。换句话说,首先要使对象的本体从其自身各种不同性质之中独立出来,以保持其自身的自我同一性。

与之相对,日语在进行表述的时候常常没有主语。这并不只是单纯地省略了主语,而是日本人通常是将事物或事件作为一个整体来加以把握的。与其说是注重把握的对象,倒不如说是将重点放在了自己如何接受对象这一方面。就日语而言,在表述时经常将主语或宾语包容到谓语之中。例如,日语在表达"我爱你"时,最为通常的说法是"好きです"(喜欢、爱)。此时,主语"わたし"(我)和宾语"あなた"(你)与其说是被省略了,莫不如说是被包摄在了谓语所表达的情感之中更为合适。可以说,重视谓语所表达的印象、情感等经验,是日语在表述方面的最大特点。

或许正是日语的这一特点使西田认识到"主语+谓语"(本体+属性)这样一种认知模式有可能会遮蔽事物的某一面,所以才以"场所"思想为核心构建了"谓语逻辑",把命题的主语和谓语的关系转变为"场所"的意义,用所谓的"包摄判断"来加以说明。显然这是对将事物对象化之后再加以观察、分析、描述的认识方法的

---

① 西田几多郎:《从动者到见者》,《西田几多郎全集》第4卷,岩波书店,1965年版,第170页。

批判。"我们真正的自我,如果是作为一个对象而被加以观察、被加以分析的话,那么我们就绝对不会真正地把握它。由此,我们可以说西田的根本意图,就是超越被对象化了的自我这一立场,来探索或接近'真正的自我'究竟是什么这一本质性的问题。"①

所谓"包摄判断"是指在"一般"之中包摄"特殊"。西田认为:"在一般和特殊关系的形式上,其背后必须是自己同一;所谓自己同一就是在一般中包含特殊,即具体的一般。"②这里他所说的"特殊"是指客观存在的、具体的万事万物,也就是"有";而"一般"是指万事万物的共相,即"无"。"包摄是以特殊为主语,而以一般为谓语。"③也就是说,"场所逻辑"中作为"特殊"的"存在"表示主语,表示对象方面;作为"一般"的"存在的场所"表示谓语,表示意识方面。而在主语和谓语的关系上,"场所逻辑"是以谓语的"一般"为主的,作为"特殊"的主语被包摄于作为"一般"的谓语之中,无疑是意味着"对象"是以"自己同一"的形式存在于意识之中的。"所谓在一般中包含特殊的具体的一般者,不外是在自己之中反映自己的一面自觉的镜子。"④可见,"场所逻辑"的结构仍然是自《善的研究》以来就一直在西田的思想体系中占据着重要位置的"见者包含被见者"的"直观"的结构。到了这时,"直观"已不仅是"主客合一",而是进一步延伸为了"在自己的内部反映自己"的"自己同一",其所在的场所就是包含"有"和"无"在内的"真无"。

如前文所述,从《善的研究》中主客合一的"纯粹经验",到此时的"绝对无的场所",西田的哲学思想始终受着东方传统的禅宗思想的影响。至"场所"立场建立后,西田更进一步地明确自觉到了自己的哲学思想的东方性格。在《从动者到见者》中,西田写道:"以形相为有、形成为善的泰西文化之绚烂发展中,有许多值得崇尚、值得学习之处,自不待言。但几千年来孕育我等祖先的东洋文化之根柢中,难道没潜藏着所谓见无形者之形、闻无声者之声般的东西吗?我们的心对如此的东西探求不已。我想尝试对这种要求赋予哲学的根据。"⑤西田所欲为之赋予"哲学根据"的、存在于事物根柢中的"无形而见、无声而闻"的东西,显然是指佛、道等

---

① 藤田正胜:《西田几多郎的现代思想》,吴光辉译,河北人民出版社,2011年版,第150页。
② 西田几多郎:《从动者到见者》,《西田几多郎全集》第4卷,岩波书店,1965年版,第201页。
③ 西田几多郎:《从动者到见者》,《西田几多郎全集》第4卷,岩波书店,1965年版,第272页。
④ 西田几多郎:《从动者到见者》,《西田几多郎全集》第4卷,岩波书店,1965年版,第206页。
⑤ 西田几多郎:《从动者到见者》,《西田几多郎全集》第4卷,岩波书店,1965年版,第6页。

东方传统思想中的"空""无"范畴。所以说,尽管西田哲学被视为西方的哲学思维与东方的宗教体验的结合,但它始终有着东方式的思想内核。所以有人说:"先生决不是融合东西两方哲学而在其上建立了一个新的哲学,他到处都作为一个纯粹东方人而是东方哲学的代表者。西方哲学对于先生只是锻炼自己的立场,并使它成为一个精巧的工具而已。"①这是有一定道理的。

二、"一般者的自觉体系"与"无的自觉限定"

从"场所"的立场来看,作为"相对无的场所"的"意识之野"如同一面镜子将"有的场所"中的一切包摄并映照于自身之内。换句话说,相对于作为"个物的特殊"的"有"来说,"意识之野"是将之包含在内的、更大的"一般者"。而作为"意识之野"的无限扩大并将之包摄于己身的"绝对无的场所",则可称作"无限大的一般者"或"一般者的一般者"。这样,这三种场所其实并非彼此独立的,而是"一般者被包摄于更大的一般者之内、特殊包摄着更小的特殊"的层叠结构。这种由特殊到一般、由一般到"一般的一般"的过程,也是我们的自觉的深化的过程。反之,作为"场所"的一般者,通过不断地自我限定则会生成存在于场所中的"特殊"。

在《从动者到见者》中提出了"场所"思想三年后,西田又出版了《一般者的自觉体系》。在此书中,西田从"一般者自身的自觉体系"的角度出发将"场所"思想进一步逻辑化,为其增加了统一性与体系性。

在《一般者的自觉体系》之中,西田用"判断的一般者""自觉的一般者"和"睿智的一般者"的概念取代了之前的三种场所。"判断的一般者"通过自我限定生成"自然界","自己的一般者"的自我限定生成"意识界","睿智的一般者"的自我限定生成的则是"睿智界"。在《一般者的自觉体系》中,西田首先根据"判断"之中"主语"(特殊)与"谓语"(一般)之间的包摄关系,对"判断的一般者"(自然界)之中的"存在"和"动者"做了考察,由此将思考引申到了将"判断的一般者"包摄、映照于自身内部的超越性谓语——"自觉的一般者"(意识界)。接着又以意识的意向作用为线索,逐一考察了"自觉的一般者"这一场所中的"对象事物""知的自己""意志的自己"等,并进一步向意识世界的根底方向——"意向活动"(noesis)的方向,"超越"至"睿智世界",即更为根源性的"睿智的一般者"或者说"知的直观的一般

---

① 山崎谦:《哲学启蒙》,第81~82页。转引自刘及辰《西田哲学》,商务印书馆,1963年版,第64页。

者"。在"睿智的一般者"这一形而上学世界的更深层次中,西田又分别考察了"知的睿智自己"(一般意识)、"情的睿智自己"(艺术的直观)、"意的睿智自己"(道德的自己)等种种"睿智的自己",并对彼此之间的相互关系做了说明。但"睿智的一般者"尚不是和"绝对无的场所"直接对应的最终立场。西田又沿着"意向活动"的方向进一步"超越"了"意的睿智自己",找到了更深层次的"直观世界"——"无的一般者"。这才是之前"场所"思想中的"绝对无的场所",也是最后的终极性立场。由此可见,在《一般者的自觉体系》中,"场所"(一般者)实际上由之前的三层构造变成了四层,其中"睿智世界"之中的"一般者"又分为"知的睿智自己""情的睿智自己""意的睿智自己"三个阶段,较之此前的"场所"思想,整体呈现为一个更加复杂的体系,同时搭建起一条由现象世界一步步通往实在世界的形而上学的阶梯。

由于本书的重点不在对西田哲学进行深入考察,在此对西田这一套极具思辨性的"一般者的自觉体系"不再详述,但在西田的思考当中还有几点与本书主旨相关的要点需要指出。

首先是西田所说的"超越"的方向性。柏拉图(Platon,公元前427—公元前347)在讲到"理念"(idea)时,认为理念是超越于个别事物之外并且作为其存在之根据的实在。但西田对"超越"一词的使用显然与柏拉图不同。在使用"超越"一词时,所指的并不是向"意向对象"(noema)的方向超越,而都是向"意向活动"(noesis)的方向进行超越。换句话说,从"判断的一般者"到"自觉的一般者",从"自觉的一般者"到"睿智的一般者",以及最后到终极性的"无的一般者"的"超越",不是向"外",而是不断地向"内"的超越。沿着西田所铺设的形而上学的阶梯,通往的不是外部世界,而是自我的深处。这再一次说明在西田哲学之中,真正的"实在"并非柏拉图的"理念"或康德的"物自体"一样的外在的超越者,而是内在的超越世界。这种真实的世界不在我们之外而在自我之中,并非远在天边实则近在眼前的观点,显然与《华严经》所说的"三界唯一心,心外别无法",以及王阳明在《传习录》中所讲的"无心外之理,无心外之物",乃至把一切归诸"自心"的禅宗,都有着相通之处。

其次是关于"绝对无的自觉"。"绝对无的自觉"可以说是西田的"场所"思想的精华,是在极为迂回曲折的"场所"思想中一番艰难跋涉后抵达的终点。如前文所述,在《一般者的自觉体系》中,西田的思考从"判断的一般者"(自然界)出发,推进至"自觉的一般者"（意识界），接着又从"自觉的一般者"的极限处再次超越到将之包摄并反映在自身之内的"睿智的一般者"（睿智界），进而又由"知的睿智自己"（一般意识）经由"情的睿智自己"（艺术的直观）最终前进至"意的睿智自己"（道德的自己）。出现在"睿智的一般者"的最深处的就是"意的睿智自己"，也就是"道德的自己"。这一"道德的自己"是真正的在自己内部看见自我的"一般者"。但"道德的自己"中也内含着"见者"即"被见者"，"被见者"即"见者"这一"见"与"被见"的对立，也就意味着依然见不到真正的自己。西田认为"道德的自己"是一个矛盾的自我，是一个"烦恼的灵魂"，总是存在于理想与现实、义务与欲求、善与恶、价值与反价值等彼此矛盾的夹缝中。"道德的自己"越是认识到自己的不完全就越是追求理想，良心越是经历磨砺就越痛感到自己之恶，因此就会在理想与现实之间自我分裂、陷于痛苦。这种自我矛盾发展至极限，"道德的自己"就会放弃自我，转而经历宗教的"回心"，并最终超越至终极性的"无的一般者"，或者说"绝对无的场所"，这就是所谓的"宗教的意识"。显然，此即禅宗所讲的"大死一番，绝后再苏"。"宗教的意识"即我们的自我自觉发展的终极阶段，至此可以认为是抵达了真正的自我，或者说自觉到了真正的自我，也就是所谓的"绝对无的自觉"。"绝对无的自觉"即自觉到自我的根底是"绝对的无"，用西田的话说就是："无见者，亦无被见者，色即是空，空即是色的宗教体验。"[1]

再次是道德与宗教的关系问题。如前文所述，在《善的研究》之中西田的意图在于把"纯粹经验"视作"唯一的实在"并用之来说明一切。不但是真、善、美的世界，甚至道德和宗教也同样是从"纯粹经验"的立场出发被说明的。宗教作为更具根源性的东西被视为学问、道德的基础，被置于学问与道德的延长线上。也就是说，在《善的研究》中，道德与宗教是相"连续"的关系，在"纯粹经验"的世界中一切都是"根源性的统一力"的分化发展，一切都被融合、溶解于"纯粹经验"的洪流之中，作为"个物"的"我"与作为"一般"的"神"是相连续的关系，沿着道德的方向走下去，我们最终会发现宗教。与此相对，到了《一般者的自觉体系》中，宗教便不再处于道德的延长线上了，而是"道德的自己"在自我矛盾的极限处发生"完全放下自我"的转变之后，才能进入宗教的世界。这也就是说，"我"与"神"不再是直接相连续的了，而是有了必须跨越的间隙，必须通过"道德的自己"彻底地"自我否定"

---

[1] 西田几多郎：《一般者的自觉体系》，《西田几多郎全集》第5卷，岩波书店，1965年版，第451页。

才能与"神"相接——这也就是西田所说的"宗教的意识""绝对无的自觉",或者说"回心"。于是,道德与宗教的关系就变成了"非连续的连续"。

另外还值得一提的是,西田在其生前最后一篇论文《场所的逻辑与宗教的世界观》(1945)中,还引入了"逆对应"的概念。所谓"逆对应"是指"绝对"与"相对",或者说"神"与"人"、"佛"与"众生"之间的、相互自我否定的对应关系。例如,人(众生)的一方在自觉到自我的软弱后会求救济于佛,而佛之慈悲(神之爱)则是不惜自堕地狱也要救济众生,二者之间就是这种相互自我否定的对应关系。此时,宗教被把握为一种自我否定式的转变,也被视为源自超越者一方的自我否定的救济。宗教在"此岸"看过去的同时,也被"彼岸"所看,两方的动向相互处于"逆对应"的关系。由此看来,西田的宗教论从"纯粹经验"出发,经由"绝对无的自觉"后,最终发展为了"逆对应"。

最后是哲学与宗教的关系问题。既然只有"道德的自己"通过自我否定的方式才能自觉到"自己的根底是绝对无"这一根源性的事实,那么也就意味着这种"绝对无的自觉"只有通过直观的体验才能获得,而无法通过理性的反省去认识。西田自己也承认:"宗教的立场必须是完全超越我们的概念知识的立场。关于宗教体验的风光,只能让步于宗教家。"[1]另外,他在遗稿《场所的逻辑与宗教的世界观》中也写道:"宗教是心灵上的事实""真的体验乃宗教家之事"。[2] 而与宗教的直观立场相反,哲学却要求通过思维作用对体验思考、反省。也就是说,我们可以在得到"绝对无的自觉"这种宗教体验之后,站在哲学的立场上对其加以反省,却不能通过哲学的思考直接获得类似的宗教体验。先有体验才有反省,而不是先有反省再有体验。这样,相对于哲学,宗教就获得了更加根源性的地位。这也是西田将宗教视为一切的根源和所有学问道德的根本原因所在。

《一般者的自觉体系》出版约3年后,可称为其姊妹篇的《无的自觉限定》又宣告问世了。在这本书的序言中西田写道:"我在《一般者的自觉体系》一书里,是以我们所考虑的自觉的体验为指导原理,通过主语的超越考虑了种种一般者的自己限定。由判断的一般者到自觉的一般者,由自觉的一般者到广义上的行为的一般者或表现的一般者。如果认为判断的一般者是表,那就可以说是由表见里。在这

---

[1] 西田几多郎:《一般者的自觉体系》,《西田几多郎全集》第5卷,岩波书店,1965年版,第182页。
[2] 西田几多郎:《场所的逻辑与宗教的世界观》,《西田几多郎全集》第11卷,岩波书店,1965年版,第371页。

本书所收集的论文里,我是想要通过我们所考虑的自觉的深处来努力地由里见表。"①诚如其言,如果说《一般者的自觉体系》是从作为"判断的世界"的自然界出发,逐级踏着形而上学的阶梯而上,最终到达了"睿智的世界"的终极之处——"绝对无的场所"的话,那么《无的自觉限定》则正与其相反,是从形而上学的"实在"——"绝对无的场所"出发,对作为其自身之"自觉限定"的种种具体事物做了描述。借佛语说的话,一部是借善行功德而愿往生净土之"往相",一部是为救济众生而再生此世间之"还相"。

在《无的自觉限定》中,西田首先指出:"所谓无的限定并不是单纯意味着任何东西都没有,而且所谓无也不就是说限定,而是意味着对于被限定的一般者的限定是一个没有限定者的限定,是意味着存在的形式。"②之后又进一步解释道:"说到绝对无的自觉,或许会被质疑绝对的无又如何能够自觉?但我所说的绝对无并非单纯意味着什么都没有。我们所谓的自觉是指自己于自己之中而见。然而只要是作为自己而能见某物,那就不是真正的自己。自己自身无法被见时,即成为无而限定自己自身时,才能见到真的自己,即真正的自觉。在这个意义上,把成为绝对的无而限定自己自身叫做绝对无的自觉。在那里我们会见到真正的自己。"③从前面的考察中我们已经知道,西田所说的"绝对无"是从其前期哲学中的"纯粹经验"或"实在"出发,经由"场所逻辑"中绝对不会为他者所反映而只能在自我之中反映自我的超越性的"见者",最终上升至的一种超越性范畴。"绝对无"非但不是什么都没有,反而是一种具有包摄性、超越性的"真有"。同样,"绝对无的自觉"也不是对于无的自觉或没有自觉,而是"成为绝对的无而限定自己自身",我们在获得了"绝对无的自觉"后就能见到真正的自我。

西田认为,这个"真我"便是"绝对无"的自觉内容的自我限定,它是一个绝对的、自己限定自己的"事实"。"事实"又包含着"意向活动"(noesis)和"意向对象"(noema)两个方面。其中,"意向活动"是主观面,是意志性的"行为"面,而"意向对象"则是作为其外化的客观面,是对象性的"表现"面。他说:"在广义上可以把客观存在宿有主观意义内容的东西考虑为表现。"④换句话说,在他看来客观存在

---

① 西田几多郎:《无的自觉限定》,《西田几多郎全集》第6卷,岩波书店,1965年版,第4页。
② 西田几多郎:《无的自觉限定》,《西田几多郎全集》第6卷,岩波书店,1965年版,第10页。
③ 西田几多郎:《无的自觉限定》,《西田几多郎全集》第6卷,岩波书店,1965年版,第117页。
④ 西田几多郎:《无的自觉限定》,《西田几多郎全集》第6卷,岩波书店,1965年版,第13页。

中天然地包含有主观的意义,既没有无主观的客观,自然也没有无客观的主观,主观没入客观,即"主观的客观化"。在这一过程中,"行为"发挥了重要的作用。"表现必须由行为出发。至于知,它已经被包含在这个表现的存在或意义的实在上,我认为必须由我们行为的自己本身限定出发来考虑,要把外界视为自我实现的场所,而把外部视为内部的必须是行为的自己的立场。"①可见,西田所谓的"行为"就是"绝对无"或"事实"面向外界或客观方面的自我限定,它只是一种让自己本身表现出客观性的一种主体活动,而并不是社会实践。通过"行为"来把"外界视为自己实现的场所",也就意味着"外界"是依存于"我"的,有"我"才有"外界",无"我"即无"外界"。这样,"行为"便又发挥了使客观没入主观,即"客观的主观化"的作用。综上可见,在西田看来,"绝对无的自己限定"这一"事实"之中,作为"行为"的"意向活动"发挥了最为重要的作用,它不但能使主观客观化,还能使客观主观化,不但表现是行为的表现,而且历史也是行为的历史。

显然,西田在这里所表述的"意象活动"与"意象对象""行为"与"表现"或"自我"与"外界"之间的关系,是传统东方哲学尤其是佛教中经常提到的相互融入而无乖隔的"同体相即"关系。如前所述,西田认为"事实"是"绝对无"的自我限定,是绝对的,是自己决定自己的。"事实"在"意向活动"的限定面上是行为的自己,在"意向对象"的限定面上是表现的事物,因而实际上"事实""行为""表现"都是同一个东西。但无论是"事实"还是"行为"或"表现",都很难被视为"绝对无"自我限定而成的具体事物,于是西田又提出"身体"的概念。西田指出,"身体"是"意向活动"和"意向对象"的结合点,"在事实限定事实本身上,它首先必须考虑身体的限定,限定自己本身的事实必须考虑在身体上限定自己本身"②。也就是说,"事实"总是"身体"的"事实",为了了解"事实"就必须由"身体"出发。在西田看来,"身体"是身与心的统一,是主观与客观、自我和事物"同体相即"之"体"。这样,"身体"即世界,所谓"十方世界是全身"③,因此只有通过身体才能见到"事实",到达"绝对无的自觉"。对此西田说:"我们唯有深入地通过身体限定的尽底,脱却身体的限定,才能达到真无的自觉,即通过宗教家所谓的身心脱落才能达到那里。"④

---

① 西田几多郎:《无的自觉限定》,《西田几多郎全集》第6卷,岩波书店,1965年版,第14页。
② 西田几多郎:《无的自觉限定》,《西田几多郎全集》第6卷,岩波书店,1965年版,第77页。
③ 西田几多郎:《无的自觉限定》,《西田几多郎全集》第6卷,岩波书店,1965年版,第80页。
④ 西田几多郎:《无的自觉限定》,《西田几多郎全集》第6卷,岩波书店,1965年版,第79页。

这种通过"身心脱落"而达到"绝对无的自觉"从而找到"真我"的主张,显然还是《善的研究》以来西田所一贯坚持的禅的立场。

在为"绝对无"的自我限定这一"事实"的"行为"及其"表现"找到了"身体"这一载体后,西田还必须为"一般者"外化出的种种"个物的特殊"解决其存在的时空问题,于是又进一步论述了"时间""人格"与"环境",将这些要素组合起来构筑了一个社会的、历史的"实在世界"。

关于时间,西田说:"所谓时间,我认为是由无限的过去向无限的未来进行的流水,它是一个直线的进行。但是,未来还没有来,过去虽已实现但业成过去,加之我们到任何地方也不能知道过去的过去。我们唯有以现在为中心才能知道过去和未来。"①换句话说,时间是由"现在"成立的,没有"现在"就不会有时间。"绝对的现在到任何地方都是开始,每一瞬间都总是重新地把无限的过去和无限的未来集结在现在这一点上的永远的今,时间可以考虑为是由永远的今自我限定而成立的。"②"永远的今的自我限定"是指"无"将自我自身限定为"现在"。既然"现在"是由自身的自我限定而成立的,那么我们经验到的每一个瞬间的"现在"也都是独立的,因而是"非连续"的。但另一方面,因为作为"特殊"的"现在"其背后是"绝对的无",所以彼此独立的"现在"又会通过"绝对否定"而具有同一性,从而成为"连续"的,即"真正的时间必须由无限定无本身的立场来考虑。按照现在限定现在本身来考虑时间如点到点或由点生点,这并不是在连续上来考虑的,而必须是在由其一瞬间、一瞬间的消失开始的,即由死而生的意味上来考虑的,即考虑为非连续的连续"③。

总之,在西田看来,每一个独立的"现在"都是"绝对的无"的自我限定,是对"肯定"与"否定"的共同否定,在这种超越性的"绝对否定"的作用下,终结即是开始、死即是生。因此,时间是一个成立在"绝对无的场所"上的同时作为过去的终点和未来的起点的无数个"现在"而构成的"非连续的连续"。"必须要考虑无限的过去和无限的未来是在现在的一点上被消失。如神是创造的始日一样,今也是在创造着世界,时间必然总是重新、总是开始的意味。"④正是因为时间"必然总是重

---

① 西田几多郎:《无的自觉限定》,《西田几多郎全集》第6卷,岩波书店,1965年版,第182页。
② 西田几多郎:《无的自觉限定》,《西田几多郎全集》第6卷,岩波书店,1965年版,第188页。
③ 西田几多郎:《无的自觉限定》,《西田几多郎全集》第6卷,岩波书店,1965年版,第264页。
④ 西田几多郎:《无的自觉限定》,《西田几多郎全集》第6卷,岩波书店,1965年版,第182页。

新、总是开始",所以西田才说它是一个"由无限的过去向无限的未来直线进行的流水",是"永远的今"。

综上可以看出,在西田看来,"绝对无"的自我限定是一个"现在"的"事实",其自我限定的自觉即"真我","事实""现在"与"真我"三者是密不可分的一体。"在现在限定现在本身的地方,那里有着自己;在自己限定自己的地方,那里有着现在。"① 这就是说,只有在达到"绝对无的自觉"而找到"真我"后,才能发现"现在"。所以,西田说:"不是我在时间之中,而是时间在我之中。"② 这显然与禅宗主张"即心即佛",认为过去、现在与未来"三际无别",时间不能离开人的心灵而独立存在,是如出一辙的。

前面提到过,在西田看来,"绝对无"的自我限定这一"现在"的"事实"中包含着主观与客观两个方面。其中主观面是行为的自己,客观面是表现的事物。前者是人对人的世界,即人格的世界;后者是人对物的世界,即表现的世界。在阐释了"时间"后,西田又分别从这两个方面出发谈论了"人格社会"与"环境"。

西田的论述是从"我"和"你"的关系展开的。《无的自觉限定》中的《我与你》一章,原是西田1932年发表在《岩波讲座 哲学》(8月号)中的一篇论文。这篇论文在西田全部著作中都算颇为晦涩难懂的一篇。对"我"和"你"的关系西田依然是从"自己在自己之中见自己"这一"场所"的立场出发加以考察的。西田认为,在考虑"自己在自己之中见自己"的时候,同时需要考虑"自己在自己之中见绝对的他"。而这个"绝对的他"即"自己"。正如前文所述,在《一般者的自觉体系》中西田又进一步深化了"场所"立场,提出在"见者"与"被见者"背后存在着将二者共同包摄在内的、自我限定的"无的一般者"。而"自觉"指的就是"无"这一"一般者"的自觉,即所谓"否定见者的见者"。正是在"无的自觉"这一否定性的立场上,"在自己之中见自己"这一自觉之中"被见"的"自己"被否定,从而转化为了对象性的"他者"。但这并不是单纯的"自他合一"。当我们在"自己自身"之中见到"绝对的他"的时候,我们的"我"就获得了"死而后生"的意义,通过承认"他"的人格而重新成为"我"。西田又进一步提出,"在自己自身之中见绝对的他"这一"真的自觉"必须是"社会性"的,是以"人与人的空间关系"为基础的。"我"和"你"正是以"绝对

---

① 西田几多郎:《无的自觉限定》,《西田几多郎全集》第6卷,岩波书店,1965年版,第190页。
② 西田几多郎:《无的自觉限定》,《西田几多郎全集》第6卷,岩波书店,1965年版,第187页。

的他"为媒介形成了我中有你、你中有我的关系。也就是说,"我"通过在自己的根基之中"见"到"他"而没入"他"之中,从而失去了"我"自身。而"你"也同样在"他"中失去"你"自身。于是,"我"便能够在"他"中听到"你"的呼唤,"你"也在"他"中听到"我"的呼唤;"我"通过承认"你"而成为"我","你"通过承认"我"而成为"你";"我"以作为"绝对的他"的"你"为媒介而认识"我"自己,"你"以作为"绝对的他"的"我"而认识"你"自己。西田把"我"和"你"之间的这种亦即亦离、相反相成的关系称为"辩证法的关系"。

如前文所述,既然时间是"绝对无的限定",那么所有的"有"就都处于时间之中,则"真的生命"也必然同时间一样是"一瞬一瞬消失、一瞬一瞬开始"的"死而后生"式的"非连续的连续"。而我们所思考的"我"与"你"这样的"个人的自己",本质上都是作为"动者"的"绝对无的限定面",西田认为是"爱"将"非连续的""我"和"你"的人格结合在一起构成了"非连续的连续",从而形成了"人格社会"。西田说:"对我而考虑你,必须考虑绝对的他。物还可以在我之中来考虑,而你则是一个绝对和我对立的,是在我之外的。然而我通过承认你的人格才是我,你通过承认我的人格才是你。使你成为你的是我,使我成为我的是你。我和你作为绝对的非连续,我限定你、你限定我。在我们自己的深处通过作为绝对的他来考虑你,成立我们所考虑的自觉的限定。这样,若把所谓我在我的深处见你、你在你的深处见我,作为非连续的连续来结合我和你的社会的限定,而考虑为真爱,那么我们所考虑的自觉的限定便可以说是由爱而成立的。"[1]那么何为"真爱"呢?西田认为:"真爱必须是在绝对的他上见我,那里必须通过我死于我本身而生于你。"[2]换句话说,"爱"即死而后生的自我否定。正如前文所述,在《善的研究》中,西田就谈到了"爱"。在那里西田认为"人格的实现"即绝对的"善",完整的善行包含着在自我外部的对人类集体的爱,而所谓"爱"即"自他一致"的感情。由此可见,在《无的自觉限定》之中,西田是用自我否定、向死而生式的"辩证法",把他之前关于"爱"的阐释再次加以深化。

接着,西田又进一步把"我"与"你"的关系引申到了"环境"上,指出正如谈到"有"就必须考虑它所存在的场所一样,"个物"也必然有其所处的"环境",即我们

---

[1] 西田几多郎:《无的自觉限定》,《西田几多郎全集》第6卷,岩波书店,1965年版,第415页。
[2] 西田几多郎:《无的自觉限定》,《西田几多郎全集》第6卷,岩波书店,1965年版,第421页。

存在并活动于其中的世界,不仅包括自然,同时还包括社会。西田认为:"围绕着我们、限定我们的即我们所处的环境,并不是单纯的物质,而应当是所谓的表现的世界。"①在西田看来,包括人在内的"个物"与"环境"之间的关系,同"我"与"你"之间一样是相互否定、相反相成的"辩证法的关系"。他说:"物处于环境之中,个物必须作为环境的限定的极限来考虑。而且不单在这一意义上来考虑个物,相反,个物必须有限定环境的意义。"②"环境限定个物,同时个物限定环境。环境必然有着否定自己本身的同时肯定自己本身的意味。"③举例来说,自然、社会等环境无疑会对作为"个物"而存在于其中的我们产生影响,正是在对我们产生影响的同时,自然的作用、社会的作用才得以形成、体现。也就是说,环境在影响我们的同时也在受我们的影响;另一方面,我们可以通过生产活动改造自然,可以通过改变自我来改变社会,我们在受环境影响的同时也在创造着环境,人类正是通过创造环境才成为人类自己。从这个意义上讲,环境和我们对于彼此来说都并非单纯的对象性的客体,而是存在于其中的"场所",彼此之间的影响也都有着"自己限定"的意义。显然,这里所说的"环境"从"绝对无的自觉限定"角度来看是之前的"场所"概念的具象化,而且这个从"一般"到"特殊"的过程中也依然能够看到其一贯的"主客合一"的哲学立场。

最后,西田还尝试用"环境"与"个物"之间的这种所谓的辩证关系来对社会历史的发展做出解释,他说:"个物限定环境,我们可以考虑为历史地来改变社会。作为历史的、社会的限定的极限而考虑的我们个人的自己,反过来有着限定历史、改造社会的创造的意义。"④也就是说,个人一方面生于社会之中并受社会的影响,另一方面在社会的限定下独立地限定着自己自身,并且能反过来对社会加以改造。同样,"个物"在作为"社会的、历史的限定的极限"的同时,也可以改变社会、推动历史。西田在黑格尔和马克思的影响下,将这种个人与社会、个物与环境之间相互限定的过程称为"辩证法的过程"。

但值得注意的是,提出"辩证法的过程"并不意味着西田放弃了"场所"思想。西田并没有把辩证法的过程或运动理解为一个事物的连续的发展,而是将之视为

---

① 西田几多郎:《无的自觉限定》,《西田几多郎全集》第6卷,岩波书店,1965年版,第367页。
② 西田几多郎:《无的自觉限定》,《西田几多郎全集》第6卷,岩波书店,1965年版,第351页。
③ 西田几多郎:《无的自觉限定》,《西田几多郎全集》第6卷,岩波书店,1965年版,第363页。
④ 西田几多郎:《无的自觉限定》,《西田几多郎全集》第6卷,岩波书店,1965年版,第356页。

"绝对无的自己限定"。究其原因,是因为从"一般者"的连续的、过程的展开之中,难以考虑存在着某种绝对独立的"个物",能在受"一般者"限定的同时还超越"一般者"反过来对"一般者"加以限定,并且与其他"个物"彼此相互限定。西田认为,环境产生个物,个物改变环境,二者之间的关系是生命性的。西田说:"作为非合理之物的合理化理解的辩证法,其根底不能没有生命性的东西。可以说,黑格尔的辩证法是 noema 的,因此,他的辩证法是过程辩证法。真正的辩证法不是在这种意义上想象的,如果在这种意义上考虑辩证法,那么他永远不会脱离连续发展的性质,就不会有由绝对的死中复活——真正的辩证法的意义。要考虑真正的辩证法……不能不从场所限定的立场出发。"[1]由此可见,西田自己设计的"真正的辩证法"是以"绝对的死即是生"的"绝对否定"为媒介的"场所辩证法"。

前面已经提到,从《一般者的自觉体系》到《无的自觉限定》这段时期,西田之所以对历史、社会产生关心,不但搬出了"物质""环境""社会""历史"等一系列过去很少使用的名词,甚至思考起"辩证法"的问题,完全是因为马克思主义哲学的刺激。众所周知,这十几年间正是日本帝国主义由局部侵华开始,逐渐发动一系列对外侵略战争,并最终走向灭亡的时期。为配合对外侵略,日本政府在国内加强了法西斯统治,对左翼文化运动实行了严厉的思想镇压。1933 年 1 月,京都帝国大学教授、日本马克思主义研究先驱河上肇(1879—1946)被捕入狱;同年 4 月,内阁决定成立思想对策协议会;翌年 4 月又设置了思想检察官制度;同年 5 月建立了国民精神文化研究所;6 月文部省设立了思想局。这一系列措施都是日本军国主义政府为"统一国民思想"而进行的疯狂部署。但即便在日本法西斯最为猖狂的这段时期,依然有户坂润(1900—1945)、永田广志(1904—1947)等马克思主义哲学家组织创建了"唯物论研究会",并通过其机关刊物《唯物论研究》来大力宣传唯物主义哲学、批判唯心主义及形形色色的反动思想,在思想战线上坚持了不懈的斗争。后期的西田哲学就是在这样的氛围中展开的。

第三节　后期的西田哲学

在《哲学的根本问题》与《哲学的根本问题续编》两部著作中,西田的目光从

---

[1] 西田几多郎:《无的自觉限定》,《西田几多郎全集》第 6 卷,岩波书店,1965 年版,第 346 页。

"绝对无的场所"这一形而上学的"实在"转向了精神外部的"历史的现实世界"。西田认为"绝对无的场所"自身的自觉限定即"历史的现实世界"。他说:"现实世界,到处都是个物的同时也是一般的,是一般的同时也是个物的。在一般限定的方向上到处都必须考虑是一般的,同时在个物限定的方向上到处都必须考虑是个物的。但是,在个物、个人上到处都必须考虑一般、绝对的一般,而且要把它考虑为超越一切对象的一般者即无的一般者。"①可以看出,当西田的思索不再一味地沉浸于"自己"与"场所"、"个物"与"一般"的关系问题之中后,展现在他眼前的是一个无数的"个物"正活动于其中的世界,是"自己"与"环境"相互限定的世界。这样的世界已经不再是"意识的自己"与其根底中的"绝对无的场所"所构成的两极世界了,而是一个众多的"个物"在相互限定的同时,"个物"与"一般"、"自己"与"环境"也在相互限定的、由多极关系所构成的世界。因此,在《哲学的根本问题》中的《我与世界》这篇论文以后,此前的"绝对无的自己限定"又被西田表达为了"辩证法的一般者的自己限定"。所谓"辩证法的一般者",是指不仅是单方面地对"个物"加以限定,也反过来被"个物"所限定的"一般者"。西田用"辩证法"一词所表达的是"个物"与"一般者"之间的相互否定、相互限定的关系。也就是说,"辩证法的一般者"限定自己自身,就是同一个"一般者"通过"绝对否定"而成为"个物的他",这也意味着"一"在"绝对否定"的作用下而成为"多",由诸多"个物"所构成的现实世界也由此产生。另一方面,"一"的否定也不单单意味着"多"的成立,也意味着展开了一个"个物"彼此之间相互限定的"场所"。对此西田说:"个物与个物相互限定之中,不能没有相互限定的场所。……只要这样看,就自然会把个物与个物的相互限定看作是媒介者的自己限定。"②这里所说的"媒介者"就是所谓的"场所",即"辩证法的一般者"。这样,通过"一"的"场所的限定","多"得以成立。但反过来说,正如"我"与"你"的关系一样,"个物"与"个物"彼此之间也会通过自我否定而使自己一般化,但这并不意味着无差别地"融为一体",而是在保持"个我"的同时以"非连续的连续"的形式"合而为一"。总之,西田所说的"辩证法的关系"可以概括为"个物的限定即一般的限定,一般的限定即个物的限定""个物与个物的相互限定即一般者的自己限定"。为了同黑格尔的"过程辩证法"相区别,西

---

① 西田几多郎:《哲学的根本问题续编》,《西田几多郎全集》第7卷,岩波书店,1965年版,第203~204页。
② 西田几多郎:《哲学的根本问题续编》,《西田几多郎全集》第7卷,岩波书店,1965年版,第257页。

田把自己所思考的这种"一"与"个"的关系称为"场所辩证法"。因为这种辩证法是以"绝对否定"为媒介的,所以又叫作"绝对辩证法"。

如前文所述,在西田晚年的研究中,其思考的重心已经由认识论或形而上学的问题转移到了现实世界的历史形成的问题上。他人生的最后十几年也几乎全部用在了解析"历史的现实世界的自己形成的结构"这一问题上。西田几多郎这一阶段的思想中最重要的两个关键词就是"行为的直观"和"绝对矛盾的自己同一"。

一、"行为的直观"

正如西田在前文所引《善的研究》1936年再版序言中所说,在其后期的哲学思想中,"场所"的观点"具体化"为了"辩证法的一般者"的思想,而"行为的直观"又是"辩证法的一般者"的"直接化"。"行为"与"直观"这两个词的词义南辕北辙,通常很少放在一起使用。一般来说,"行为"是指"活动"或"行动",而"直观"指的是"见"(看)或"静观"。前者是"动",后者是"静"。这一动一静互相矛盾的两个词放在一起,使"行为的直观"初看上去十分让人费解。那么西田为什么要把"辩证法的一般者"再次表述为"行为的直观"?他用这一概念究竟要表达什么呢?

前文中刚才提到,在"辩证法的一般者"的立场上,"历史的现实世界"既是"个物"与"个物"之间的相互限定,又是"自己"与"环境"的相互限定。也就是说,"环境"造就"自己","自己"又改造"环境"。而"自己"对"环境"的改造必须通过"行为"来实现。因此,从作为"个物"的"自己"一方来看,"行为的自己"既是"环境"的产物,也是"环境"的创造者。而从作为"一般"的"环境"角度来看,"环境的世界"同样既是"自己"的产物,又是"自己"的创造者。如果把"行为的自己"和"环境的世界"二者之间这种相即相辅的"辩证法的关系",从"自己"的主体的、创造的"行为"角度来加以把握的话,就是"行为的直观"。同时,作为"个物的多"与"内"的"自己"和作为"全体的一"与"外物"的"环境"二者之间的这种"辩证法的关系",也就是所谓的"一即多、多即一""内即外,外即内"。

晚年的西田十分关注"辩证法的一般者的世界"中的"行为"问题。在他看来,"行为"并非单纯的"活动""行为"之中必然伴随着"见"(直观)。在收录于《哲学的根本问题续编》中的《作为辩证法的一般者的世界》一文里,西田以他经常提到的艺术创作为例,说道:"在艺术的创作作用中,我们并非概念性地构成事物,或单纯地被动地模仿事物。是事物引诱了我,驱动了我们。物成为我,我成为物。而且,其作为主客合一的作用,不断地将自己自身限定下去。"①如前所述,西田认为"行为"在本质上是"意向活动",可以外在地创造事物,或者换句话说,可以通过内在地自我否定而外在地肯定自我。因此,"行为"所创造的东西不只是单纯的物质,还带有"表现"的性质。从这一角度来说,艺术活动所创作出来的作品就不再单纯是个人的作品了,而是带有了"世界的自我表现"的性质。而"见"(直观)正是由此产生。表现性的事物诱使我们"见"(直观),继而又会再次引起我们的"行为"。这样,在"行为"中就始终伴随着"见"(直观)。"诱发"与"被诱发"双方便构成了相即相辅的"辩证法的关系"。由此可见,"行为的直观"是从主体的"自己"(个物)的方面,或者说通过主体的"自己"的"行为",来对"辩证法的世界"历史的自我形成过程加以考察时提出的概念。

二、"绝对矛盾的自己同一"

"绝对矛盾的自己同一"可以说是西田几多郎在40多年"迂余曲折"的艰苦思索后所达到的最终的哲学立场。

1939年3月,西田发表了其后期哲学的代表论文《绝对矛盾的自己同一》,此论文后被收录在了同年11月出版的《哲学论文集第三》之中。西田本人曾在多种场合中强调过这篇论文的重要性。比如,在此后出版的《哲学论文集第四》的序言中西田写道:"此书以前论文集中到达的我的根本的哲学思想为基础,主要论述了实践哲学的问题。在'绝对矛盾的自己同一'之中,我大体明确了我的根本思想。为了进一步明确此思想,同此思想相关的种种特殊的问题也必须要加以论述。前书的'经验科学'以下,至此书最后的论文,即在此种意图下所写。"②另外,在接下来的《哲学论文集第五》的序言中,西田也说道:"我在第三论文集中把握到了我的根本哲学思想。在第四论文集中,试着从那里出发,主要论述了实践哲学的问题。在此论文集中,反过来论述了知识的问题。我认为在此论文集中,我得到了从我的根本思想出发对种种问题加以论述的方向。"③接着在《哲学论文集第六》的序言中写道:"以我在第五论文集中的粗略论述为基础,在此论文集中主要试着论述了数

---

① 西田几多郎:《哲学的根本问题续编》,《西田几多郎全集》第7卷,岩波书店,1965年版,第335页。
② 西田几多郎:《哲学论文集第四》,《西田几多郎全集》第10卷,岩波书店,1965年版,第3页。
③ 西田几多郎:《哲学论文集第五》,《西田几多郎全集》第10卷,岩波书店,1965年版,第341页。

学、物理学的根本问题。"①由此可见,西田认为"绝对矛盾的自己同一"代表着其思想的最终完成。此后,西田思考的重点就从对哲学根本原理的探究转移到了对具体问题的阐释,或者说转移到了理论的应用之上了。

如前文所述,在《哲学的根本问题续编》中,"辩证法的世界"被考虑为了"个物的限定即一般的限定,一般的限定即个物的限定""个物与个物的相互限定即一般者的自己限定"的"历史的现实世界",而"绝对矛盾的自己同一"所描述的正是这一世界的内在的逻辑结构。

在"绝对矛盾的自己同一"这一用语得以固定之前,西田曾使用过"绝对相反之物的自己同一""相矛盾之物的自己同一""相反作用的自己同一"以及"相反方向的自己同一"等词语来表示"辩证法的世界"的内在构造。从这些词语中可以看出,西田最后用"绝对矛盾的自己同一"一词想要表达的是在"历史的现实世界"中,诸如"行为与直观""时间与空间""一与多""内与外"等相矛盾、相对立的两种要素、作用、方向,在互相矛盾与对立的同时,"世界"作为一个整体又保持着自我同一的状态。在不同的场合中,西田还用过"辩证法的自己同一""绝对辩证法的自己同一"等说法来表达他所说的这种矛盾双方既对立又统一的关系。但值得注意的是,西田所说的矛盾双方的关系,并不是形式逻辑中那样绝对地相互排斥、二者择一的关系,而是像"个物的多"与"整体的一"一样的互相依存、相反相成的关系。而且,西田所说的矛盾的"自己同一"也与黑格尔或马克思的辩证法不同,它并不是指矛盾对立的双方在更高的阶段上发生转化从而具有同一性,而是指绝对相矛盾、相对立的二者在矛盾与对立的同时保持着自我同一。显然,如同"行为的直观"一样,这又是一种听上去颇为不合常理的表达。矛盾的双方究竟怎样才能在彼此矛盾的同时又保持着自我同一呢?

如前文所述,西田认为"绝对无的场所"是"历史的现实世界"的根底,"历史的现实世界"在根基上与"绝对无"相连,前者是后者"自觉限定"的表相,或者从"时间"的角度来说,是"永远的今"的一瞬一瞬的"自己限定"。换句话说,现实世界中的"个"与"个"、"自己"与"环境"是相互矛盾、对立的,但同时它们在根底上又都与"绝对无"相连,因此"历史的现实世界"是"自己同一"的,即在现象的层面上是矛盾的,在"实在"这一事实的层面上是自我同一的。而且,这里的"现象"与"实

---

① 西田几多郎:《哲学论文集第六》,《西田几多郎全集》第 11 卷,岩波书店,1965 年版,第 3 页。

在"又不是两个彼此割裂的世界,而是"现象即实在"。正因为如此,矛盾才在矛盾的同时得以自我同一。如果现象是实在的现象,那么现象的世界也就是绝对矛盾的自己同一的世界。由此可见,"绝对矛盾的自己同一"在根本上是"现象即实在论"的一种表现。话说回来,既然是"现象即实在",那么自然不存在与"现象界"相分离的"实在界",也并没有与"历史的现实世界"相割裂的"绝对无的场所",只是为了便于理解才把世界想象为表面上是矛盾对立的、深层上是自我同一的二重结构。但本质上,"历史的现实世界"既是绝对矛盾的世界,又是自我同一的世界,既是"绝对无"的自觉限定的表相,又是"永远的今"的自我限定的表相。

"行为的直观"这一概念也体现了"绝对矛盾的自己同一"的"相即"性。"行为"与"直观"从作用上来看是相反的、矛盾的。前者是动,后者是静;一个是主动的,一个是被动的;一方是由内向外的,另一方是由外向内的。但"行为"并没有否定"直观","直观"也没有否定"行为",反而是"行为"产生于"直观","直观"产生于"行为","行为"中包含着"直观","直观"中包含着"行为",即二者处于绝对矛盾的同时又保持着自我同一。

以前文中提到的艺术创作过程为例能更好地说明这一点。在西田所说的例子中,画家的目光首先触及一个对象,从而产生了创作的冲动。画家越看这个对象,把它画下来的欲望越强烈,最终在对象引起的创作欲望的推动下开始了创作活动,即"看到对象"这一"直观"诱发了"画对象"的"行为"。在这种情况下,"直观"在前,"行为"在后,因此"行为"产生于"直观",甚至可以干脆说"直观"就是"行为"。而当对于对象的"直观"越深入的时候,画家的创作也会变得越具有个性和创造性,因此"直观"就成了一种自我否定、自我矛盾性的行为,即"直观即行为"。但另一方面,画家所创作的作品也并非脱离于画家的独立存在。作品是画家的自我表现,也是画家自身本质的对象化;是画家的理想、信念、思想的表现,也是画家自身之内的灵魂。因此,从某种程度上可以说,作品就是画家,就是画家的分身。画家在创作中能够发现自我,即"创作"这一"行为"中会产生对自己自身的"直观",或者说"行为"就是"直观"。而画家越个性化或创造性地活动,对自己自身的"直观"也会越深,因此"行为"就成了一种自我否定、自我矛盾的"直观",即"行为即直观"。

上述事例中的"行为"与"直观"的关系,显然并非绝对地相互排斥、相互对立,反而是一种以"自我否定"为媒介的相互补充的关系。在西田看来,当"行为"失去了"行为性",即具有了"直观性"的时候,才是真正的"行为"。反之,当"直观"不再有"直观性",即获得了"行为性"的时候,才成为真正的"直观"。这就是"行为即直观""直观即行为","行为"与"直观"的"相即"也就是"矛盾的自己同一"。

但需要强调的是,在"行为的直观"这一术语中,"行为"与"直观"的权重原本就不是均等的。"行为的"是"直观"的修饰语,"直观"才是中心语。"行为的直观"指的是"带有行为性质的直观"。前文中提到过,早在《善的研究》中,西田就把理想的、最为深远的"纯粹经验"称为"知的直观"。他的中期思想的核心"绝对无的自觉"的内涵也是"自己在自己之中见自身",换句话说就是对"自己的根底是绝对的无"的"直观"。由此可见,"直观"在西田的思想中一直占有着最重要的位置。在西田哲学之中,"直观"即意味着对自己和世界的根本的洞察,西田认为由这样的"直观"的推动而生的"行为"才是真正个性化的创造性的行为。西田哲学告诉我们,必须通过"直观"与"永恒之物"相接,并作为"永恒之物"的自我限定而活动,这就是"行为的直观"的思想,这一思想的本质即"成为物而见,成为物而行"的"物我合一",或者说"物我两忘"。但西田还强调,"直观"并不是单纯地消除自我,也不是简单地使自己变成"物",而是通过自己创造"物"来真正地、能动地把握"物"的本质。① 西田认为"行为的直观"是"辩证法的世界"之中我们自身的一种主体行为方式或对存在的一种把握方式,而且"行为"与"直观"二者这种相即相辅的关系不仅仅存在于艺术的创作作用(poiesis)中,还广泛地存在于从日常的感官知觉开始到抽象的科学认识,甚至包含具体的历史的实践行为在内的所有的作用或活动之中,只是在不同的作用或活动中存在强弱、深浅的程度之别而已。因此,在他晚年的研究中就从"绝对矛盾的自己同一"这一"行为的直观"的内在逻辑出发,对"历史的现实世界"之中的各种具体的问题展开了论述。例如,在《哲学论文集第三》所收的《经验科学》一文中论述了自然科学的基础;在《哲学论文集第四》收录的《实践哲学序论》和《制作与实践(实践哲学序论补说)》②中讨论了实践的问题;在《作为历史的形成作用的艺术创作》一文中论述了艺术的创作(poiesis);在《国家理由的问题》中又论及了"国是"与"国家理性";在收录于《哲学论文集第五》中的

---

① 参见西田几多郎《哲学论文集第三》,《西田几多郎全集》第9卷,岩波书店,1965年版,第203页。
② 原题为"ポイエシスとプラクシス(実践哲学序論補説)","ポイエシス"和"プラクシス"分别为希腊语"poiesis"和"praxis"的日语外来语。

《知识的客观性》《自觉》和《关于笛卡尔哲学》等文中论述了知识的基础;在《哲学论文集第六》中收录的《物理的世界》《逻辑与数理》《数学的哲学基础》等论文中阐述了物理和数学的基础的问题;在《以预定调和为指引走向宗教哲学》一文中论述了宗教的问题。由此可以看出,在其哲学研究的后期,西田的确是把"绝对矛盾的自己同一"视为了一种能够成为所有学问基础的根本性的原理。

第三章 "竹内鲁迅":"西田哲学"的应用

第一节 "时代""个性"与"方法"

一、"干涩"的时代

日本的明治时代自1868年起至1912年止,共跨越了45年的时间。在历史的长河中,40余年的时间可谓沧海一粟,哪怕在日本千余年的文明史中,也是微不足道的。然而,在这短短的40余年间,日本却经历了沧海桑田般的巨变,不但揭开了近代史的新篇章,也迈入了一个新的世纪。经济上,资本主义经济形成并得到发展;政治上,近代资本主义国家体制得以建立;思想文化上,也在与西方文化的撞击、融合中完成了现代转型。仅就思想方面来看,由于启蒙时期培养起来的民主主义思想引发了自由民权运动,进而威胁到了以天皇制专治主义为特征的明治政府的统治,于是在明治时代第二个十年国家体制逐渐完备后,在政府的主导下思想界出现了移植德国哲学和复兴传统思想两种明显的思想动向。这两种思想动向,一方面起了抵制、扼杀自由主义、民主主义思想的作用,另一方面为近代日本思想家融合东西方思想构建有日本特色的哲学提供了思想资源。西田几多郎正是在充分利用这两种思想资源的基础上,对西方哲学的逻辑加以巧妙地改造与取舍,提出了独具特色的"场所逻辑""谓语逻辑""相即逻辑""无的逻辑"等理论,将东西方思想有机地统一在了一个新的体系中,完成了对西周[①]以来的启蒙思想家、学院派思

[①] 西周(1829—1897),日本明治时代启蒙思想家。

想家的超越。

西田几多郎的《善的研究》于明治时代的最后一年出版,标志着现代日本哲学的诞生。1945年4月,西田写完了其人生中最后一篇论文《场所的逻辑与宗教的世界观》并于两个月后离世,而这一年在日本历史上既标志着昭和前期的结束,也标志着近代的结束和现代的开端。① 也就是说,西田哲学的发展和完成适逢整个大正时期(1912—1926)和昭和前期(1926—1945)。前文中提到过,竹内好生于1910年,《鲁迅》成书于1943年,而标志着竹内好的日本近代批判论形成的《何谓近代》一文发表于1948年。换句话说,竹内好的成长与思想形成,刚好与西田哲学的发展、完成期重合在一起。这段时期,西田哲学在思想界占绝对地位,俘获了大量的青年拥趸,其影响力自然会向社会中渗透,为竹内好在思想上受其影响提供了环境上的可能。但需要指出的是,尽管西田哲学是这一时期哲学研究的中心,但并非思想界的全貌。在明治到昭和前期这段日本向帝国主义狂飙突进的时期中,还有与上述两种思想动向相伴生的第三种动向,即帝国主义思潮的兴起。正是帝国主义的邪恶之花吸干了近代日本的思想养分,才使得日本知识界的躯体变得干涩、萎缩。

日本资本主义经济在产生之初就受到自然资源匮乏、国内市场狭小、社会购买力有限等诸多客观条件的制约,加上国内存在着旧士族的反抗及自由民权运动等种种危机,使明治政权在建立之初就存在着借发动对外侵略战争来转嫁国内危机的倾向。如果说导入德国唯心主义哲学和复活神、儒、佛等传统思想更多的是为了巩固天皇制的国家制度、维护明治政府的统治的话,那么帝国主义思潮的兴起则完全是跟日本在垄断资本主义的推动下走向对外扩张联系在一起的。

日本帝国主义思潮兴起的标志性事件就是明治二十七年(1894年)爆发的中日甲午战争。对日本来说,中日甲午战争的胜利是日本近代史上一个划时代的事件。在历史上,中国一直是日本学习的对象和确立民族认同感的参照系。但日本迅速欧化以后,中国转而成了与"先进的"欧洲相对照的"落后的"典型例子,成了日本丈量自己欧化成果的标尺。因此,在日本眼中,甲午战争是一场"开化对保守"的战争,无异于"入欧"的登龙门。甲午战争获胜后,福泽谕吉、德富苏峰、高山

---

① 关于日本的近代与现代的划分问题,日本史学界尚无定论。但通常习惯上把明治维新至1945年第二次世界大战战败投降的这段时期视为近代,1945年以后称为现代。对于昭和时代的分期,一般也是以1945年为界,分为昭和前期与昭和后期。

樗牛等当时极具社会影响力的教育家、思想家,以及竹越与三郎、山路爱山等"民友社"的评论家都不同程度地转向了帝国主义,很自豪地以这一立场来引领了当时的时代思潮。

除了以上述思想家为代表的帝国主义思潮之外,伴随着产业资本的发展和工人阶级思想的成长,甲午战争后的明治日本还产生了以安部矶雄、幸德秋水等人为代表的社会主义思想,以及高山樗牛在明治时代第3个十年后期所主张的带有本能主义、自然主义倾向的个人主义和清泽满之的精神主义思想。如果说明治中后期的帝国主义、社会主义思想是要从外在的、制度的方面来解决社会问题的话,那么企图解放自我的个人主义和追求个人内在观念、精神和情感满足的精神主义则只是在追求解决知识分子的个人自我受到压制的"时代的烦闷"而已。但在经过中日甲午战争和日俄战争(1904年)胜利刺激后明治后期,无论是同天皇制针锋相对的社会主义,还是和国家社会毫无关联的个人主义、精神主义,在日益高涨的国家主义、帝国主义思潮面前都被挤压了生存空间。

在步入大正时代前,日本的社会主义运动在明治四十三年(1910年)底的"大逆事件"中遭到了打击而一时走向颓废;个人主义思想也在德国哲学的影响下逐渐演变为了大正时代的阿部次郎、左右田喜一郎和桑木严翼等人所主张的人格主义、文化主义等一股以"人"为主题的人文思潮。这些思想家们虽非旗帜鲜明地反对国家主义,却不约而同地把对"人格"与"文化"的追求作为最高价值,无形中也就拒绝了"国家至高无上"的价值判断,在客观上对自明治后期就已开始逐渐抬头的"国家至上""日本膨胀"等思想起了遏制作用。但另一方面也要看到,大正时期的各种人文思潮在本质上都是"中产阶级的哲学",说到底,终归是一种资本主义意识形态。这些理想化的"主义",在主张"任何人就其人格而言应该具有同等的价值"的同时淡化了阶级之间的对立,因此其对人格与自我的追求也就始终伴随着知识精英与普通民众之间的隔阂,这就决定了这些思想实际上依然是一种"有差别的平等"。这些知识精英在弱化国家权威的同时,只是承认民众是政治的监督者,主张在此基础上应给予民众参政权,对超出此界限的诉求却显示出排斥的立场。与普罗大众的脱节使得大正时代这股人文思潮只能是无根浮萍,最终会被强势的帝国主义浪潮一冲而散。

随着1926年嘉仁天皇的故去,日本近代史又翻开了昭和时代的新篇章。"昭和"是日本历史上使用时间最长的年号。历时63年的昭和时代是一个风云变幻的时代，以昭和二十年（1945年）年8月裕仁天皇宣布战败投降为界，日本经历了昭和前期的激昂、疯狂与昭和后期的卑屈、潜沉，而这种时代特征无疑也会表现在思想史上。从总体上看，昭和前期的思想发展状况经历了从大正时代思想文化多元发展态势的延续逐步走向被法西斯思想完全支配的过程。

尽管第一次世界大战中的获利使日本经济急速膨胀，迅速进入了垄断资本主义阶段，但同时，日本国内也隐含着不安与危机。一方面，资本主义的高度发展使城市里涌现了大量受过高等教育、向往西方式生活的中产阶级；另一方面，在资本主义商品经济的冲击下，自然经济已经开始解体的农村却在思想上固守着传统的封建伦理，抵制着近代文明。关东大地震、昭和初年的金融危机和"济南惨案"后日益吃紧的国内外环境，使这种社会和思想上的分裂性愈发难以调和。在这种情况下，无论是左翼、右翼还是宗教界，都发出了要求打破现状、改造国家的呼声。

日本的资本主义从发展的最初就隐含着生产力的增长与国内市场狭小之间的矛盾。从第一次世界大战中渔利后，工业的飞跃发展使日本的工人阶级人数激增，而另一方面银行与机器大工业的紧密结合推动着垄断资本逐步支配整个社会。战争与关东大地震所引起的物价上涨、劳动强度的增加和实际工资的下降，加上俄国十月革命的胜利给全世界无产阶级运动带来的鼓励，使日本的无产阶级运动在大正时代中渐渐走出了明治末年"大逆事件"导致的严冬期，不但发展为有组织的工人群众性运动，而且思想水平也有了提高，涌现出了河上肇、福本和夫、栉田民藏以及三木清等马克思主义哲学、经济学的理论家。到了昭和七年，由长谷川如是闲、户坂润、永田广志等40人发起成立了"唯物论研究会"，这些能力很强的理论家们，在专门研究辩证唯物论的同时积极参加意识形态领域中的斗争。"唯物论研究会"的活动显著地提高了日本唯物主义哲学的理论水平，并把唯物主义思想渗透到了青年学生与知识分子阶层，不但扩大了无产阶级运动的影响力，也在客观上对当时盛行的德国唯心主义哲学和日渐抬头的法西斯主义思想起了一定的抵制作用。但令人惋惜的是，20世纪二三十年代这段时期日本的无产阶级知识分子们多是在照搬马克思主义原理和苏联经验，而没有结合日本的实际情况进行具体分析，导致革命的理论没有同革命的实践结合在一起。之后，随着法西斯政府对思想文化界的强势镇压，马克思主义思想和无产阶级文化又陷入了长达十余年的沉寂。

在形势的触动下,国家社会主义、农本主义等右翼革新思想也开始活跃起来。

十月革命的成功使社会主义思想成了关注的焦点,无论是左翼还是右翼势力都试图从社会主义理论中寻找途径来改造国家,打破内忧外患的局面。在这种背景下,社会主义思想逐渐同国家主义、君主制思想结合在了一起,形成了所谓的"国家社会主义"。国家社会主义思想的特点是:"第一,从对天皇制的国体观的态度上看,是'日本国体的肯定者、礼赞者、拥护者、发扬者',认为现行的君主制是日本国民最适合的国家形态。第二,对于如共产国际所说的,社会主义者理所当然地就是国际主义者表示怀疑,而认为现在社会的结合方式从根本上说是地缘上、血缘上的结合,也就是人种的结合、国家的结合。从现实出发反对国际主义的超国家的社会主义,强调阶级斗争只在一个社会内部进行,可以说内在地包含有'一国社会主义'的思想。第三,从人性恶的前提出发认为作为统制机能的国家是不能废除的,主张在经济上实行社会主义,在政治上实行中央集权主义即国家主义。"[1]从上述国家社会主义的思想特点可以看出,所谓国家社会主义,一言以蔽之,就是高度中央集权下的国家主义与社会主义的结合。在国家社会主义思想中,个人的存在既不是为了自己,也不是为集体或阶级,而完全是以国家为本位,这可以说与右翼的法西斯主义思想相当契合。但也正是这一点,使得这股国家社会主义思想并未能大规模地组织、动员起群众,之后很快就被纳入到了右翼法西斯主义理论之中。

自幕末开国以来,日本的传统农业社会和封建伦理道德就在西方资本主义经济和近代思想的冲击下不断凋敝。1929年至1933年席卷了整个资本主义世界的经济危机,不但让日本的经济更加恶化,还进一步波及了农业和农村,使城市与农村、近代与封建之间的矛盾在昭和时代愈演愈烈。在这种背景下,部分右翼学者提出了批判资本主义制度和政党政治,要求固守农村社会的"自然而治"、实行国家改造的"农本主义"。他们共同主张排斥西方的近代自由主义思想及政党政治,希望恢复到传统的农业社会,以农村自治来解决农村贫困问题,实现政治革新,进而使日本摆脱国家危机。很明显,农本主义这种带有浓厚的封建、复古色彩与反近代性的思想,与主张推翻政党政治、实行天皇制军事统治的法西斯主义思想在某种程度上有着默契,因此,随后便被资本家、地主及军部等右翼势力作为思想工具,把大量深陷于不安之中的农民吸纳到了法西斯运动中,发挥了反动意识形态的功能。

---

[1] 刘岳兵:《日本近现代思想史》,世界知识出版社,2010年版,第258页。

昭和初期的自然灾害、金融危机和政治黑暗，不但导致了社会的动荡，也给人们精神生活带来了混乱，因此各种宗教思想纷纷利用救世情怀吸引信徒来拓宽生存空间。"概观昭和初期的日本佛教，大致有两大总体走向：一是顺应日益强化的国家主义展开宗教活动，二是以贫苦大众为支点，积极探索基于左翼思想的佛教社会作用。"①事实上，体现出这两种走向的不仅仅是佛教，天理教、金光教、灵友会等许多在动荡中乘势而起的，融合了佛、儒、神等多种成分的新兴宗教中也存在着尊皇救世和推翻天皇制的两类思想。前者显然是国家加强了思想统制的结果，后者无疑则是国家打压、取缔的对象。自明治维新以来日本政府就一直推行独尊神道、排斥其他宗教的思想控制政策。发展到昭和初期，国家权力与神道相结合的"国家神道"早已经君临其他宗教之上，牢牢地控制了国民的世界观、历史观、价值观和人生观。随着国家主义、法西斯主义的猖狂崛起，宗教性的救世、改世思想终究避免不了走向衰落。

　　综上可以看出，尽管昭和初期在经济的萧条和政党政治的软弱使然下涌现出了种种错综复杂的革新思想，但它们都没能真正地同群众的力量结合在一起，从而将日本引导向"百姓昭明，协和万邦"②的方向，其中的某些右翼思想和宗教主张更是走向了同法西斯主义的合流，推动着日本走向了与"昭和"之蕴意相反的道路。

　　在经济状况不断恶化、政党政治产生动摇、社会动荡进一步加剧的背景下，为了转移国内深刻的阶级矛盾、社会矛盾，日本政府开始加紧了策动对外战争的步伐。昭和二年（1927年）田中义一内阁制定了《对华政策纲领》，公开提出从中国领土中攫取东北地区的企图；翌年，旋即便出兵山东，制造了骇人听闻的"济南惨案"，迈出了侵略中国实质性的第一步；昭和六年，日本关东军挑起了震惊中外的九一八事变，侵占了中国东北；昭和七年，首相犬养毅在少壮派军人发动的政变中被枪杀，军部趁机控制了内阁，宣告了政党内阁时代的结束；昭和十一年（1936年）又发生了著名的"二二六事件"，使军部和内阁彻底为法西斯分子所控制，实现了军部法西斯专政。

　　为了配合对外发动战争，日本政府对国内思想、言论的统制也显著加强。尤其是军部势力登上权力舞台后，更是严格控制了思想文化领域，开始向国民灌输糅合

---

① 杨曾文：《日本近现代佛教史》，浙江人民出版社，1996年版，第133页。
② "昭和"之年号语出《书经·尧典》"百姓昭明，协和万邦"。

了八纮一宇、神道尊皇、忠君爱国、侵略扩张等因子的法西斯思想。在这种形势下，不但北一辉、大川周明、石原莞尔等法西斯理论家纷纷粉墨登场，形形色色的法西斯团体也如雨后春笋般冒了出来。昭和十二年(1937年)5月，日本文部省又编纂刊行了《国体之本义》，将之指定为中等以上学校的"修身"课教材并分发到各级政府机关，从宪法的角度阐述了天皇的绝对统治权。这样，军部和右翼法西斯团体就成功地为天皇神权思想及攫取而来的权力确立了官方正统的地位，从而更加肆无忌惮地拖动着整个日本走向了对外侵略的方向。

随着天皇制法西斯体制取得支配地位，法西斯主义思想也在思想上完全占据了统治地位。"法西斯思想体系并没有一贯的理论和体系，它是按处于各个时期的具体条件，收集一些能煽动人心的各种意识形态的片断和口号凑合起来的。即使这些片断既不统一又相互矛盾，那也不为法西斯理论家们所介意。法西斯思想体系的最终目的在于对整个国家机器实行法西斯控制和统治，把全体国民置于统一支配之下，为此，他们就按需要，把他们认为最有效的某些意识形态的形式和内容片断，通过巧妙的技术处理而加以利用。不论是东洋的还是西洋的，尽管所有的法西斯思想体系都具有浓厚的复古主义的神秘主义色彩，但从上述意义看，这种思想体系的意图和机能过程，都属于国家垄断资本主义的上层建筑，都是高度近代化的。"[1]事实上，对于昭和前期日本政府灌输给人民的这些不合逻辑且毫无内容的法西斯主义思想，不但第二次世界大战后的日本学者有着如上较为清楚的认识，当时的那些受过大正民主和昭和初期马克思主义洗礼的知识分子们也不可能全都受之蛊惑而无条件地表示认同，真正陷入狂热而赞美战争的毕竟是少数。但尽管如此，当时敢于站出来对法西斯主义思想进行反击的人寥寥无几也是事实。正如美作太郎[2]所说："大多数知识分子心里是想要抵抗的，而实际上却无所作为，他们各自分散地活下来了。"[3]

考察过明治时期至昭和前期的思想状况后可以看出，在东西方思想交织、传统与现代激荡的近代日本，思想文化的发展始终处在国体与政体的制约之下。神儒

---

[1] 近代日本思想史研究会：《近代日本思想史》第三卷，那庚辰译，商务印书馆，1992年版，第80~81页。
[2] 美作太郎(1903—1989)，杂志编辑、出版学学者。东京帝国大学法学部毕业。第二次世界大战前任日本评论社编辑，1938年因出版东京帝国大学教授河合荣治郎的《法西斯主义批判》一书而受到迫害，第二次世界大战后回归日本评论社，历任编辑局长、专务董事。1952年创立新评论社，历任社长、会长等职务。
[3] 美作太郎：《新日本文学》，1956年8月号。转引自近代日本思想史研究会《近代日本思想史》第三卷，那庚辰译，商务印书馆，1992年版，第110页。

佛等东方传统思想的教化、德国观念论哲学的引导和专制政府的镇压,使追求个人自由与个性解放的西方式个人主义思想在日本失去了生存的土壤,本就具有资产阶级属性的知识阶层集体转向了对精神、内心与人格的追求,从而形成了缺失近代主体性的"日本近代",也为第二次世界大战后的日本思想界留下了一个无法回避的课题。竹内好的文学与思想正是由此而起步的。

二、"不迎合"的个性

中川几郎在《竹内好的文学与思想》一书中指出:"竹内好总是被称为难懂的思想家,其原因何在呢? 或许原因在于他的前半生历史的不鲜明,尤其是被称为其处女作的《鲁迅》的文体难懂。"[①]诚如其所言,尽管竹内好的著作全集多达17卷,但其中关于自己早年生平和思想成长历程的记述却不多,久米旺生编写的"年谱"[②]正是由这些内容汇总而成的。此外,关于这方面的研究就只能从他人对竹内好的回忆中才能摸到一鳞半爪了。

> 小学到了四年级前后,人生智慧骤然丰富,产生了一种自我意识,想被人关注的心情日渐增强。特别是我,似乎比别人更加虚荣。说好听点的话,就是不服输。[③]

"年谱"中显示,竹内好大正六年(1917年)进入东京都的富士见小学读书,大正十二年毕业后考入了东京府立第一中学,之后又在昭和三年(1928年)考入了大阪的高中。而正如前文所述,这个时期的日本正处于日俄战争获胜之后的上升期,通过在第一次世界大战中的获利,日本进一步缩小了与欧美列强之间的差距,思想界的状况则如前文所述,随着垄断资本主义的快速崛起和东京大地震造成的经济恐慌,有限的民主主义、个人主义思想也在帝国主义、国家主义的面前日渐衰亡。沉浸于这样一种社会、思想氛围之中,竹内好的性格与思想难免会受到影响,同前文中谈到的明治一代学人一样,少年时代萌生的自我意识、不服输的个性受到压抑也不足为奇。在《难忘的教师》一文中,竹内好回忆道,人生中最初使他痛苦的是

---

① 中川几郎:《竹内好的文学与思想》,オリジン出版中心,1985年版,第8页。
② 见《竹内好全集》第17卷。
③ 竹内好:《难忘的教师》,《竹内好全集》第13卷,筑摩书房,1981年版,第7页。

父亲生意失败造成的贫穷,准确地说,是对被人在背后说家里贫穷的担心和恐惧。① 年纪不大的孩子对贫穷会抱有如此强烈的自卑感,其中或许有其天生性格比较敏感的原因,但若深究的话,显然也和当时资本主义上升期崇尚财富与权力的社会氛围的影响有着密不可分的关系。

> 同情也不行,鼓励也不行的话,那就只有一种科学性的冷静、遵循精神领域中一定价值基准的理想主义才能拯救这个孩子了。②

从少年时期体现出敏感、内向的气质,到向精神内部、理想主义的倾倒,在这一点上竹内也与西田等前代或同辈的知识分子颇为一致,显然是时代造就的必然。据竹内好回忆,在他一生中给他留下深刻印象的老师寥寥无几,其中就有小学时颇受全班同学欢迎的班主任野田老师。之所以受欢迎,是因为他身上存在的一种"异色"——"野田先生身上带着自由主义教育的气氛,并且在当时的限制下将之充分发挥了"③。反过来看,这种受学生喜爱、让学生难忘的"自由主义气氛"无疑才是当时少年们的向往。

另外,在这篇回忆恩师的文章中,竹内还谈到自己小学时所作的一首和歌曾受到老师的表扬。但他却强调,无论当时还是现在,他自己都不喜欢这首和歌,因为觉得它丝毫没有体现出孩子该有的闪光,过于老成世故。关于当时为什么作了这样一首和歌,竹内好说:

> 我从经验中归纳出的一条定理是,学生总是在迎合教师。④

他把彼时自己的曲意迎合称为"俗物根性""优等生根性",觉得"自我厌恶"。这种放弃自我的迎合,一直是竹内好最为反感、抵触的。可以看出,后来他在《鲁迅》中对鲁迅之"抵抗"的高扬,在《何谓近代》中对"优等生文化""奴才"和"转向"的批判,在小学时对这首和歌的"不喜欢"中就已初见端倪了。

---

① 竹内好:《难忘的教师》,《竹内好全集》第13卷,筑摩书房,1981年版,第7页。
② 竹内好:《难忘的教师》,《竹内好全集》第13卷,筑摩书房,1981年版,第8～9页。
③ 竹内好:《难忘的教师》,《竹内好全集》第13卷,筑摩书房,1981年版,第9页。
④ 竹内好:《难忘的教师》,《竹内好全集》第13卷,筑摩书房,1981年版,第10页。

"竹内鲁迅"与"西田哲学"——基于东方思想传统的考察

竹内好小学毕业后考入的一中,当时被认为是东京最好甚至全日本最好的中学。有趣的是,学生时代的竹内好不但在尤擅数学这一点上与西田几多郎颇为相似,而且在思考的问题上也开始向西田趋近。尽管那时竹内好还未接触西田的著作,但他的确在那时已经开始思考起了"善"的问题。

> 刚进入中学,就撞上了一个人生问题。人为什么要行善呢?凭自己的体验就知道修身课上讲的"善行必有善报"是假的。那么,善的根据在哪里呢?我并不知道。我感到自己几乎陷入了死胡同。我认识到自己无力打破僵局,心情灰暗。①

于是,与西田等明治知识青年对学校抹杀个性的管理产生逆反和抵抗一样,原本成绩优异的竹内好不久就放弃了对学校教育的"迎合",甚至出于对身边"秀才"们的反感放弃了报考精英会聚的一高,想去在思想自由方面比较宽松的三高。但因为成绩急转直下,对考入三高缺乏自信,最后去了大阪高校。

> 1928年,高等学校(旧制)的入学考试方式发生了变化,不再是全国统一的了。这一年大阪高校的文科入学考试不考数学。因此天下讨厌数学的人都杀到大阪高校……我原本并不讨厌数学这门课,只是因为在中学时代接触到了文学,出于逆反之心而强迫自己讨厌数学。②

从竹内好后来的表现也能看出,当时选择大阪高中文科并非因为他对文学有多浓厚的兴趣,更多的原因还是在于对当时学校教育的"抵抗"。从擅长数学到选择文科,从本应进入一高的"秀才"到大阪高中的"落魄秀才",这种急剧转变的正是源于竹内好少年时期"不迎合"的个性。如果说在自我的个性和尊严受到压抑而茫然不知生命意义的精神状况下,藤村操(1886—1903)选择了从华严瀑布一跃而下,西田几多郎选择了修禅,那么这时的少年竹内好就是在本能地以主动脱离精英路线的方式来表达对自我的坚守、对国策的抵抗。可是,这种自暴自弃、自我放

---

① 竹内好:《无名作家们的恩宠》,《竹内好全集》第13卷,筑摩书房,1981年版,第15页。
② 竹内好:《中野清见的事》,《竹内好全集》第13卷,筑摩书房,1981年版,第40~41页。

逐式的"抵抗"终究不是解决之道。最终的救赎来自同鲁迅的相遇。

三、"自我否定"的方法

昭和六年（1931年），竹内好进入了东京帝国大学文学部中国文学科。选择中国文学科的原因是可以免试入学，并不是对中国文学有多大的兴趣，用他的话来说就是"只是获得一个学籍，根本没想学习"①。但是，抱着这种轻浮想法的竹内好却在经历了翌年的中国旅行后，被中国的风景和人物所吸引，开始对从事中国文学研究认真起来，最终写出了奠定其一生事业基础的名著《鲁迅》。详情前文已有记述。这里要讨论的问题是，竹内好在什么时候从西田那里获得了阐释鲁迅的方法。如果说，自我意识在近代日本受到压抑的状况，促使少年竹内形成了一种与前辈学人年轻时相似的"不服从"的性格特征，从而为竹内与西田的接近打下了基础的话，那么这颗"不服从"的种子成长为"鲁迅式反抗"的参天大树必然需要一个过程，而且这个过程绝对不会无迹可寻。

竹内好在回忆录中曾说到，他最早接触西田哲学是在大阪高中参加哲学小组活动的时候。但《善的研究》他并没有读完，因为当时谈哲学必谈西田，《善的研究》是所谓的"必读书"，他就放弃了读哲学，哪怕西田哲学有着圣经一般的地位，他也没怎么碰过。② 显然，对"必读"和"经典"表现出敬而远之，这也是少年竹内"不服从"的表现。此后直到1941年11月，日本中央公论社组织高坂正显等京都学派的年轻学者召开了"世界史的立场与日本"座谈会，引起了他对西田门下的京都学派这些人的关注，才进而向上追溯西田。"结果读了相当多的西田哲学。我所写的《鲁迅》中也能看出它的影响。"③实际上，竹内好的经典文本确实都诞生在1941年以后。但在考察这些文本之前，笔者想围绕竹内好在1942年初写的备受争议的《大东亚战争与吾等的决意》一文，谈谈竹内好接受西田哲学时的心态问题。

1941年12月7日，日本联合舰队在海军大将山本五十六的率领下偷袭了珍珠港，宣告太平洋战争爆发。一个月后，竹内好代表"中国文学研究会"发表了《大东亚战争与吾等的决意》一文，表达了对战争爆发欢呼之情，也为自己的人生留下了一个无法抹去的污点。从时间上看，这时应该是竹内好尚未或者刚刚开始深入接

---

① 竹内好：《我的回想·向中国出发》，《竹内好全集》第13卷，筑摩书房，1981年版，第238页。
② 参见竹内好《我的回想·日本浪漫派的事》，《竹内好全集》第13卷，筑摩书房，1981年版，第263页。
③ 竹内好：《我的回想·日本浪漫派的事》，《竹内好全集》第13卷，筑摩书房，1981年版，第263页。

触西田哲学的时候。但至少在这时,无论是在心态上还是在思想上,竹内好都体现出了与西田相似的特征。例如,在涉及侵华战争爆发后知识分子的心态时,竹内写道:

> 坦率而言,我们对于支那事变有着完全不同的感情。我们为疑惑所苦。我们热爱支那,热爱支那的感情又反过来支撑着我们自身的生命。支那成长起来,我们也才能成长。这种成长的方式,曾是我们确信不疑的。直至支那事变爆发,这确信土崩瓦解,被无情地撕裂。残酷的现实无视我们这些中国研究者的存在,我们遂开始怀疑自身。我们太无力了。当现实逼到我们面前强迫我们认同的时候,我们退缩了,枯竭了。正如失去了舵的小船,任凭风向的摆布,一筹莫展,无所适从。
>
> 现实实在是太明确、太强大了,我们无法否定。我们能够否定的只是我们自身。①

事实上,对于侵华战争,日本的知识分子们一直知道它的非正当性。哪怕是西谷启治、铃木成高等极力为战争粉饰者,在谈及侵华战争时也不得不闪烁其词加以回避②,竹内好等对中国有着深挚情感的知识分子心中的痛苦和矛盾更是可想而知。在现实的压迫前,他们能选择的只有"自我否定"而已。当然,前面这段引文中的"自我否定"或许单纯指的是将困惑指向自身,怀疑或否定自己一直秉承的价值和信念,并没有体现出哲学上的深刻性,但当他说到再次否定的时候,就明显体现出了哲学意义。

> 今日的我们基于对东亚解放战争的决意,重新否定了曾经自我否定了的自己。我们在双重否定之后把自己置于正确的位置之上。③

---

① 竹内好:《大东亚战争与吾等的决意》,《近代的超克》,孙歌编、李冬木等译,生活·读书·新知三联书店,2005年版,第166页。
② 参见子安宣邦《东亚论——日本现代思想批判》,赵京华编译,吉林人民出版社,2011年版,第204页。
③ 竹内好:《大东亚战争与吾等的决意》,《近代的超克》,孙歌编、李冬木等译,生活·读书·新知三联书店,2005年版,第167页。

太平洋战争的爆发给日本国民带来了强烈的冲击,随着军部把战火烧至西方,在许多知识分子的眼中,原来侵华时所使用的反殖民的幌子和反西方的借口,似乎转瞬间就由谎言成了真实,之前的想法被再次颠覆,但这次感到的却是从言行分裂的重压下解放出来的爽快和感动。竹内好当时起草的这份宣言正是基于这种书生气的浪漫主义和一厢情愿的幻想。尽管竹内此后从兴奋的热度中转醒,认识到自己在历史观上犯下了错误,但亲身所体验到的"自我否定"和"否定之否定",以及用一个观念性的"大东亚"或"亚洲"来抹杀亚洲其他国家的立场与诉求的思维方式,却几乎未变地延续在了《鲁迅》和《何谓近代》等文本中。

第二节 《〈中国文学〉的废刊与我》:"自我否定"与"绝对无"

一、"废刊"与"自我否定"的原理

靳丛林先生认为,竹内好早在东京帝国大学读书期间,就在参加唯物辩证法研究会时获得了"否定之否定"的生活哲学意识。[①] 诚然,如果按西田在回忆录中所说,那么他开始深入阅读西田哲学最早也是在1941年年末。因此,无论是从成稿时间还是篇幅的长短来看,《大东亚战争与吾等的决意》都不可能容纳太多西田哲学的因素。但到了一年后宣告《中国文学》废刊的《〈中国文学〉的废刊与我》一文中,吸纳西田哲学的痕迹就以更加明显、无可置疑的方式展现出来了。笔者甚至认为,这篇发表于《鲁迅》起笔之初的文章中,西田哲学的影响表现得比《鲁迅》更为完整和清晰。

文中竹内好谈到做出废刊决定的无奈时说:

> 中国文学研究会是我们大家的作品。促使它诞生的是作者,而诞生出来的作品已经获得了社会性,便作为客体存在了。作品必须离开作者而存在,并且接着不断自行再生产下去。也就是说,它必须不断从内部进行自我否定。我一直做好了思想准备,等待着否定我的力量出现。我等待着有人出来说我

---

① 参见靳丛林《竹内好的鲁迅研究》,北京大学出版社,2012年版,第40~41页。

反动。我等待着研究会驱逐我。我从来没有想过自己出来扼杀这个研究会。①

与一年前的《大东亚战争与吾等的决意》相比,在这里竹内好已经明确地将"自我否定"阐释为一种不断从内部进行自我更生的力量了。而前文中提到过,"自我否定"在西田哲学"绝对矛盾的自己同一"的根本原理中发挥着关键性的媒介作用,也是东方思想传统的突出特征。在"自我否定"的作用下,有限的"相对"才能不断地趋近"绝对的无",从而不断地从内部产生发展的力量。正是在这一点上,竹内的话体现了与西田哲学的相似性。

接着竹内好谈了解散研究会并废刊的三点理由,孙歌与靳丛林两位先生都对此做过深入、精彩的解读。② 但在笔者看来,尽管竹内好谈了许多,但其言谈中所体现的核心原理始终是西田哲学的"自我否定"。

> 关于解散的第一点理由,是我们今天丧失了党派性。……最初,中国文学研究会成立的时候,从混沌中确定和生成自我所必不可少的那种本源性的矛盾确实曾经内在于它,我们不断争论,逐渐地从环境中分离出了自己,并试图通过这种分离反过来使自己立于支配环境的位置上。……本源性的矛盾消解了,安定到来了,持续的日子开始了。我对这样的研究会感到了不满。对我而言,研究会该是不断成长的。它永远要不断地自我否定。不包含死的生,不发出疑问的思想,不以自己本身的力量完成生成发展的文化,这一切对于我而言是毫无意义的。③

上面这段引文来自竹内好谈中国文学研究会丧失了曾经具有的"党派性"时说的话。孙歌在研究中指出,这里所说的"争论"指的是同日本传统的"汉学""支那学"的斗争,正是通过把陈腐的传统学术确立为"外部"的宿敌,中国文学会才确立了自己的地位,竹内好不满的是中国文学研究会并没有"改变日本的知识状况,

---

① 竹内好:《〈中国文学〉的废刊与我》,《近代的超克》,孙歌编、李冬木等译,生活·读书·新知三联书店,2005年版,第169页。
② 参见孙歌《竹内好的悖论》,北京大学出版社,2005年版,第42~45页;靳丛林:《竹内好的鲁迅研究》,北京大学出版社,2012年版,第41~43页。
③ 竹内好:《〈中国文学〉的废刊与我》,《近代的超克》,孙歌编、李冬木等译,生活·读书·新知三联书店,2005年版,第171页。

反倒开始向后者妥协从而成为其组成部分"①。但笔者以为,尽管孙歌的分析很好地解释了"党派性"的含义,却忽视了"丧失了党派性"并非促使竹内好下决心解散中国文学研究会的关键。竹内好从来就不是一个逻辑思维严密的学者,在他的论述中常常包含着大量主观、感性的成分,这一点在他各个时期的文本中都有体现。上面的这段引文中就包含着一个明显的逻辑跳跃,即为什么在强调与他者对立的"党派性"时,忽然又说起了"本源性的矛盾"。事实上,"本源性的矛盾"的消解,才是竹内好决定解散研究会的真正原因。笔者认为,只有找到竹内好在思考中国文学研究会的问题时的理论根据,才能理解他为何忽而从"党派性"跳跃到了"本源性的矛盾"。

第三章中提到过,"个物"与"环境"的关系是中期西田哲学的重要部分。在西田看来,包括人在内的"个物"与"环境"之间的关系是相互否定、相反相成的"辩证法的关系"。一方面,自然、社会等环境在对我们产生影响的同时,其自身才得以形成、其存在才得以体现;另一方面,人类正是通过创造环境才成为人类自己。这也就是竹内好所说的"从混沌中确定和生成自我""从环境中分离出了自己"。但在西田哲学中,"环境"与"个物"并不是二元对立的关系。从根源上讲,它们都是"绝对无的自觉限定",对于彼此来说都不是单纯的对象性的客体,而是相互存在于其中的场所,它们彼此之间的影响都有着"自我限定"的意义。"个物"与"环境"之间的矛盾,也是二者自身内部的矛盾,即二者的相互限定有着否定自己本身的同时肯定自己本身的意义。所谓"本源性的矛盾",即既存在于"个物"与"环境"之间,也存在于"个物"自身内部的"绝对无"的自觉限定作用。具体到中国文学研究会的情况来看,丧失了"党派性"、停止了同传统学术的斗争,就等同于割裂了同"环境"之间的相互限定,无形中等同于放弃了发展的动力。正是在这个意义上,竹内好才由指向他者的"党派性"跳跃到了指向自身的"自我否定"。

竹内好所谈的其他方面的废刊理由的背后,也都暗含着西田哲学的原理。

我们研究会的终极性立场,就在于否定那种世俗化,也否定不断被世俗化的我们自身。世俗化是研究会发展中必然的伴生现象,是无可避免的宿命。与这种宿命白刃相向,反过来会获得我们不断防止自己从本源性的能动中偏

---

① 孙歌:《竹内好的悖论》,北京大学出版社,2005年版,第43页。

离的能量。①

在西田哲学"辩证法的一般者"的立场上,"历史的现实世界"既是"个物"与"个物"之间的相互限定,又是"自己"与"环境"的相互限定。"环境"造就"自己",同时"自己"又改造"环境"。而"自己"对"环境"的改造必须通过"行为"来实现。因此,从作为"个物"的"自己"一方来看,"行为的自己"既是"环境"的产物,也是"环境"的创造者。而从作为"一般"的"环境"角度来看,"环境的世界"同样既是"自己"的产物,又是"自己"的创造者。"行为的自己"和"环境的世界"是一种相即相辅的"辩证法的关系"。研究会在同世俗化的斗争中确立的自身,是世俗化的"环境"的产物,因此世俗化也是研究会的宿命。而研究会通过否定的"行为"与世俗化相对抗则是"自己"对"环境"改造,也是对研究会自身的改造。竹内好所说的"本源性的能动"正存在于"行为的自己"和"环境的世界"之间的"辩证法的关系"中。在他看来,一旦没有了否定的"行为",研究会也就成了失去能动的形骸。

此外,这篇文章中还有不少地方也都体现了上述西田哲学的逻辑。谈后面的问题时还会引用到,在此不再一一分析了。接下来笔者想谈谈竹内好在《〈中国文学〉的废刊与我》中体现的价值判断和追求。

二、"绝对无"的价值取向

在这篇文章中,竹内好谈到了"主体性文化的理想",他说:

> 今日的文化在本质上是官僚文化。官僚文化的性格是自我保全的。因而我们的行动无法依靠今日的文化常识来理解也是无可奈何的。或者毋宁说,我们通过解散自己的研究会而进行抗争的对象,正是催生了这种文化常识的根源。……就是说,个体不是通过掠夺其他个体而支撑自身,个体必须在自己内部产生出通过自我否定而包容其他个体的立场。世界不是通过掠夺,而是通过给予被建构的。这一大东亚理念的无限正确性,必须渗透到我们日常生活的末端,从根本上动摇原有的根基,从那里促成新文化的自我形成。只有通

---

① 竹内好:《〈中国文学〉的废刊与我》,《近代的超克》,孙歌编,李冬木等译,生活·读书·新知三联书店,2005年版,第172页。

过行为,只有依靠自我否定的行为,创造才会发生。只有以行为支撑的观念才是真正的观念。

我们丧失了党派性,这是解散的理由。以党派自认而生的结社,在失去了党派性的时候,除了解散没有生还之路。这是我所确信的文化生存方式。否定我这一想法的,在我看来,是在以文化之名主张世俗之物,是在捡拾被文化遗弃了的形骸。①

今日的日本文化在本质上是官僚文化,无疑是一个非常精准的判断。宣告日本近代之肇始的明治维新本身就是一场自上而下的政治改革。维新的目的和富国强兵、文明开化等政策,以及维新之后以天皇为中心的地主、资产阶级联合政权所实施的各种文化、外交政策,无一不是以"自我保全"为目的的,所以近代以来日本一直是在捡拾中国或西方的文化遗弃,从未产生根本性的变革,这是竹内好所痛心疾首的。他所期盼的是一种像西田所说的超越了你与我的对立、超越了他者和自我的对立、超越了有无对立,从本源性的"无"中重新创生的新文化,并认为只有这种文化才能与日本所宣扬的"大东亚理念"相匹配,只有这种文化的产生才代表着日本抛弃了自我保存的欲望从而获得了文化上的主体性。竹内好认为,要想实现这种主体性文化的理想,必须通过"自我否定的行为",而解散研究会就是他为"承担今日文化的责任"、实践自己理念所做出的姿态。

竹内好承认,对于主体性文化的内容他自己也是混沌的,但他还是以中国文学研究会为例尝试从逻辑上做出说明。就此竹内好写道:

正如支那学在否定汉学的意义上确立了自己的学术一样,我们也试图通过否定官僚化了的汉学和支那学,从它的内部谋求自身的学术独立性。……这个学术上的自我改革欲望,催生了中国文学研究会。……这个自我改革同时也立志于学术整体的改革,它因而也试图建立对于现代文化整体的批判性立场。我们努力地消除着自己内部的汉学和支那学的要素,通过清除那些固定化观念的残渣而探求学术的本源。我们依靠否定的行为,试图把

---

① 竹内好:《〈中国文学〉的废刊与我》,《近代的超克》,孙歌编,李冬木等译,生活·读书·新知三联书店,2005年版,第172~173页。

"竹内鲁迅"与"西田哲学"——基于东方思想传统的考察

握构成现代文化基础的、应该称之为文化自律性的要素。而被选择为这种否定的媒介物的,就是支那文学。①

通过消除"自己内部"的汉学和"支那"学要素而探求学术的"本源",其理论根基显然是西田所主张的通过绝对的自我否定的作用向自我的深处不断地超越,从而与"绝对无"相连接的哲学立场。从这里也可以看出,西田是希望把中国文学作为否定自我、否定日本文化的媒介物的,但由于中国文学研究会丧失了他所期待的"党派性",或者说丧失了自我否定的欲望,才促使他做出了废刊的决定。显然,正如其所说,在这时竹内就已经开始尝试以某种外国思想资源为参照来进行自我否定,从而建立一种"对于现代文化整体的批判性立场"了,这也构成了之后的《鲁迅》和《何谓近代》的写作基础。

> 人们说大东亚战争改写了世界史。我对此深信不疑。它否定了近代,否定了近代文化,它是通过彻底的否定而从否定的深处促成新的世界和世界文化自我形成的历史创造活动。……中国文学研究会必须否定。就是说,现代文化必须否定。所谓现代文化,就是在现代这个时代里欧洲的近代文化在我们自身的投影。我们必须否定以那样的方式存在着的自己。为什么呢?因为我们是作为从自己内部创造世界史的创造者而存在的。我们必须不依靠他力支撑自己,而是自己塑造自己。否定中国文学研究会,并不意味着复活汉学和支那学。我们否定的对象也包括这两者,所以这是一种超越自我的大否定。换言之,也可以说是对于这一切的理解者,是通过自我否定而使自己世界化。这不是给既成的自我再添加点什么东西,而是立足于无限更新自我的根本之点。②

前文中提到过,西谷启治、高坂正显等京都学派的年轻哲学家们,在"世界史的立场与日本"和"近代的超克"等座谈会中,利用西田哲学的思想来为日本在世界

---

① 竹内好:《〈中国文学〉的废刊与我》,《近代的超克》,孙歌编、李冬木等译,生活·读书·新知三联书店,2005年版,第174页。
② 竹内好:《〈中国文学〉的废刊与我》,《近代的超克》,孙歌编、李冬木等译,生活·读书·新知三联书店,2005年版,第176页。

历史中的主体性地位辩护,为日本法西斯发动对外战争提供理论支持,正是这些人的言论引起了竹内好对西田哲学的关注。上面这段话非常直接地体现了竹内好受到了当时京都学派的"世界史的立场"等言论的影响。可以看出,至少在1943年初,竹内好仍然对日本政府宣扬的"大东亚"抱有幻想,希望通过"日本文化自行否定日本文化"来打破近代以来对西方文化一味接受的状况,使日本文化转变为一种具有自我更生能力的主体性现代文化,从而在世界中占据一席之地。在这里,竹内所利用的理论工具依然来自西田哲学,即对"肯定"与"否定"、"自我"与"他者"共同否定的超越性"绝对否定"原理。竹内此后的话中也体现了这一逻辑:

> 对于历史的创造者而言,世界应该在内部自行催生出来,不应该是从外面被强加的。外国文学必须内在与日本文学。……为了理解外国文学,必须超越外国文学。必须超越自我和他者的关系。……日本文学只有通过否定日本文学本身,才能使得外国文学存活于自己的内部。这才是终极意义上的理解。亦即,外国文学研究必须被转换为日本文学的自我否定。①

> 我们在今天为了研究支那,不可以把支那作为自己的对立物加以确定。作为实际存在的支那的确存在于我之外,但是在我之外的支那是作为必须加以超越的支那存在于我之外的,在终极意义上,它不能不在我之内。自我与他者的对立当然是无可置疑的,但是只有在这种对立对我而言是一种肉体的痛苦时,它才是真实的。这就是说,支那在终极意义上必须否定。只有那样才是理解。因此,与支那相对的现在的我,也必须被否定。②

西田几多郎在其中期哲学著作《无的自觉限定》中认为,在"场所"的立场上,在"见者"与"被见者"背后存在着将二者共同包摄在内的、自我限定的"无的一般者"。在"无的一般者"的"在自己之中见自己"的自觉之中,"被见"的"自己"被否定,从而转化为了对象性的"他者"。当我们在"自己自身"之中见到"绝对的他"的

---

① 竹内好:《〈中国文学〉的废刊与我》,《近代的超克》,孙歌编、李冬木等译,生活·读书·新知三联书店,2005年版,第176~177页。
② 竹内好:《〈中国文学〉的废刊与我》,《近代的超克》,孙歌编、李冬木等译,生活·读书·新知三联书店,2005年版,第178页。

时候,我们的"我"就获得了"死而后生"意义,通过承认"他"的人格而重新成为"我"。这个由"无"的自觉产生的"我"是对最初的"见者"和"被见者"的共同超越,是一个不同层次的全新的"我"。在竹内好超越外国文学、通过否定日本文学本身使外国文学存活于自己内部、将外国文学转换为日本文学的自我否定等主张的背后,隐含的正是西田哲学的"场所"或者说是"绝对无的自觉"的思想。

从以上的考察中可以看出,在《〈中国文学〉的废刊与我》这篇文章中,不但出现了大量诸如"混沌""本源性""矛盾""环境""自我否定"等西田哲学的重要范畴,而且竹内好的种种思想也都能在西田哲学中找到理论根据。不过,最能体现这个时期西田哲学对竹内好的影响的,无疑是西田哲学的核心概念"无"的出现:

> 我想要等待原初的生活从无际的大无之中涌出的那一天。我相信研究会曾经那样存在过,我试图从没有形状的、本源性无的世界中求得我们用自己的努力创造出来的那个场域。①

> 遗憾的是,我们的态度对于这种终极性的"无",还说不上是彻底诚实的。这也是在解散之际最为伤心的事情之一。②

> 日本文化必须依靠否定日本文化自身才能成为世界文化。必须成为无,才能成为一切。回归于无,就是在自己的内部描绘世界。③

综合以上三段引文中谈到的"无",可以看出,竹内好也把"无"作为一种超越性、终极性的范畴放在了形而上学的最高点。"原初的生活从无际的大无之中涌出""成为无,才能成为一切"等表述说明,这里的"无"并非"有"的否定或缺失,而是与西田哲学同样的一种同时否定了有与无的"绝对的无"。而且"无际""没有形状""在自己的内部描绘世界"等词语还暗示了竹内好所说的"无"也具有场域性和

---

① 竹内好:《〈中国文学〉的废刊与我》,《近代的超克》,孙歌编、李冬木等译,生活·读书·新知三联书店,2005年版,第172页。
② 竹内好:《〈中国文学〉的废刊与我》,《近代的超克》,孙歌编、李冬木等译,生活·读书·新知三联书店,2005年版,第172页。
③ 竹内好:《〈中国文学〉的废刊与我》,《近代的超克》,孙歌编、李冬木等译,生活·读书·新知三联书店,2005年版,第176页。

内向超越性。

结合竹内好的教育背景可见,这篇几乎与《鲁迅》同时起笔的文章,无论是言语中使用的哲学范畴,还是支撑其观点的思维逻辑,毫无疑问都来自西田哲学。尤其是竹内好在这篇文章中提到的一些观点,都与后来的《鲁迅》有着千丝万缕的联系,因此笔者认为尽管这篇文章中没有直接谈到鲁迅,但它却和《何谓近代》一样,是考察"竹内鲁迅"时不容忽视的一篇重要文本。

第三节 《鲁迅》:"自觉"的三个维度与"回心"

一、"自觉"中的三个维度

1952年《鲁迅》再版时,竹内好在"矛盾的自己同一"一词的注释中写道:"此种由西田哲学借来的词汇随处可见,它们是来自当时读书倾向的影响,以今日之见,是思想贫乏的表现。当然在措辞上,它们也都并非在严格意义上遵从了西田哲学的术语。"[1]竹内好上述自注中的话让许多研究者很早就注意到了竹内鲁迅与西田哲学的关系,如伊藤虎丸先生就曾指出:"在竹内好对鲁迅的解释当中存在着受西田哲学和小林秀雄等人影响的问题。"[2]在日学者李冬木先生则进一步注意到,除了在语言表述层面之外,在思想层面上竹内鲁迅也与西田哲学有着深层次的精神联系:"按笔者个人的读书感觉,所谓西田哲学的术语,在《鲁迅》中虽不一定'随处可见',但一定出现在那些十分绕口却又精彩的段落里,如果只在'术语'层面,那么事情或许简单,但问题是在竹内好思想中执拗坚持的'鲁迅'、'中国'、'亚洲'这一视点当中是否也连接着西田哲学的根干部分,即在东洋精神的'自觉'基础上,积极导入西洋哲学,以探求东西思想的内在融合与统一。"[3]诚哉斯言。正像前文中所考察的那样,竹内好当时的"读书倾向"让西田哲学在《大东亚战争与吾等的决意》和《〈中国文学〉的废刊与我》两篇短短的文章中都留下了深刻的痕迹,那么对《鲁迅》这部竹内好的代表作所产生的影响更不会仅仅停留在术语层面,在思

---

[1] 竹内好:《鲁迅》,《近代的超克》,孙歌编、李冬木等译,生活·读书·新知三联书店,2005年版,第134页。
[2] 伊藤虎丸:《鲁迅与终末论——近代现实主义的成立》,李冬木译,生活·读书·新知三联书店,2008年版,第198页。
[3] 李冬木:《"竹内鲁迅"三题》,《读书》,2006年第4期。

考方式和思想渊源方面也必然存在着深刻的联系。

《鲁迅》的"序章"中,竹内好就开宗明义地说自己是"站在要把鲁迅的文学放在某种本源的自觉之上这一立场上的"①。换句话说,他是把鲁迅的文学作为一种"本源的自觉"而加以把握的。遗憾的是,竹内好并非哲学理论家,对于什么是"本源的自觉",他自己也承认"找不到恰当的词汇来表述",只能模糊地用一个"宗教的原罪"来作比。而我们在前文提到过,"自觉"是西田继"纯粹经验"后提出的又一个重要的哲学概念,也是西田哲学得以上升至中期的"场所"立场的关键。因此,只有到西田哲学中去寻找线索才能真正理解竹内好是以什么样的方式来把握鲁迅文学的。

1917年,西田出版了自己的第二部主要著作《自觉中的直观与反省》。在这部著作中,"直观""反省"和"自觉"分别对应着《善的研究》中的"纯粹经验""反省的思维"和"意识根源性的统一力"。西田把此前归入"纯粹经验"中的"反省的思维"阐释为一种站在直观(纯粹经验)之外对其返视的根源性意识。在"自觉"的体系中,直观与反省是相互包摄的同一关系。对自我的反省会在自我内部产生某种对于自我的新的认识,这一过程也是对自我的直观,这种直观又会再次引起新的反省,在新的反省中自我又被再次直观,并如此无限地发展下去。因此,反省思维就成了推动自我发展的作用。也就是说,"自觉"就是通过反省与直观的同一而"在自己的内部反映自己""自觉"中存在着自我发展的契机。"自觉"通过反省不断发展的过程也是向自我的根源不断溯源的过程,那么在"自觉"之中的发展便成了向内的溯源过程。西田哲学正是沿着"自觉"的深化,才一路"向内"地攀上了"绝对无"的形而上学的最高点。由此可知,西田哲学的"自觉"范畴包含着"直观""反省"和"内在超越"三个维度,是通向"绝对无"的一种根源性的作用。如果竹内好是利用西田哲学的"自觉"概念来把握鲁迅文学的话,那么即便竹内本人对西田哲学的概念理解得并不透彻,在他把握鲁迅文学的方式中也应该能找到与之相应的要素。

西田认为,"直观"指的是"主客尚未分的、知者和被知者合一的、现实原样的、不断发展的意识"②,即《善的研究》中所说的"纯粹经验",而"纯粹经验"强调的是

---

① 竹内好:《鲁迅》,《近代的超克》,孙歌编、李冬木等译,生活·读书·新知三联书店,2005年版,第8页。
② 西田几多郎:《自觉中的直观与反省》,《西田几多郎全集》第2卷,岩波书店,1965年版,第15页。

对"事实原样"的感知。笔者以为,竹内好在《鲁迅》中所体现出的本原论思考方式以及论述中体现出的主观化色彩,正是来自西田哲学对世界"直观"把握方式的影响。

  我是站在要把鲁迅的文学放在某种本源的自觉之上这一立场上的。我还找不到恰当的词汇来表述,如果勉强说的话,就是要把鲁迅的文学置于近似宗教的原罪之上。我觉得鲁迅身上确有这种难以遏制的东西。①

  我想写的是我想像中的这么一个鲁迅形象。我的语言很笨拙,谈不出一个像样的形象来,于是就去谈种种事物,去谈它们与这个形象的距离。②

  我想像,鲁迅是否在这沉默中抓到了对他的一生来说都具有决定意义,可以叫做回心的那种东西。我想像不出鲁迅的骨骼会在别的时期里形成。他此后的思想趋向,都是有迹可循的,但成为其根干的鲁迅本身,一种生命的、原理的鲁迅,却只能认为是形成在这个时期的黑暗里。③

  鲁迅是在终极的意义上形成了他的文学自觉的。其形成之作用本身,正如前面所述,我并不清楚,我知道的只是从中引出的鲁迅,和投入其中的恐怕是无数要素当中的一部分。④

  关于鲁迅文学的修炼,倘能稍做精细的论述将再好不过,可我却既无材料,又无能力。然而即使只从上述几点来看,也总可以获得关于他思想形成的部分暗示了吧。⑤

---

  ① 竹内好:《鲁迅》,《近代的超克》,孙歌编、李冬木等译,生活·读书·新知三联书店,2005年版,第8页。
  ② 竹内好:《鲁迅》,《近代的超克》,孙歌编、李冬木等译,生活·读书·新知三联书店,2005年版,第29~30页。
  ③ 竹内好:《鲁迅》,《近代的超克》,孙歌编、李冬木等译,生活·读书·新知三联书店,2005年版,第45~46页。
  ④ 竹内好:《鲁迅》,《近代的超克》,孙歌编、李冬木等译,生活·读书·新知三联书店,2005年版,第58页。
  ⑤ 竹内好:《鲁迅》,《近代的超克》,孙歌编、李冬木等译,生活·读书·新知三联书店,2005年版,第64页。

"竹内鲁迅"与"西田哲学"——基于东方思想传统的考察

"竹内鲁迅"之所以带有强烈的主观性,一方面固然是因为竹内好在论述中使用了大量宗教用语及矛盾的表达方式,关于这一点在第一章中已有所提及,但笔者认为,更重要的是竹内好对鲁迅文学的把握方式本身就是"直观"式的。从上面几段引文中可以看出,竹内好始终在苦于无法用语言准确地表述他从鲁迅身上及鲁迅的文学中捕捉到的某种使鲁迅成为鲁迅的东西。究其根源,是因为他并不是通过严密的逻辑分析,而是以"直观"的方式得到的那种东西,或者说,他所欲表达的是一种没有掺杂他的主观性的思考和判断的"纯粹经验"似的东西。从《鲁迅》的结构与行文中也能够看出来,竹内好并不是通过严密的分析后归纳出他所想表达的东西,而是以演绎的方式先提出了"某种本源的自觉",然后试图对之加以描述和说明。尽管他在行文中做了一定的文本分析,但这些分析要么与他所想表达的核心内容关系不大,要么显得十分牵强,并没有多大的说服力。

鲁迅在本质上是一个矛盾。[①]

作为表象呈现出来的鲁迅,始终是一个混沌。

这个混沌,把一个中心形象从中浮托上来,这就是启蒙者鲁迅,和纯真得近似于孩子的相信文学的鲁迅。这是个矛盾的统一,二律背反,同时存在。我把这看作他的本质。[②]

但这种东西的确是有的。为什么要这样说呢?因为如果没有这种东西,也就不可能有各种各样的显现,作为显现的鲁迅也就不能不消亡。因此,反过来说,只要有鲁迅存在,如此假定便坚不可疑。应该认为,根源上的东西是实际存在着的。[③]

[①] 竹内好:《鲁迅》,《近代的超克》,孙歌编、李冬木等译,生活·读书·新知三联书店,2005年版,第12页。
[②] 竹内好:《鲁迅》,《近代的超克》,孙歌编、李冬木等译,生活·读书·新知三联书店,2005年版,第14页。
[③] 竹内好:《鲁迅》,《近代的超克》,孙歌编、李冬木等译,生活·读书·新知三联书店,2005年版,第99页。

第三章 "竹内鲁迅"："西田哲学"的应用

他不断地从自我生成之深处喷涌而出，喷涌而出的他却总是他。就是说，这是本源性的他。我是把这个他叫作文学者的。①

在《鲁迅》中散落着很多如上包含着"本质""根源""本源""原理"等词汇的话语，这也是"竹内鲁迅"给人以强烈的本原论倾向的原因。而竹内好之所以坚信"鲁迅"有一个本质，或许也是源于其"直观"的把握方式。西田几多郎是在多年参禅达至"见性"体验的基础上提出的"纯粹经验"，他认为在"见性"那一刻所体验到的才是世界的真实，即没有知情意的分离、没有主客观的对立的真正的"实在"，而这个"实在"即万事万物的本质。在《善的研究》中，他将之描述为："在直接经验上只有一个独立自在的事实，既没有进行观察的主观，也没有被观察的客观。正如我们的心灵被美妙的音乐所吸引，进入物我相忘的境地，觉得天地之间只有一片嘹亮的乐声那样，这一刹那便是所谓真正的实在出现了。"②正是基于真正的"实在"是主客尚未分离、知情意合而为一的东西，所以西田认为"艺术家是比学者更接近于实在的真象的"③。从这个角度来看，竹内好作为一个具有敏锐直觉和深刻感受力的文学家研究家，坚信自己从与鲁迅文学的心灵碰撞中捕捉到了某种本质性的东西，也丝毫不足为奇。

在西田哲学中，"反省"是指"立于此发展之外，对其返而视之的意识"④。但对西田来说，这只是理论上的说明而已。事实上，在他看来，反省既是在内的直观，又是直观的反省，二者只是"自觉"这一意识活动的两个方面而已。如果"直观"强调的是对真实的把握，那么"反省"的作用则在于使"见者"重新成为"被见者"。正是基于"反省"的作用，西田才在之后的《从动者到见者》之中提出了"否定见者的见者"，即在自我之中反映自我的"见者"。换句话说，在西田哲学中，"反省"带有"自我否定"的性质。而"自我否定"正是竹内好从鲁迅身上读取到并在解散中国文学研究会、为反安保条约而辞职等行为中亲身践行的精神原理。在《鲁迅》中，竹内好的很多处论述都体现着"自我否定"的思维方式。

---

① 竹内好：《鲁迅》，《近代的超克》，孙歌编，李冬木等译，生活·读书·新知三联书店，2005 年版，第 108 页。
② 西田几多郎：《善的研究》，何倩译，商务印书馆，2010 年版，第 45 页。
③ 西田几多郎：《善的研究》，何倩译，商务印书馆，2010 年版，第 46 页。
④ 西田几多郎：《自觉中的直观与反省》，《西田几多郎全集》第 2 卷，岩波书店，1965 年版，第 15 页。

"竹内鲁迅"与"西田哲学"——基于东方思想传统的考察

一般来说，鲁迅被看作具有中国特色的文学者。所谓中国特色，我想通常是指传统而言的；但如果理解为其中亦包括反传统的内容，并且把否定中国特色也作为中国特色，那么对于这种说法，我是没有异议的。①

中国文学，不应是通过偶像化鲁迅，而应是通过破弃被偶像化了的鲁迅，通过自我否定鲁迅这一象征来从鲁迅身上无限地生发新的自我。②

他在幻灯的画面里不仅看到了同胞的惨状，也从这种惨状中看到了他自己。这是怎么一回事呢？就是说，他并不是抱着要靠文学来拯救同胞的精神贫困这种冠冕堂皇的愿望离开仙台的。我想，他恐怕是咀嚼着屈辱离开仙台的。……与其说是怜悯同胞，倒不如说是怜悯不能不去怜悯同胞的他自己。③

我一向不介意自己的笔记被抹杀，因为被抹杀的命运在所难免，而也正是我自己的期盼所在。但我还是想把我自己的鲁迅观做一个归纳，以便今后被抹杀。④

他所抗争的，其实却并非对手，而是冲着他自身当中无论如何都无可排遣的痛苦而来的。他把那痛苦从自己身上取出，放在对手身上，从而再对这被对象化了的痛苦施加打击。他的争论就是这样展开的。⑤

他通过争论来和异化到自己之外的非我之物进行交锋。这交锋的战场，就是他自我表现的舞台。⑥

---

① 竹内好：《鲁迅》，《近代的超克》，孙歌编、李冬木等译，生活·读书·新知三联书店，2005年版，第9页。
② 竹内好：《鲁迅》，《近代的超克》，孙歌编、李冬木等译，生活·读书·新知三联书店，2005年版，第39页。
③ 竹内好：《鲁迅》，《近代的超克》，孙歌编、李冬木等译，生活·读书·新知三联书店，2005年版，第57页。
④ 竹内好：《鲁迅》，《近代的超克》，孙歌编、李冬木等译，生活·读书·新知三联书店，2005年版，第101页。
⑤ 竹内好：《鲁迅》，《近代的超克》，孙歌编、李冬木等译，生活·读书·新知三联书店，2005年版，第108页。
⑥ 竹内好：《鲁迅》，《近代的超克》，孙歌编、李冬木等译，生活·读书·新知三联书店，2005年版，第109页。

以上引文既有关于鲁迅的,也有关于中国文学,还有关于竹内好自己的,共同之处是文字中都能看出西田哲学所主张的"自我否定"逻辑。例如,竹内好认为,通常所说的中国特色是指中国强固的文化传统,而鲁迅作为一个带有中国文化传统的文人却提出了反传统的主张,这种把反映在自身之内的传统加以否定即自我否定的特点,使鲁迅不能被归于通常所说的中国特色的文学者,只有把"同时包含了传统和反传统的鲁迅"作为中国特色的时候,他才对"鲁迅是具有中国特色的文学者"没有异议。同样,中国文学也不能仅把鲁迅奉为特色,只有在内部产生对已成为自身特色的鲁迅的否定,才能通过这种把肯定和否定同时加以否定的自我否定,像鲁迅超越中国传统一样再次生发出新的自我。关于推动鲁迅弃医从文的"幻灯片事件",竹内好认为鲁迅并没有产生"拯救""怜悯"这种居高临下的态度,而是感受到了"屈辱"。如果说"怜悯同胞"是对"同胞"的否定和对自我的肯定,那么"不能不怜悯同胞"的冲动就是对同样作为中国人的自我的否定之否定。在竹内好看来,鲁迅就是带着这种对同胞和对怜悯同胞的自我共同加以否定的自我否定离开仙台的。对于鲁迅同他人频频争论,竹内好也是从自我否定的角度加以理解的。在他看来,鲁迅与之抗争的是自己身上的痛苦。如果"痛苦"源于对论敌的否定即对自我的肯定,那么在自我身上也带有传统的陋习或同为国人的自觉的推动下,就会产生对自我的否定,鲁迅之所以频频与人争论正是对论敌和"痛苦"的共同否定的自我否定。甚至对自己的作品,竹内好也是以同样的思考方式来看待的。如果他借鲁迅文学所阐发的精神原理是对日本近代主体性缺失的否定,那么当包含着否定的《鲁迅》被否定的时候,才代表着日本文化主体性的创生。正是在这个意义上,他才说不介意自己的作品被抹杀。

从"自觉"是一种"在自己的内部反映自己"的意识活动这一观点出发,西田在其哲学思想的中期把思考的关注点转向了"自觉"进行的场所,构建了一套"一般者"将"个物"包摄、反映于自身之内的"场所"立场,接着以意识的意向作用为线索进一步向意识世界的根底探寻,并最终抵达了终极性的"绝对无"的立场。这个由"现象世界"向"实在世界"不断超越的过程,并不是向"意向对象"（noema）的方向,而是一直是沿着"意向活动"（noesis）的方向进行的。也就是说,是一个不断向"内"的超越至"绝对无"的过程。而"无",恰恰也是竹内好对鲁迅文学本质的归结。

鲁迅的文学在其根源上是应该称作"无"的某种东西。因为是获得了根本上的自觉,才使他成为文学者的,所以如果没有了这根柢上的东西,民族主义者鲁迅,爱国主义者鲁迅,也就都成了空话。①

　　这是什么呢?靠语言是表达不出来的。如果勉强而言的话,那么便只能说是"无"。但这种东西的确是有的。为什么要这样说呢?因为如果没有这种东西,也就不可能有各种各样的显现,作为显现的鲁迅也就不能不消亡。因此,反过来说,只要有鲁迅存在,如此假定便坚不可疑。应该认为,根源上的东西是实际存在着的。②

　　有,如果是实在的话,那么,无也就是实在。无使有成为可能,但在有当中,无自身也成为可能。这就是所谓原初的混沌,是孕育出把"永远的革命者"藏在影子里的现在的行动者的根源,是文学者鲁迅无限地生成出启蒙者鲁迅的终极之场。③

　　前文中提到过,西田哲学由前期的"纯粹经验"出发,沿着意识活动的意向作用的方向不断深化,把"场所"立场中的三种"场所"逻辑化为由"判断的一般者""自觉的一般者""睿智的一般者"和超越性的"无的一般者"所构成的"一般者的自觉体系"。其中,最后的"无的一般者"是包含了"有"和"无"在内并将之共同否定的超越性的"绝对的无",是完全摆脱了主客的对立、绝对不会被实体化、对象化的真正的"主体性"。西田认为"绝对无"是"历史的现实世界"的根底,"历史的现实世界"在根基上与"绝对无"相连,前者是后者"自觉限定"的表相。抵达了"绝对无"之后,西田又从形而上学极点处的"绝对无"出发,"向下"对"行为""身体""时间""人格"与"环境"等"绝对无"的种种表相做了阐述,并由此构筑了一个"社会的、历史的"现实世界。从上面几段引文中可见,竹内好认为,鲁迅是在某个时机中获得了某种"根本性的自觉"从而抵达了"无"的立场后才得以诞生的。而且,他不但把鲁迅的文学放在了"无"的基础上,从他"无也是实在,无使有成为可能""如果

---

① 竹内好:《鲁迅》,《近代的超克》,孙歌编、李冬木等译,生活·读书·新知三联书店,2005年版,第58页。
② 竹内好:《鲁迅》,《近代的超克》,孙歌编、李冬木等译,生活·读书·新知三联书店,2005年版,第99页。
③ 竹内好:《鲁迅》,《近代的超克》,孙歌编、李冬木等译,生活·读书·新知三联书店,2005年版,第142页。

没有这种东西,也就不可能有各种各样的显现"等描述中也能看出,他所描述的"无"与西田的"无"同样具有包摄性和"自觉限定"的作用。

通过以上分析可以看出,尽管除一条注释之外,在《鲁迅》的正文中丝毫没有提到西田哲学,但在体现竹内好观点的核心段落中却处处散落着西田哲学的术语。更为根本的是,支撑其把握鲁迅的方式和思考方式的也是西田哲学的基本原理。尽管竹内好的论述并不严谨,但他成功地像在"序章"中所说的那样,站在"把鲁迅的文学放在某种本源的自觉之上"的立场上颇富魅力地解说了鲁迅。

二、"本原论"思维与"回心"

在《鲁迅》正文的"结束语"中竹内好写道:"我只把我的努力集中指向一个问题,那就是力图以我自己的语言,去为他那唯一的时机,去为在这时机当中鲁迅之所以成为鲁迅的原理,去为使启蒙者鲁迅在现在的意义上得以成立的某种本源的东西,做一个造型。对我来说,启蒙者鲁迅是既知的。我以既知为线索,总算抵达了我所确信的终极之场。如果我的计划按照事先的预想获得了成功,那么也就无须我再说什么,启蒙者鲁迅会自己从那个终极之场跃然而出,神采奕奕地出现在读者面前。"①这段话牵扯出一个我们在前文中分析竹内好的思考方式时未涉及的问题,即鲁迅成为鲁迅的时机与原理的问题。

> 我所关心的不是鲁迅怎样变,而是怎样地不变。他变了,然而他没变。可以说,我是在不动中来看鲁迅的。所以,对传记的兴趣也不是他经历了哪些发展阶段,而是他从什么时候获得了这样一个时机——一个他一生中只有一次的时机,一个他获得了文学自觉的时机,换句话说,一个他获得了死的自觉的时机——的问题。而把这个时机定在什么时候,对我来说却并不是一件容易的事。②

竹内好对鲁迅的"西田哲学"式的把握方式,使他相信鲁迅存在着一个获得

---

① 竹内好:《鲁迅》,《近代的超克》,孙歌编、李冬木等译,生活·读书·新知三联书店,2005年版,第144页。
② 竹内好:《鲁迅》,《近代的超克》,孙歌编、李冬木等译,生活·读书·新知三联书店,2005年版,第39页。

"文学自觉"的时机。也就是说,在鲁迅生命中的某个时间点上必然存在着某种使周树人成为鲁迅的东西。第一章中提到过,竹内好也觉得自己"直观"到的这种东西难以表述,于是用一个宗教词语"回心"来称之。可"什么是回心""它的原理又是什么"这些关键的问题,在《鲁迅》中并没有得到解释。但如果回到作为竹内好思想基础的西田哲学中去寻找的话,答案却并不难发现。

"回心"一词在日语中有"えしん"和"かいしん"两种不同读法,语义上也稍有差别。前者是佛教用语,进入日语较早,意指依照佛之教诲,痛改前非,皈依佛之正道;后者在现代日语中作为英语 conversion 一词的译语使用,特指基督教中忏悔过去的罪恶,改变过去的生活方式和态度,转向对主的信仰。实际上,无论哪种读法指的都是一种十分近似的宗教体验,即出于某种宗教性的自觉,宗教思想与态度发生了明显改变,从而产生了新的具有主体意识的自我。前文中提到过,西田的"一般者的自觉体系"由"判断的一般者""自觉的一般者""睿智的一般者"以及超越了知、情、意的更深层次的"无的一般者"所构成。但是,单纯依靠反省的思维却无法直接由"睿智的一般者"上升到"无的一般者",而必须由出现在"睿智的一般者"最深处的"道德的自己"在自我矛盾发展至极限时发生一种完全放下自我或者说自我否定式的转变,才能最终超越至终极性的"无的一般者",或者说实现与"绝对无"的同一。西田把这种完全放下自我的转变称为"回心",认为在经历了"回心"之后就会获得"色即是空,空即是色的宗教体验"。

深受竹内好影响的日本学者伊藤虎丸先生,在分析《狂人日记》时的一段论述,或许能够帮助我们更好地理解"回心"。伊藤虎丸认为鲁迅获得主体性的过程可以分为两个阶段:第一个阶段是"一个人年轻时初步有了思想,有了自我觉醒,有了社会意识时,还未必行得通的阶段"。"在这个阶段,还不能说他已经真正获得了主体性。因为在这时,他虽然确实摆脱了过去自己深信不疑并且埋没于其中的'被赋予的现实',但他是被作为'新的权威'的新的'思想'和'普遍真理'所占有(不是所拥有),他不过是委身到这一边来,并且从这里对过去置身于其中的旧社会及其价值观进行批判而已。鲁迅在这个阶段还做不出小说,就是因为他还没有在近代现实主义(近代科学方法)的前提下,从过去的一切权威和对未来的一切希望中获得自由的缘故。"[①]与竹内相比,伊藤虎丸对自我觉醒之后,尚未"回心"以前

---

① 伊藤虎丸:《鲁迅与日本人》,李冬木译,河北教育出版社,2000年版,第120页。

的主体状态的阐述显然更加具体。在这一阶段,刚觉醒的个体"把自己同'普遍价值'和'真理'视为一体"①,所能做的只是根据"新的权威",怀抱着对未来的希望对过去进行批判,"对这种'新的权威'(虽然它是从上面或从外部被赋予的)的信念、信仰和忠诚心,越热烈、越纯粹,就越会变得激进得没有止境,也会变得残酷"②,比如战争中的日本军。而当这种热烈和纯粹在现实前遭遇挫折失败时,就会如以《狂人日记》发出第一声呐喊之前的周树人一样陷入绝望。第二个阶段,"这是一个把自己从业已'委身'其中的新思想和新价值观当中再次重新拉出来的阶段。……这个阶段,是从被一种思想所占有的阶段,前进到将其作为自己的思想所拥有的阶段——真正获得主体性的阶段,也可以叫做'获得自由'的阶段。"到了第二个阶段,启蒙者周树人才变成了竹内好所发现的"文学者鲁迅",在由第一个阶段转变为第二个阶段之间,起决定性作用的便是"回心"。那么,把伊藤虎丸的分析和西田哲学的论述比照一下就会发现,竹内好用"回心"所欲表达的正是一种在自我矛盾发展顶点时发生的自我否定式的转变,可以说,这才是鲁迅成为一个"第一义的文学者"的关键。写在《鲁迅》"附录"中的一段话证明了这一点:

> 他的文学不靠其他东西来支撑,一直不松懈地走在一条摆脱一切规范、摆脱过去的权威的道路上,从而否定地形成了他自身。虽然因中国文化的后进性而使他的文学没能丰富地创造出新的价值,但他的非妥协的态度,却被称作鲁迅精神,并且化为传统,成为一块基石,构筑着中国文学之作为近代文学的自律性。鲁迅的文学,是质询文学本源的文学,所以,人总是大于作品。③

竹内好认为鲁迅文学没能丰富地创造出新价值,这显然是有问题的。但抛开这点不看,他的这段话体现了《鲁迅》与我们前面分析过的《大东亚战争与吾等的决意》《〈中国文学〉的废刊与我》,以及他的下一个重要文本《何谓近代》之间的关联。近代以来,科学文化上盲目学习西方、政治上专制主义横行的状况,不但使日本知识分子的个人主体性受到压抑,作为一个在"西洋"冲击"东洋"的浪潮中乘波

---

① 伊藤虎丸:《鲁迅与日本人》,李冬木译,河北教育出版社,2000年版,第121页。
② 伊藤虎丸:《鲁迅与日本人》,李冬木译,河北教育出版社,2000年版,第121页。
③ 竹内好:《鲁迅》,《近代的超克》,孙歌编、李冬木等译,生活·读书·新知三联书店,2005年版,第146页。

逐浪地强大起来的新兴国家,"日本"的主体性始终没有成立。正是这种个人与国家两个层面对真正的"近代性"的渴求,使日本一部分知识分子从太平洋战争的爆发中感到了精神振奋,从中看到了"近代性"到来的曙光。竹内好也是因此才接受了"日本原生"的西田哲学,并在其理论的感召下写下了成为其一生污点的《大东亚战争与吾等的决意》,表达了对曾经的自我的否定,又通过解散中国文学研究会的行动来宣示自己对虚假的近代的批判、对主体性文化的渴望以及承担起建设主体性文化的决心。笔者认为,如果以上两个文本代表了此时的竹内好正处于伊藤虎丸所说的"被新的权威和思想所占有而对过去置身其中的旧社会及其价值观进行批判"的阶段的话,那么他在《鲁迅》中对作为"个人"的鲁迅的精神原理的关注,就代表着即将被推上战场的、要从战争的旁观者变为亲历者的竹内好已经开始走出战争爆发初时的浪漫幻想,思考起个体的人"摆脱一切规范、摆脱过去的权威"的问题了。换成伊藤的话来说,《鲁迅》时的竹内好处在"把自己从业已'委身'其中的新思想和新价值观当中再次重新拉出来的阶段",或者说是"回心"发生前的"自我矛盾发展"的阶段。这也解释了为什么他会在《鲁迅》中屡屡提到鲁迅的"挣扎"——因为他自己也在"挣扎"。第二次世界大战后,"挣扎"过后的竹内好换用了一个"个体化行为"色彩较弱、"集团化行为"色彩较强的"抵抗"一词作为《何谓近代》的关键词,将他用西田哲学的理论从"鲁迅"之一异域资源中阐发出来的"鲁迅精神""自律性"引申到了对日本和"亚洲"的现代性思考上。

第四节 《何谓近代》:"抵抗"与"回心"式超越

一、"抵抗"中的主体性精神

1948年,竹内好发表了他战后最重要的一篇文本《何谓近代》。尽管这篇文章属于竹内好的日本近代批判论,但它开篇的第一个词就是"鲁迅",这从一开始就昭示了它与《鲁迅》的紧密联系,因此从广义上讲也不能把它从"竹内鲁迅"中撤去。更重要的是,对这篇文本的分析能解决一些关于"竹内鲁迅"和"西田哲学"关系的核心问题。

在这部作品中,竹内先指出,"近代"诞生于欧洲从封建社会中解放自我的过程中获得的自我认识,是主体区别于封建性质的自我的自我,因此这种自我认识的确立和保存必须伴随着"搏斗",即时刻需要帮助其确认自我的他者。基于这种认识,他从近代历史的事实中抽象出了"欧洲"与"东洋"一进一退的矛盾关系,认为入侵东洋是欧洲寻求异质对象来保持自我的需要,而东洋则在对欧洲的抵抗中获得了自己的"近代"。但这个过程如同一种有意识的液体与无意识的液体的混合,无意识的一方只能被吞没,所以他认为欧洲的物质和精神"有着不断超越自我的动向"①,而东洋有的只是物质的发展、精神的"移植"。关于这种看法的来源,他说:

> 从经验上获得了这样的认识,而当我读到鲁迅的时候,我发现他对于同样的状况,有着比我远为准确的感觉。通过鲁迅,我的经验内容得到了确认,并使我得到了解决问题的线索。②

联想到我们在前文分析过的几篇文章,不难想象给予他启示的是他引西田哲学为方法而从鲁迅身上阐发出的在对"权威"的抵抗中自我否定地形成自身价值的主体性精神。事实上,当他在《鲁迅》的最后处强调鲁迅的"非妥协"的态度构筑了中国文学之作为近代文学的自律性的时候,就已经隐含了对日本近代的批评。到了《何谓近代》中,这种批评之意只不过是以更加直接的话语被提出来了而已。

> 前进与后退这两个实体性的观念在后退的方向上互不构成媒介,从而互不矛盾亦互不统一地并存着。优越感与劣等感并存的缺乏主体性的奴隶感情之根源,大概就在于此吧。
> ……最清晰地反映出这一点(或许只是我自己这样看)的恐怕就是日本吧。……我正在思考的是有关东洋的抵抗问题,所以这里指的是抵抗之弱这个意义。而且,我还认为这恐怕与日本资本主义化的惊人速度有关。③

没有抵抗,说明日本并不具有东洋的性格,同时,它没有自我保存的欲望

---

① 竹内好:《何谓近代》,《近代的超克》,孙歌编,李冬木等译,生活·读书·新知三联书店,2005年版,第191页。
② 竹内好:《何谓近代》,《近代的超克》,孙歌编,李冬木等译,生活·读书·新知三联书店,2005年版,第190页。
③ 竹内好:《何谓近代》,《近代的超克》,孙歌编,李冬木等译,生活·读书·新知三联书店,2005年版,第194页。

(没有自我)这一点,又说明日本不具有欧洲性格。就是说,日本什么都不是。①

就在这个时候,我与鲁迅相遇了。我看到,鲁迅以身相拼命隐忍着我所感到的恐惧。更准确地说,从鲁迅的抵抗中,我得到了理解自己那种心情的线索。从此,我开始了对抵抗的思考。如果有人问我抵抗是什么,我只能回答说,就是鲁迅那里所有的那种东西。并且,那种东西在日本是不存在的,或者即使有也很少的。从这个时刻开始,我形成了对日本的近代与中国的近代的比较性思考。②

从这里可以看出,竹内好将战前"脱亚入欧"的优越感和战后在美国控制下的劣等感统称为"奴隶感情",并认为其产生的原因在于日本资本主义化过快,根本原因则是"没有抵抗",而这种"抵抗"正是鲁迅教给他的。但问题是,在这篇文章中,关于"抵抗"的内涵究竟是什么,竹内好依然语焉不详。他本人似乎也意识到了这一问题,在文章中坦率地承认道:

尽管我做了如上论述,然而我对于抵抗是什么的问题还不很清楚。我无法深入探究抵抗的意义,我不习惯于哲学性的思考。假如有人批评说这根本不是抵抗,什么都不是,那么问题就被搁置在那里了。我只是在此感到了有这样一种东西的存在,却不能取出来进行逻辑性的建构。这里所说的"不能"是因为我无能为力,并不意味着不可能。说起来可能与否我并不清楚,但觉得这终究是可能的吧。③

这想必不是竹内好的谦虚之辞。虽然作为文学研究者的竹内好,将自己从鲁迅身上获取的文学感悟引入了对世界史和亚洲近代化的分析,最终奠定了自己战

---

① 竹内好:《何谓近代》,《近代的超克》,孙歌编,李冬木等译,生活·读书·新知三联书店,2005年版,第196~197页。
② 竹内好:《何谓近代》,《近代的超克》,孙歌编,李冬木等译,生活·读书·新知三联书店,2005年版,第195~196页。
③ 竹内好:《何谓近代》,《近代的超克》,孙歌编,李冬木等译,生活·读书·新知三联书店,2005年版,第195页。

后思想家的地位,但无论是其援引的思想资源还是实践的方法,从根本上讲依然是"文学性"的。"文学者"的第一身份决定了他虽然提出了鲜明强韧的思想理论框架,却多了一分文学上的感性,少了一分学理上的严密,这也是他区别于丸山真男等同时代学院派思想家的本质特征。尽管竹内好没有从理论上阐释"抵抗"的含义,但通过《鲁迅》与《何谓近代》的相互印证,我们并非不能捕捉到一丝雪泥鸿爪。既然鲁迅是竹内好思考现代性问题的线索,那么要弄清他所说的"抵抗",终究还是要回到《鲁迅》中去。

"挣扎"一词在《鲁迅》中最早出现于序章中的一条注释里:"'挣扎'这个中文词汇有忍耐、承受、拼死打熬等意思。我以为是解读鲁迅精神的一个重要线索,也就不时地照原样引用。如果按照现在的用词法,勉强译成日文的话,那么近于'抵抗'这个词。"①"挣扎"这一常为鲁迅所用的词,被竹内好还原到了鲁迅自身,用以表达他从鲁迅身上捕捉到的某种精神。在序章的第二节中竹内好这样写道:

> 他从不退让,也不追从。首先让自己和新时代对阵,以"挣扎"来涤荡自己,涤荡之后,再把自己从里边拉将出来。这种态度,给人留下一个强韧的生活者的印象。像鲁迅那样强韧的生活者,在日本恐怕是找不到的。②

由此可见,竹内好所说的这种"挣扎(抵抗)",指的是一种"既不退让,也不追随"的对自我的坚守与执着。在经过这种"挣扎(抵抗)"之后,被重新"拉将"出来的自我便是获得了"回心"的自我,即一个获得了精神上的独立的统一的自我。新的自我的产生,源于最初对自我的固守和执着,这或许就是竹内好为什么说"抵抗"是"回心"的媒介吧。为了弄清从"抵抗"到"回心"间到底发生了什么,让我们再看竹内好在《何谓近代》中如下一段阐述:

> 转向是在没有抵抗的地方发生的现象,即它产生于自我欲求的缺失。执著于自我者很难改变方向。我只能走我自己的路。不过,走路本身也即是自

---

① 竹内好:《鲁迅》,《近代的超克》,孙歌编、李冬木等译,生活·读书·新知三联书店,2005年版,第9页。
② 竹内好:《鲁迅》,《近代的超克》,孙歌编、李冬木等译,生活·读书·新知三联书店,2005年版,第11页。

我改变,是以坚持自己的方式进行的自我改变(不发生变化的就不是自我)。我即是我亦非我。……这大概是旧的东西变为新的东西的时机,也可能是反基督教者变成基督教徒的时机,表现在个人身上则是回心,表现在历史上则是革命。①

不经"挣扎",没有"抵抗",等同于自我概念缺失。放弃了人的主体性,必然会陷入趋炎附势式的"转向"。反之,"回心"的前提是自我意识的觉醒和对自我的固守。世界万物是不停运动发展着的,虽然有了对我的执着,可我本身就是变化的、发展的,当意识到我的时候我已非我。于是,在固守与变化的矛盾对立中,后面的我形成了对前面的我的否定,同时二者又被后一阶段的我再次否定。肯定在被否定后,再经对二者共同的否定,最终达成了包括肯定和否定在内的超越性立场,即"绝对无"的立场,一个新的自我遂由此诞生。至此,在竹内好"我即是我亦非我"的阐述中就浮现出了西田哲学的"场所逻辑"和"睿智的一般者"向"无的一般者"超越的思想。从西田哲学的逻辑来看,竹内好用"回心"所把握的,实际上指的是个体通过自我挣扎、自我否定从而真正获得主体性的瞬间,即他所说的"旧的东西变为新的东西的时机",亦即《鲁迅》中所说的"文学的态度"。

二、"回心"与"即非"逻辑

值得注意的是,虽然"回心"一词与佛教和基督教都颇有渊源,但竹内好只是借用这个词来表示自己难以说清的内容,并不是在宗教意义上使用"回心"这个词的。可从他的言语间我们依然能感受到强烈的宗教意味,仿佛是在告诉我们其人真如自己所说的那样"不习惯于哲学性的思考"。

在前面的引文中竹内好不但直接以基督徒为例,还采用了"我即是我亦非我"这样一种近于佛教"即非"论式的说法。佛教中"××即非××,是名××"的"即非"论式可见于多种佛经,仅在鸠摩罗什所译五千余字的《金刚经》中便出现了三十多次,如:

---

① 竹内好:《何谓近代》,《近代的超克》,孙歌编、李冬木等译,生活·读书·新知三联书店,2005年版,第212页。

第三章 "竹内鲁迅":"西田哲学"的应用

所谓佛法者,即非佛法。
诸心皆为非心,是名为心。
庄严佛土者,即非庄严。是名庄严。
如来说世界,非世界,是名世界。
如来说三十二相。即是非相。是名三十二相。
诸微尘。如来说非微尘。是名微尘。

笔者认为,汪卫东先生论鲁迅《野草》中"即非"逻辑的一句话,恰好与竹内好的话有异曲同工之妙,即"所谓自我,即非自我,是为自我"①。这里的第一个"自我"是一般性的对自我概念的提举,第二个"自我"是以自性的立场对自我的否定,最终达至最后一个"自我"的无自性空。在"即非"逻辑中,自我的发展不再是辩证法下的螺旋攀升,而是在层层的消解和推演后印证了佛教所讲的"性空"。出于追求真正的自我,经过拼死的挣扎和抵抗,最终发现真正的自我并不存在。

有,如果是实在的话,那么,无也就是实在。无使有成为可能,但在有当中,无自身也成为可能。②

回头再看前面引用过的《鲁迅》结尾处的这段话,似乎恰好印证了佛法缘起论所讲的"缘起性空,性空缘起""真空生妙有"的妙义。从佛教的"即非"逻辑来思考竹内好的话就会发现,竹内好的"回心"指的恰恰是由第二个"自我"向最后那个甚至连自我都消解了的、真正获得了主体性的"自我"转变的那一瞬,也就更容易理解竹内好为什么将鲁迅的文学根源称作"无"了。

在《鲁迅》中,竹内好一直努力追寻的是"鲁迅之所以成为鲁迅的原理",但最终他却发现自己"找不到恰当的词汇来表述",只好用"无"或"终极之场"这种充满了含混、不确定性的词语来称呼所找到的这种"本源的东西"。然而,笔者认为正是这种执着于事物本原性的思考方式和无奈之下的"笨拙"表述,较之于"回心"所带有的宗教意味,更多地体现了"竹内鲁迅"与近代日本哲学和东方思想传统的联系。

---

① 汪卫东:《现代转型之痛苦"肉身":鲁迅思想与文化新论》,北京大学出版社,2013年版,第156页。
② 汪卫东:《现代转型之痛苦"肉身":鲁迅思想与文化新论》,北京大学出版社,2013年版,第142页。

第四章　作为"东方思想"的竹内鲁迅与西田哲学

第一节　"西化"浪潮中的近代日本东方思想

任何一种思想都是受到外部刺激后进而引起内部变革的。从日本江户中期的兰学开始到幕末、明治初期的洋学,随着西方学术的导入与兴盛,传统思想受到越来越大的冲击与挑战。在这种压力下,部分日本学者开始反省自身,对自身思想进行解构,以求适应时代的需要。以明治维新的社会变革为背景,神道、儒学和佛教等东方传统思想也迎来了推动思想理论近代化的契机。

一、国教地位的神道

维新之初,明治政府为稳固艰难地从武家手中取回的皇权,于明治元年(1868年)3月13日宣布"祭政一致",同时恢复神祇官制度,将日本所有民间神道、神社纳入新政府掌控,开始了将神道上升到国教的第一步。几日后,新成立的神祇事务局便发布了"神佛分离令",通过行政力量使神道摆脱了千余年来佛教的影响,继而展开了"大教宣布"运动,重新标榜天皇"万世一系"的神格,将传统神道改造为以天皇为唯一崇拜对象的、前所未有的国家神道体系。此后,国家神道思想与丢掉了五伦等儒家伦理、单纯强调忠君爱国的"伪武士道"结合在一起,将近代日本引入了战争的渊薮,也给周边国家带来了巨大的灾难,其影响不可谓不大。国家神道本身的教义极为空洞,无非把"记纪"[①]上升为"神典",以强调天皇万世一系的神

[①]　"记纪"指成书于712年的《古事记》和720年的《日本书纪》。两部史书虽然题材不同,但都记载了天皇统治的由来和在天皇治下日本国家的发展。

格,向国民灌输神国、皇国思想,但其所宣扬的内容都没有超出江户时代末期国粹主义者所建立的复古神道理论。因其理论十分贫乏,在此不再深入论述。

二、儒学与神道皇国史观的融合

丸山真男在其代表作《日本的思想》中曾指出:"儒教作为日本传统思想中唯一的自然法体系,早在江户时代就已受到种种历史相对主义的挑战,后来由于幕藩体制的崩溃,其作为时代'信条体系'的通用效力急速下降。"[1]西方技术、思想的流入在给日本社会造成极大冲击的同时,也使洋学受到了格外的关注。特别是明治五年(1872年)颁布了关于学校教育制度的最初法令"学制令",不但封建时期的儒学教育理念遭到了否定,原来的私塾、寺子屋[2]、藩校[3]等也被废止,使儒学丧失了通过教育进行再生的途径,在洋学的进击下日渐式微。但正如渡边和靖所说:"在思考明治时代儒教所起的作用时,有必要对继承近世以来作为学问的儒教和不自觉地栖息在人们的内心的作为自身存在状态的儒教做严格的区分。""作为学问的儒教""在进入明治时代之后,迅速地解体,失去了影响力,而脱离了学问的主流。从这一侧面来说,可以说儒教对明治思想的形成没有发挥任何创造性的作用。""但是,另一方面,儒教深深地栖息在明治思想家的内心,从根本上影响着他们的思想。"[4]

由于过于热衷于"文明开化"而忽视了儒学对于思想道德的约束作用,以致明治社会逐渐产生了风气恶化、风俗紊乱的苗头。加之自由民权运动愈演愈烈,其影响甚至扩散到了官僚机构和军队之中,不但触动了政府的根本利益,甚至对天皇制思想体系形成了威胁。在这种形式下,为了加强思想控制,重建明治新时代的社会秩序,以巩固绝对主义天皇制,在国民教育中复活儒学思想成了必要。但明治政府在1872年引进近代欧洲教育制度、颁布新学制的时候,曾发布"奖励学事"的布告,其中对幕府体制下以儒学为核心的教育进行了批判,斥儒学空洞无用:"趋于词章记诵之末,陷于空理虚谈之途。其论似高尚,能施行事于身者少。"[5]因此,当明治

---

[1] 丸山真男:《日本的思想》,区建英、刘岳兵译,生活·读书·新知三联书店,2009年版,第23页。
[2] 日本江户时代由寺院所设的初等教育机构,主要以平民子弟为对象教授读、写、算数等基础知识。
[3] 日本江户时代各藩为培养武士子弟设立的藩立学校,主要以儒学教育为主。
[4] 渡边和靖:《明治思想史——儒教的传统与近代认识论》(增补版),ぺりかん社,1985年版,第361页。转引自刘岳兵《明治儒学与近代日本》,上海古籍出版社,2005年版,第10页。
[5] 教育史编纂会:《明治以降教育制度发达史》第一卷,龙吟社,1938年版,第276~277页。

政府考虑重新利用儒学的时候就不能不顾立场地原样照搬过去的东西,而必须经由保守派的官僚学者们施以一番加工改造再加以利用。首先提出复活儒学思想用以整顿风气的是时任天皇侍讲的元田永孚(1818—1891)。

1874年1月,明治维新功臣、前政府参议板垣退助、江藤新平、后藤象二郎等人组织了日本最早的政党爱国公党,由此揭开了自由民权运动的序幕。在维新后失去权势的旧士族势力的应和下,板垣的自由民权论迅速影响至日本全国各地,各地纷纷诞生了地方性的政治团体,宣扬卢梭的社会契约论、边沁的功利主义哲学,倡导人民具有天赋的权利和自由,同时主张唯有伸张民权,日本才始得强盛等思想。自由民权运动的蓬勃发展,反映在元田永孚眼中,就成了由于社会丧失了"忠孝仁义"思想而带来的品德恶化、风俗紊乱。于是,1878年9月,时任天皇侍讲的元田在随同明治天皇"巡幸"北陆、东海地方之后,基于天皇对教育状况的不满,于翌年8月向内务卿伊藤博文和文部卿寺岛宗则递交了一道由他所拟的《教学圣旨》。这道圣旨由《教学大旨》和《小学条目二件》构成。其中,《教学大旨》直接地点明:"教学之要,明忠孝仁义,究知识才艺,以尽人道。乃我祖训国典之大旨,上下一般之所教。然挽近专尚知识才艺,驰文明开化之末,伤风俗、破品行者不少。所以然者,维新始首……故自今以往,基祖宗之训典,专明仁义忠孝。道德之学,主孔子,尚人人诚实品行……"①而《小学条目二件》则规定:教室中要张挂古今之忠臣、义士、孝子、节妇的画像或照片,以使儿童能潜移默化地"感觉入脑髓";另外,由于现行教育中盛行"高尚的空论",要求对农商之子弟施以"实用的教育"。这条圣旨明显表达出欲立儒教为国教的意图,清晰地体现了元田永孚作为保守派官僚的代表所提出的借复活儒学教育而重塑封建道德,以加强天皇制的主张。

毫无疑问地,保守派官僚这种反文明开化、复活儒学德育教育的主张遭到了开明派官僚的反对。《教学大旨》发布不久,伊藤博文很快便上书《教育议》,就元田永孚对文明开化政策的批判提出了不同意见,指出维新变革中必然会产生风俗紊乱等负面影响,且新学制实行时间尚短,见其效果尚待时日,不宜武断地为些许弊害动摇文化开化这一根本政策;同时,伊藤博文也强调了"改良教育",主张推广"工艺技术百科之学",以矫"汉学生徒"侈谈政事之风;另外,就立儒教为国教一事,伊藤博文也认为应慎重考虑,有必要"折衷古今,斟酌经典"。对此,元田永孚

---

① 加藤周一等:《日本近代思想大系·6·教育的体系》,岩波书店,1990年版,第78页。

立刻提出了《教育议附议》,表示赞同伊藤的基本主张的同时,也有针对性地对伊藤加以了驳斥,指出"圣旨"的目的正是通过强调"忠孝仁义"来矫正风俗;从根本上改订教育方针也是针对教育收效慢而实施的举措;更重要的是,并不是从新制定国教,天皇只是发挥其"为君为师之天职""敬承祖训而阐明之""今日之国教无他,亦复其古而已"。如前文所述,在元田永孚看来,儒学思想与日本自古以来的传统思想是一致的,因此他的这种复古主张,本质上仍然是复活儒学论,只是其内容仍是陈旧的老套,难以适应新时代的需要而已。值得注意的是,无论是保守派还是开明派,明治政府的官僚们在实行政教合一、维护绝对主义天皇制这一点上是一致的。以元田和伊藤为代表的两派,在加强德育教育这一点上并无分歧,双方的争论无非路线与效果之争而已。所以在自由民权运动日益高涨的形势下,开明派官僚也不得不表现出尊重皇室的态度,以利用天皇威信来捍卫政府的既得利益。既然有着共同的目标与利益,那么放弃纯粹的西学或儒学的主张,转而寻求一种折中方案,就成了必然。西村茂树(1828—1902)的"日本道德论"就在这个恰当的时机登场了。

  1887年西村茂树出版了《日本道德论》一书,正式提出了融西方哲学与东方儒教于一炉的主张。在此书中,西村首先将道德思想分为"世教"与"世外教"。中国的儒教、道教和西方的哲学,因其"共说现世之事,说修此现身,说调和此现在之邦国及社会"[①],故称"世教";而佛教和基督教则为"世外教",是因为"其教非言现世之事,其归着之所在未来之报应与死后魂魄之归所"[②]。西村认为,虽然世教主道理,而世外教主信仰,但二者都能起"团结人心"、教人"去恶就善"的作用,即能授人以道德;可日本在维新之后却"一洗万物,改尽其面目……于是,至道德一事,我邦乃世界中一种特别之国,……独我国道德之标准者亡失"[③]。既然如此,就有必要重新树立一种道德观念和价值准则。那么在"世教"和"世外教"之中采用哪种呢?对此西村认为,虽然目前一直靠宗教维持道德的西方各国强盛于以儒教维持道德的中国,但评判道德标准的优劣还要考虑国家开化的过程、教祖的出生地、教义是否适合民心,及政治与教法的关系等具体因素。因为儒道自德川时期以来一直作为正统思想起了思想体系的作用,且为社会广泛接受,所以西村茂树主张儒道

---

① 西村茂树:《日本道德论》,日本弘道会,1913年版,第3页。
② 西村茂树:《日本道德论》,日本弘道会,1913年版,第3页。
③ 西村茂树:《日本道德论》,日本弘道会,1913年版,第4~6页。

最适合用于日本道德的重建。但他同时指出,由于儒道本身有欠科学、有欠进取、有欠平等、重男轻女、厚古薄今等缺点,如果仅以儒道为日本新道德的基础未免落后于时代,于是提出在儒教和西方哲学中寻求一种一致的、具有超越性的东西——"真理",来作为新的日本道德。可在阐释"真理"时,他却依然用儒家语言"诚"来进行概括。可见,西村茂树的"日本道德论"虽然包含了西方哲学的观念和思考方式,但他只是想援引西方哲学为材料对传统儒家思想进行修补,即在内容上求于儒学,在认识方法上求于哲学。其所意欲建立的新"日本道德"仍然是以儒学为核心的,本质上只是一种折中主义。从这一点来说,他的思考仍然处于其师佐久间象山的"东洋道德,西洋艺术"的延长线上。

西村茂树的《日本道德论》发表后迅速博得了开明派官僚代表、时任文部大臣的森有礼的赞赏,认为经过文部省审定后可以用作中等以上学校的教科书。① 至此,明治政府内部围绕文教政策的分歧就在维护皇权的"大义名分"下得到了统一。《日本道德论》奠定的以儒学为基础的德育主义在此后天皇颁布的《教育敕语》中被确立为明治政府的教育方向,之后在井上哲次郎的《敕语衍义》中被进一步理论化,上升为"国民道德",成为日本哲学道德主义倾向的滥觞。

1889年2月,明治政府颁布了天皇钦定的《大日本帝国宪法》,从制度上和机构上确立了绝对主义天皇制国体。虽然这时自由民权运动已经开始衰退,但在其影响下形成的自由主义风潮却有向青少年中蔓延的趋势。为改善传统价值观念日渐式微的情况,在当时的总理大臣山县有朋(1838—1922)和文部大臣芳川显正(1841—1920)的主持下,开始酝酿和起草一部意在重新养成国民精神的"教育宪法"。翌年10月,明治天皇便颁布了由枢密顾问官井上毅(1843—1895)起草、元田永孚修改的《教育敕语》。但由于敕语的内容对一般人来说过于艰涩难解,很快就有许多学者写了各种版本的解说。哲学家井上哲次郎此时刚从德国留学归来受聘为东京帝国大学首位日籍哲学教授,不但有着广博的东方哲学知识,而且在留学期间深入学习过西方哲学,在文部省看来正是为敕语撰写官方释义的最佳人选。于是,在文部大臣芳川显正的举荐下,井上哲次郎受内阁委任撰写了《敕语衍义》,为此后数十年间人们理解《教育敕语》提供了指针。

在《敕语衍义》中,井上哲次郎充分展现了自己不同于元田永孚等江户儒者之

---

① 参见近代日本思想史研究会《近代日本思想史》第一卷,马采译,商务印书馆,1983年版,第128页。

处。在着力塑造新的日本国民精神时,井上抛弃了传统儒学关于"孝悌忠信"的陈腐旧说,而是从西方的国家主义思想中汲取了"共同爱国"一点,将之捆绑到对"孝悌忠信"的诠释上,使传统儒学的道德伦理与西方的国家主义融为了一体,并进一步利用《古事记》和《日本书纪》中的创世神话确立天皇制政体的合法性,构筑了一个融传统儒学、西方国家主义和神道观念为一体的思想体系,在完成了《教育敕语》理论化的同时,也将日本以后的德育教育导向了以儒学伦理为核心的国家主义方向。为了进一步使儒家思想脱却封建色彩,井上哲次郎从哲学的立场出发,运用东西方思想比较的方法,对江户时代的儒学重新进行了诠释和批判,写就了日本儒学思想史研究三部曲《日本阳明学派之哲学》(1900)、《日本古学派之哲学》(1902)、《日朱子学派之哲学》(1905),为儒学在明治时代以同西方哲学和皇国神道观相结合的方式复兴立下了汗马之功。

三、佛教的近代转型

佛教从 6 世纪传入日本以后,始终与政权关系紧密,上至皇室贵族,下至平民百姓,深深地浸透在日本社会各个阶层之中,成为日本人重要的精神依托,这一点从飞鸟时代[①]以来神道对佛学的附会和儒学对佛教的依附即可得到证明。进入江户时代,德川幕府加强了对宗教的管理,为了换取自身的安定,佛教也趋附于幕府的管理体制,完全依附于政权,沦为了幕府统治的工具。其间各宗派的思想和戒律虽然得到了复兴,但在佛学理论方面却并无新的建树。维新之后,为了利用神道来重新树立皇室的绝对权威,明治政府颁布了旨在维护神道神圣性与纯洁性的"神佛分离令"。虽然此政令的意图只在从神道中剔除佛教影响,并非要废除佛教,但其实早在江户时期,林罗山(1583—1657)、平田笃胤(1776—1843)等儒学家和国学家对佛教的批判就已经为废佛论做好了思想准备,加上又失去了幕府这一政治靠山和精神上的正统性,在这种背景下,日本各地出现了废佛毁释运动。这场日本佛教的浩劫使佛教界出现了思想护法的倾向,具有代表性的事件是在净土真宗兴正寺的住持华园摄信(1808—1877)等人的组织下,1868 年 12 月在京都兴正寺召开了由 40 余所寺院组成的"诸宗同德会盟",商讨如何一洗旧弊,与神儒携手抵御基督教,为新政府行教化国民之功。在佛教界的这种姿态下,明治政府开始调整政

---

① 约 6 世纪后半期。

策,于 1872 年设置了司职教化国民任务的"教导职",佛教僧侣与神道神官皆可担任。至此,日本佛教完成了由德川幕府向明治政府的改换门庭,被正式纳入了明治政府的思想统治体系。之后随着明治政府的日趋反动,特别是 1889 年《大日本帝国宪法》和 1890 年《教育敕语》颁布以后,日本佛教越发加紧向明治皇权政府日渐靠拢。其中,以"护国爱理"为口号的井上圆了(1858—1919)是一个具有代表性的人物。

1885 年井上从东京帝国大学毕业时,明治日本正处在欧化之风盛极而儒学式微、佛学不振的阶段,且那时《教育敕语》尚未确定,政府内部正围绕着文教政策产生对立。从这种局面中井上看到了复兴佛教的机遇,连续写出《耶稣教的难目》(1885)、《佛教新论》(1885)、《哲学要领》(1886)、《佛教活论》(1887—1890)、《忠孝活论》(1891)等著作。从这些著作的题目中就能看出,井上在这一阶段的思想活动主要是围绕着批判基督教、改良佛教而进行的,而他复活佛教的手段,便是充分利用欧洲唯心主义哲学理论来粉饰佛教思想,在把佛教思想哲学化的同时,为绝对主义天皇制国体提供理论支持,以博得政府的保护,提高佛教地位。

井上哲学化佛教时主要利用的是德国化学家威廉·奥斯特瓦尔德(Friedrich Wilhelm Ostwald)的"能量论"(energetism)思想。井上圆了发现,能量论学说中能量与现象的关系即为佛教华严宗所讲的"一切即一、一即一切"的"相即"关系,认为"万法即真如、真如即万法""色即是空、空即是色"等佛教的核心义理与能量一元论在本质上是相同的,并将能量论引入了佛教学说,"提出了'物心'(现象)来与'真如'(本体)相对,而这个'物心'又再分为'物'和'心',而'心'则被认为与'能量'同一。在他看来,'物'是坚固的、不动的,'心'是能动的,所以也就是'能量'。这样,能量守恒定律便被应用到佛教的灵魂轮回说上来了"[①]。

1898 年井上写了《破唯物论》一书,将一切物质及其发展都视为能量的现象和活动,并把能量的性质阐释为意识,亦即佛教中所说的"真如",作为万物实态的能量则是先天性地蕴藏在宇宙最初的星云中的灵气,而星云不但相当于佛教中的"空"或"心识",更是儒家的"太极",道教的"太虚"或"无名",日本创世神话中的"混沌"或"高天原"。这样,井上圆了不但利用能量论完成了佛教的哲学化,甚至用它统一了各种东方传统学说,通过对体现在神、儒、佛等东方思想中的先天主义

---

① 近代日本思想史研究会:《近代日本思想史》第一卷,马采译,商务印书馆,1983 年版,第 144 页。

的强调,来支持拥护绝对主义天皇制这一"万古不变的先天的国体"。

在佛教教团日趋与国家权力妥协,或主动或被动地被编入国家主义体制的形势下,明治时期的日本佛教界也产生了一股由知识分子主导的要求摆脱政治束缚、追求佛教宗教本质的势力,其中最具代表性的便是清泽满之发起的"精神主义运动"和以杂志《新佛教》为阵地的"新佛教运动"。"前者试图通过潜沉到人类精神的内部来树立起近代化的信仰,而后者则试图通过积极地接近社会来取得近代宗教的资格。"①

随着19世纪八九十年代以来日本资本主义的高速发展,出生于明治维新之后的知识青年们,一方面因为接触过西方现代科学与知识,难以接受非理性的、传统的"迷信"信仰,另一方面又在社会的急速发展中感到苦闷、焦虑与不安,找到不精神的寄托。在这种背景下,受到理性主义和自由主义精神感召的青年佛教徒们,出于对传统教团的腐败堕落的不满,出于救亡佛教的危机意识与使命感,发起了以"自由研讨"为旗帜的新佛教运动。新佛教运动的"新"主要体现在三个方面:第一,在同其他宗教的关系上,新佛教运动并不像之前的佛教教团那样排斥基督教。第二,在思想上,以"自由研讨"为口号,主张通过"自由研讨"来革除旧有教团制的思想、制度弊端,使佛教回归其本义。第三,在行动上,他们主张通过反对政治干预、积极参与社会活动来扩大佛教的影响,为佛教在新时期开拓生存发展的空间。新佛教运动无疑地为明治中后期的政治思想界带来了一股清新的气息,对日本佛教的近代化产生了重要影响,但其激进的言论与主张明显与明治政府专制主义的思想方针相违逆,随后遭到了政府和传统教团的联合绞杀。

与新佛教运动的"入世"相反,同一时期的日本佛教界还出现了倾向于"出世",主张通过精神内省的途径来摆脱现实烦恼的"精神主义"运动,其倡导者是日本佛教真宗大谷派僧人、思想家清泽满之(1863—1903)。

1899年,清泽应真宗大谷派法主继承人彰如②之招来到东京担任法主辅导,并在东京开设了私塾"浩浩洞"。翌年,清泽满之同弟子晓乌敏、多田鼎、佐佐木月樵等人共同创刊了杂志《精神界》。自创刊起至1903年离世,清泽一直在该刊发表文章,每月出版3 000册,在当时关心宗教的青年之中引起了很大反响,引领了日本近

---

① 吉田久一:《日本近代佛教史研究》,吉田久一著作集4,川岛书店,1992年版,第32页。
② 大谷光演(1875—1943),日本明治、大正时期净土真宗僧人,东本愿寺第23代法主。俳句诗人、画家。

代思想史上有着重要影响的"精神主义"运动。

"精神主义"主张,要从现实的烦恼苦闷中解脱出来,必须找到精神上的立足点,即佛教所说的安心。精神主义认为追求不属于自己的事物是烦闷忧苦之源,主张放弃对外物他人的追求,转向于自己的精神内部寻求"无限"的境界。作为一种具有思想指导意义的"实行主义","精神主义"还主张完全的自由,认为所有的限制和束缚全是自限自缚,所有的烦闷忧苦全是各人自己的妄念所生的幻影。当自己的自由和他人的自由相矛盾时,精神主义者应自由地改变自己的主张使之同他人的自由相调和,从而做到完全的自由和绝对的服从兼顾,以此来拂归此间一切苦患。从以上主张可以看出,"精神主义"倡导的是通过改变自己的主观思想,使精神满足于当前的境遇与状态,这样源于世俗妄念的烦闷就会焕然消散,从而在精神上达到一种满足的欢喜与自由的境界。这不但是一种个人的处世态度,而且"国家问题、社会问题的真正解决,必须根据以心机之转开为要务的精神主义"①。

清泽满之生活的明治时代,日本同样处于千年未有之大变局。在西方近代文明、技术、思想的冲击下,日本的封建政体、传统的生活方式和价值观从根本上发生了动摇。维新后建立起来的资本主义社会和政府迅速地趋向了垄断和专制,又造成了种种残酷的社会弊端,使一些不愿依附于权力的有识知识分子,尤其是当时的知识青年们深感迷茫、压抑。与清泽满之同时代的日本著名作家夏目漱石(1867—1916)曾在《我的个人主义》一文中对自己青年时代的精神状态做过如此描述:"我知道,既然生在这个世上就必须干点什么,但是干什么好呢?却是一点主意也没有。我像封闭在雾里的孤独人一般,呆立于原地不敢动弹。心里想,与其希望从哪个方面射来一束日光,倒不如自己用聚光灯哪怕照出一条光也能靠它看清前方。然而不幸的是,无论朝哪个方向望去,无不模糊一片。也可以说四顾茫然。"②夏目漱石在完成了从"他人本位"向"自我本位"的转变之后,才从这种"无根的浮萍"一样的精神状态中走出。如果说,"自我本位"是作为文学家的夏目漱石个人所找到的精神解脱的"答案",那么"精神主义"便是身为宗教学家的清泽满之所给出的"方法"。虽然清泽满之提出的"精神主义"在理论上并不完善,在思想上也有过于夸大人的主观的绝对性、使人回避竞争安于现状等消极因素,但在文明开化以来物

---

① 《生活问题》,1902年7月,《新岛襄　植村正久　清泽满之　纲岛梁川》明治文学全集46,第234、235页。转引自刘岳兵《日本近现代思想史》,世界知识出版社,2010年版,第176~177页。
② 夏目漱石:《我的个人主义》,《社会与自己　夏目漱石演讲集》,筑摩书房,2014年版,第345页。

质中心主义盛行的明治日本,"精神主义"重视个体生命的信仰和体验、强调"精神"的重要性的立场却显得弥足珍贵,在帮助众多思想迷茫的青年知识分子获得了心灵安定和精神满足的同时,也在社会中产生了广泛的影响,重新唤起了人们对东方思想传统的重视。特别是在日本政府加强了思想控制,逐渐趋向军国主义,佛教乃至整个学问界都大多倾向依附权力而被编入国家主义体制之内的形势下,"精神主义"能够从哲学复归宗教,坚持站在佛教本原的立场上强调信仰的真挚和思想的自由,既是对佛教自身尊严的捍卫,某种程度上也对思想上的国家主义化形成了抵制,具有重要的思想意义和社会意义。

由上述可见,明治中期以后,为了应对西方思想文化传入所带来的危机,日本佛教界也做出了种种尝试。一方面,以传统教团为代表的佛教势力,努力迎合政治变化,通过与国家神道、专制政权合作,发挥"破邪显正"、教化国民的作用,而维护了佛教势力;另一方面,部分佛教出身的知识分子则以思想自由为旗帜,努力地试图摆脱国家政权的干预,坚持佛教原本的信仰。无论哪种动向,双方都以各自的方式借助西方近代哲学理论为日本佛教思想的理论化、近代化做出了尝试。但是,由于他们能借助的主要是当时流行于日本的、强调主观与经验的德国观念论,而且重视心灵和精神上的"觉悟"原本就是佛教固有的思想立场,所以明治中后期登场的佛教思想运动明显体现出了重视人的内部精神的倾向。

第二节 西田哲学中的东方思想传承

西田哲学之所以被视为自日本接受西方哲学以来所诞生的最初的日本原生哲学,一方面固然是因为它有着西方哲学的语言、概念与逻辑化的思维,另一方面更为重要的是,在这具西方哲学话语的躯体之中隐藏的却是一缕东方传统思想之魂。

一、东方的"无"

在考察西田哲学的东方性格之前,有必要对本书中提到的"东方"与"西方"的概念先做一下界定。用钱穆先生的话来说,即"近人常谓东方文明是精神文明,西方文明是物质文明。此所谓东方者,指中国、印度;西方则指欧洲"[1]。

---

[1] 钱穆:《佛学传入对中国思想界之影响》,《名家说佛》,吴平、郑伟、叶宪允编著,研究出版社,2013年版,第316页。

众所周知,现代西方哲学发源于古希腊。"哲学"的希腊语 philo-sophia 由"爱"与"智慧"两部分构成,意为一种爱智慧的学问。由于当时人们对周围世界的认识还很笼统、肤浅,哲学和其他科学之间也没有明确的界限划分,所以早期的古希腊哲学家往往同时又是自然科学家。他们不约而同地把解释万物的本原视为最高的智慧,通常具有自发的朴素唯物主义或朴素的辩证法思想,根据自己的直观感觉,用自然现象本身来说明世界。因此,从古希腊时代起,西方哲学就有以某种有形的物质性元素作为世界的本原的倾向。例如,泰勒斯(Thales,约公元前624—前546)认为世界的本原是水,阿那克西米尼(Anaximenes,约公元前586—前525)认为世界的本原是气体,赫拉克利特(Heraclitus,约公元前544—前483)认为是火等。自然哲学时期,西方哲学家们所找到的"本原"虽然各不相同,但从结果中可以看出,在他们的头脑中对万物的本原有着一种共同的观念,即"本原"是整体的、不生不灭、永恒存在的"一",是一种万物由之产生又最终复归于它的东西。反之,由"本原"所产生的万物即部分的、有生有灭、运动变化的"多",是非永恒的有限之物,最终会复归于本原的"一"。比如,赫拉克利特所说的宇宙是一团永恒的活火。但很显然,尽管这一时期的哲学家们都抱着寻找世界本原、万物本质的共同目的,但他们所走的却是一条"向下"的道路。因为无论是水、火还是气,都只是感性世界中的感性个别或现象。将某种感性的个别事物作为世界的本原或本质来阐释,必然会造成语言表述同目标概念之间发生一定程度的错位,进而降低理论的说服力。

当古希腊哲学发展到巴门尼德(Parmenides,约公元前515—前445)的时期,无论是哲学语言的表达还是逻辑思辨的能力都有了较大的提高,为他总结、反思前人思想并最终解决理性纠缠于感性、本质纠缠于现象的问题创造了条件。巴门尼德从前人所抵达的种种感性个别的"本原"之中概括并抽象出了"存在"这一新的范畴。他的"存在"不但保存了"本原"应有的整体性、稳定性、永恒性、本质性等特征,而且去除了感性特征后更加凸显了超越性的"一"的色彩。通过这种超越性的"存在",巴门尼德就打开了一条新的"向上"的认识之路。另外,早期的哲学家们相信万物不能凭空产生,即"有"必然产生于"有"。因此,在他们的观念中本原一直是一种真实的存在,而且这种真实存在的本原能被思考与言说。巴门尼德也同样继承了这种观念,认为"存在"同样能被思想所认识。同时,基于"找不到一个思想是没有它所表达的存在物"的想法,他又首次提出了"思想与存在是同一的"之命题。既然思想与"存在"是同一的,那么也就意味着可以根据思想的特征去把握"存在"的特征。由此,巴门尼德又开创了西方哲学史上先验论的哲学方法。在巴门尼德之后,西方哲学就分为了主观与客观两条发展道路,此后无论是德谟克利特(Demokritos,约公元前460—前370)的"原子"、柏拉图的"理念",还是亚里士多德的"基质"、普罗提诺的"太一",抑或康德的"物自体"、费希特的"绝对自我"和黑格尔的"绝对精神",都是这两种不同方向上的发展,其差别只是更倾向主观还是更倾向客观而已,即便讲主客合一,那也是在主客二分基础之上讲合一。总之,尽管并不绝对,但从整体来看,自古希腊时代起,西方思想中就一直存在着以某种恒常不变的具有实体性、超验性的"有"作为世界本原的倾向,这也使得西方的哲学思想常为主客二分的思维框架所束缚。

在希腊语中"无"(me on)是"有"(on)的否定形态,或者说是一种"非有"。英语中"无"写作 nothing,同样是表达"物"(thing)的缺失(no)。换句话说,在西方,"有"才是第一性的,是积极的、肯定的。相对于"有","无"总是被看作派生的、次等的,带有否定、消极的色彩。与之相反,在印度的佛、中国的儒道等东方传统思想中,"无"非但不是"有"的派生,反而往往被视为催生一切有形之物的作用或原动力,换句话说,是"有"的根源。

考究佛教史可知,释迦牟尼创立佛教的初衷在于对现实人生的思考。佛教实践的要求在于解决人生的问题,探寻人生痛苦的原因及消灭痛苦的方法。原始佛教的基本理论就是以此为目的而建立的。在佛教的基本理论中,"缘起"可称是佛教学说的基石。所谓"缘起",是指现实世界中的一切存在都是从因而生、从缘而起的。过去的积累为因,现在为果;现在的积累是因,将来为果。如此因果重重而相续无尽,上溯过去无始,下演未来无终。就是说,一切事物或现象的生起都是由各种事物或现象彼此相互关联造成的。既然一切都是因缘和合而生起的,那么即意味着这一切随时都在前后相续、刹那刹那地变灭着,所以一切的本性、本质都是无常假相,亦即"空无自性"。当认识到诸行无常、诸法无我的道理后,就能远离贪欲、憎恨、愚痴之三毒,无边无量地放大心量,破除法我两执,达到"无我"的佛的境界,从而根本地离烦恼、得解脱。由此可以看出,佛教的"缘起"理论中一切事物或现象都是彼此关联、相互依存且处于不停变化之中的,既没有任何独立的存在,也没有一种超越于万物之上的根源性的本体,即所谓的"诸法皆空"。事实上,在印度原始的婆罗门教中是存在着"大梵本体"思想的。但正如前文所言,佛教肇端于对现实人生的思考,释迦牟尼自身对世界的本原问题非但不感兴趣,甚至是持反对态度的,因此原始佛教的"缘起"理论某种程度上是对"有"的一种否定。换句话说,佛教教义的根本性原理即"无""空"。

但需要强调的是,佛教所讲的"无"与"空",并不是"有"的对立,也不是一片虚空。因为认为"无"即"非有","空"即"虚空",那就等于把"无"或空"当作自我之外的对象界了。但事实上,佛教中的"无"或"空"并无我,也无他,而是如《华严经》中所描述的"因陀罗网"一般,是一个万般因缘相互涵摄,相即相入、互不相碍且重重无尽的、有着能够随缘起而生发任何事物之无限潜在性的场域。

"无"在中国传统哲学思想中也一直是一个重要范畴。几乎与古希腊同一时期的春秋战国时代,老子就提出了"有"和"无"这一对哲学范畴。

> 道,可道,非常道;名,可名,非常名。无,名天地之始;有,名万物之母。故常无,欲以观其妙;常有,欲以观其徼。此两者同出而异名,同谓之玄。玄之又玄,众妙之门。(《老子·一章》)
>
> 天下万物生于有,有生于无。(《老子·四十章》)
>
> 道生一,一生二,二生三,三生万物。(《老子·四十二章》)

众所周知,老子认为天地万物都是从"道"中产生的,"道"是老子思想中最重要的概念,也是贯穿《老子》一书的纽带。但对于"道"究竟是什么,老子说的却很模糊。其原因是老子认为"道"不具有任何质的规定,只能从"无"和"有"两种不同的层面或境界中去体验"道"之玄妙幽深。从《老子》第一章的论述中可以看出,尽管"无"与"有"都是"道"的演化,即"同出而异名",但"无"是天地"本源"之"道",而"有"则是万物"本原"之"道"。换句话说,老子的思想是宇宙论和本体论的结合,"无"回答的是宇宙论的起源问题,"有"回答的则是本体论的本质问题。虽然这里的"有"和"无"是相对立的概念,但在二者的关系上,老子在第四十章中说"有生于无",可见在老子看来,"无"非但不是"有"的缺失状态,反而是"有"的来源,所以他说"道生一"。此"一"即"有",可以看成万事万物的本原。"一"又分化为"二",或为阴阳二气,或为天地,然后再由矛盾对立中演化为世间万物。也就是说,"道生一"说的是无中生有,"一生二,二生三,三生万物"说的是有生万物。由此可见,尽管"有""无"两者均出于"道",但"道"的本质仍然是"无"。

需要强调的是,老子的"道"是一个非常复杂且矛盾的混合体,对《老子》一书之如何断词、如何释义,长期以来注者蜂起,众说纷纭。或是因为语言对于"道"之表述具有无力性,《老子》在论"道"与"无"时采用了"正言若反"的遮诠方式。但即便如此,其表述间依然多存令人费解的矛盾之处,如:

视之不见名曰夷,听之不闻名曰希,搏之不得名曰微。此三者不可致诘,故混而为一。一者,其上不皦,其下不昧,绳绳兮不可名,复归于无物。是谓无状之状,无物之象,是谓惚恍。迎之不见其首,随之不见其后。执古之道,以御今之有。能知古始,是名道纪。(《老子·十四章》)

有物混成,先天地生。寂兮寥兮!独立而不改,周行而不殆,可以为天地母。吾不知其名,故强字之曰道,强为之名曰大。大曰逝,逝曰远,远曰反。(《老子·二十五章》)

如果说第十四章所描述的无形无相、无声无亮、无边无际的"道"尚合于"无"的话,那么第二十五章的"有物混成""独立""周行""大""逝""远""反"等词语则又给人以强烈的物质或空间的"实有"印象。正因如此,关于老子之"无"或"道"究竟有无本体性的问题,两千多年来学术界仍是莫衷一是。[①] 但如上所述之拙见,笔者更倾向认为老子之"道"是与原始佛教之"空""无"观近似的既非实有又非虚无的"无"。而由这个具有生发性的"无"所生之"一",才是与西方哲学中的本体性的"有"相对应的概念。《老子》一书对"道"表述上的模糊或矛盾,或许正是语言在表述这种超越性的"无"时无力性的体现。而后人对之本体化的理解和阐释,也恰好说明了打破对象化思维模式之难。但无论怎样,仅"有生于无"之一句,就足可见老子所说的"无"是超越了有无之无的"真无",笔者所欲言者也仅在于此。

西田哲学最显著的东方思想色彩首先就体现在"绝对无"这一核心思想上。从前文对西田哲学的考察中可以看出,尽管西田早期的纯粹经验论中包含着禅的

[①] 主要有精神说、元气说、混沌说、虚无说等观点。参见汤一介《思考中国哲学》,中国人民大学出版社,2016年版,第58~59页。

因素,但彼时西田的思想仍未摆脱对西方哲学的学习与模仿。虽然他努力地强调"纯粹经验"具有"主客未分"的一元性,但实际上,当他把"纯粹经验"作为"唯一的实在"来看的时候,他的"纯粹经验"就带上了实体性和超验性的色彩,使他的纯粹经验论并未在根本上超越普罗提诺、康德或黑格尔等人的思想,这也是其哲学发展到"自觉"的立场后仍然不得不自叹"刀折矢竭请降于神秘的军门"的原因所在。总而言之,至此时为止的西田哲学尚带有实体性和超验性的思想成分,还没有彻底地走出主客二分的窠臼,仍然是一种西方式的"有"的哲学。而当西田将自己的思想进一步深化到"场所"的立场后,就彻底明确了其思想的东方性格,提出欲用西方的哲学来对东方文化根底中的"无形而见、无声而闻"的东西赋予根据。显然,这里用"无形而见、无声而闻"所喻的就是之后成为其哲学体系核心的"绝对无"。前文中对西田的"绝对无"的性质有过比较详细的介绍,此处不再赘述。从中我们明显可以看出,自"绝对无的场所"提出后,西田的哲学立场就发生了从西方的"有"向东方的"无"的回转。作为西田全部哲学核心的"绝对无",是一种超越性的"真无",它不但否定了一切外在的"有",而且否定了与"有"相对的"无",是对"有"与"无"的共同否定,这一点与佛、道之"无"是一致的。而且西田哲学中的"绝对无"不但与佛、道之"无"一样带有场域性,尤其是在"场所"的理论体系中,最高或者最深层次的"场所"是"绝对的无",而最低、最外在的"场所"是"有",这与《老子》中"有"和"无""同出而异名"的说法也格外地契合。

二、"天人合一"与"内在超越"

东方思想的另一个显著特点是"内在的超越性"。

前文中提到,人生问题是佛教的出发点,"缘起"论是整个佛教学说的基石。原始佛教认为只需遵照释迦牟尼所提出的"四圣谛""八正道""十二因缘"等方法去修行,就能领悟"缘起性空"的真理,进而获得个人的解脱。因此,印度佛学在原始阶段就提出了"心性明净"这一原则性的说法作为实践的依据[①],体现了一种"不求于外"的思想主张。尽管佛教在之后的发展中受印度传统思想影响,小乘佛教提

[①] 据吕澂先生在《试论中国佛学有关心性的基本思想》一文中注"心性明净"说:"此说最初见于巴利文本《增一尼柯耶·一法品》第六经,巴利圣典协会校印本第一分册第10页。'心性明净'一语,通常译作'心性本净。'"参见吴平、郑伟、叶宪允《名家说佛》,研究出版社,2013年版,第204页。

出的"补特伽罗"和大乘佛教的"真如""实相""如来藏"等概念都染上了本体色彩①,但"反求己身"、重视主体自觉的基本宗旨却始终未曾改变。

汤一介先生指出:"西方哲学与中国哲学很不相同,古希腊哲学,如柏拉图、亚里士多德大体上都是把世界二分为超越性的本体世界和现实性的世界,近代自笛卡尔以来也以世界为二分,因此西方哲学的主流多有一个外在于人的世界,至于基督教更有一个外在于人的超越性的上帝,这与中国不把'天'看作外在于'人'的看法很不相同。"②诚如斯言,诸子百家之前的夏、商、周三代,在相当程度上是一种宗教文化。彼时思想界所强调的是对"天"与"神"的信仰,"其时之'天',不仅是自然界的众神之首,而且是社会政治道德的立法者,它虽'无声无臭'(《诗经·大雅·文王》),并不一定被人格化,但宇宙之秩序,万物之生长,乃至世间王朝之更替,军国之大事,一听于'天命'"③。因此,尽管此后孔子通过以"仁"为核心的思想极大地抬高了"人"的地位,使思想界的思考从"天"转向了"人",但仍然无力一洗成百上千年的思想积淀,诸子百家之后的整个中国古代思想史依然是在"天－人"框架下展开的。

首先来看儒家。尽管孔子的学生子贡说"夫子之言性与天道,不可得而闻也"(《论语·公冶长》),但翻看《论语》,孔子言"天"者尚有,如:

"获罪于天,无所祷也。"(《论语·八佾》)

"予所否者,天厌之!天厌之!"(《论语·雍也》)

"天之将丧斯文也,后死者不得与于斯文也;天之未丧斯文也,匡人其如予何?"(《论语·子罕》)

"噫!天丧予!天丧予!"(《论语·先进》)

"不怨天,不尤人;下学而上达。知我者其天乎!"(《论语·宪问》)

"君子有三畏:畏天命,畏大人,畏圣人之言。小人不知天命而不畏也,狎大人,侮圣人之言。"(《论语·季氏》)

可以看出,尽管孔子对"天"罕言或言而不论,但在思想中仍存在着具有主宰

---

① 参见赖永海《佛学与儒学》(修订版),中国人民大学出版社,2017年版,第8~12页。
② 汤一介:《思考中国哲学》,中国人民大学出版社,2016年版,第17页。
③ 赖永海:《佛学与儒学》(修订版),中国人民大学出版社,2017年版,第13页。

意义的"天"。尤其是告诫人们要"畏天""知天命"这一点,体现了孔子对现实人生的思考、对人事的探求仍不出"顺乎天而应乎人"(《易经·革》)的"天-人"框架。如汉代大儒董仲舒说"天人之际,合而为一"(《春秋繁露·深察名号》);唐代刘禹锡讲"天与人交相胜,还相用"(《天论》);对宋明清儒学产生深刻影响的朱熹也言"存天理、明人伦"(《朱子文集·答陈齐仲》)。可见从大的方面来讲,中国古代的儒学大都是在"天""人"关系的框架内做文章,"往往以'天道'制约'人道',以'人道'上达'天道'为终"[①],也就是说,是"天-人"思维模式下的人本主义。

在"天-人"思维模式下,儒家把"道之大"归于"天",讲求通过修心养性来体认天道,以主观内省的功夫来上达于天,从而抵至"天人合一"之境界。例如,儒家讲"为仁由己"(《论语·颜渊》)、"吾日三省吾身"(《论语·学而》)、"君子求诸己"(《论语·卫灵公》),孔门亚圣孟子讲"尽其心者,知其性也,知其性则知天矣;存其心,养其性,所以事天也"(《孟子·尽心》),都是在强调通过反省与内求的方式而上达天道。尤其是宋代以后,吸收佛、道两家思想基础上产生的"新儒学"[②]提出"天人本无二,更不必言合"(《二程集·河南程氏遗书·卷第六》),使传统观念中的"合一"向"一体"方向发展,进一步强化了内在修养的重要性。宋明理学之所以强调"自明诚""致良知"等,其主旨皆在于通过自省的实践、实践的自省来超越自我、返本归一。

再来看道家。作为道家思想根基的《老子》一书又称《道德经》,分为"道经"与"德经"两部分,"道"与"德"不但是此书还是整个道家思想体系中最重要的两个概念。道家思想的特点是以"道"这一超越性的"无"之境界为其思想的基础和起点,先立其大、树其远,再以"正言若反"的反向思维来反其朴、复其初,从而引导人们从现实之"有"的羁绊和束缚中解脱出来,达至与"道"同体的境界。因此,在道家思想中,"道"高于"德"、"德"出于"道",即《老子》所讲的"孔德之容,惟道是从"(《老子·二十一章》)。《老子》第二十三章又说:"从事于道者,同于道;德者,同于德;失者,同于失。同于道者,道亦乐得之;同于德者,德亦乐得之;同于失者,失亦

---

① 赖永海:《佛学与儒学》(修订版),中国人民大学出版社,2017年版,第16页。
② 冯友兰先生在其英文版著作《中国哲学简史》中把宋明理学称为"新儒学",指出其产生受到了佛、道思想的影响。赖永海先生也论述过佛教的本体论思想对宋明理学的影响。参见冯友兰《中国哲学简史》,涂又光译,北京大学出版社,1985年版,第306~322页;赖永海《佛学与儒学》(修订版),中国人民大学出版社,2017年版,第18~21页。

乐得之。"既然"德"惟道是从,那么要想"同于道",首先就得同于"德"。而"同于德"则需"从事于德",这就使通过求于自我内在而上达天道成了可能。前文中提到过,道家之"道"是一种无名、无形、无相且不可规范的超越性范畴,其特点便在于"道法自然"。所以,要"同于道",首先要悟道,接着就要排除一切世俗性的规范,净化自我的内在精神,使之达到"道"之自然无为之境。翻看《老子》,言"修身"者众,如:

天长地久。天地所以能长且久者,以其不自生,故能长生。是以圣人后其身而身先,外其身而身存。以其无私,故能成其私。(《老子·七章》)

上善若水。水善利万物而不争,处众人之所恶,故几于道。居善地;心善渊;与善仁;言善信;政善治;事善能;动善时。夫唯不争,故无尤。(《老子·八章》)

致虚极,守静笃。万物并作,吾以观复。夫物芸芸,各复归其根。归根曰静,是曰复命。复命曰常,知常曰明。不知常,妄作凶。知常容,容乃公,公乃全,全乃天,天乃道,道乃久,没身不殆。(《老子·十六章》)

企者不立,跨者不行。自见者不明,自是者不彰,自伐者无功,自矜者不长。其在道也,曰:余食赘行,物或恶之。故有道者不处也。(《老子·二十四章》)

为无为,事无事,味无味。大小多少,报怨以德。图难于其易,为大于其细。天下难事必作于易,天下大事必作于细。是以圣人终不为大,故能成其大。夫轻诺必寡信,多易必多难。是以圣人犹难之,故终无难矣。(《老子·六十三章》)

以上所举各章,或讲无私,或讲不争,或讲空虚清净,或讲不多余无谓,告诉我们只有内省吾身、超世越俗,方能无为而无不为。道家另一代表性的思想家庄子说的"至人无己,神人无功,圣人无名"(《庄子·逍遥游》)实际上表达的也是同一趣旨。总之,老庄思想追求通过"从于德"而"同于道",这一点又与儒家思想有着互通之处。因此,有人说"儒道两家皆以天人合一为最高精神境界"①,这是合乎道理的。

最后来看"中国的佛学"。关于"中国的佛学",冯友兰先生指出:"'中国的佛学'与'在中国的佛学',二者所指的不一定是一回事,即不一定是同义语。因为佛教中有些宗派,规定自己只遵守印度的宗教和哲学传统,而与中国的不发生接触。……'中国的佛学'则不然,它是另一种形式的佛学,它已经与中国的思想结合,它是联系着中国的哲学传统发展起来的。"②

佛教自传入我国后,大体上经历了对儒、道等中国传统思想的依附、抗衡与融合三个阶段。由于种种原因,小乘佛教在中国没有得到发展,而大乘佛教则在隋唐以后迅速发展为唯识宗、天台宗、华严宗以及禅宗等若干宗派,其中以禅宗影响为最大。"受中国传统思想文化的影响,东传之佛教在思想内容及所用术语上都有了较大的变化,其中以用中国传统的'人性''心性'去谈佛性最为突出。"③如天台宗三祖慧思(515—577)曾说:"佛名为觉,性名为心。"(《大乘止观法门·卷二》)四祖智𫖮(538—597)也曾说:"心是诸法之本,心即总也。"(《法华玄义·卷一上》)④与天台宗相似,华严宗也有将佛性融于"真心"之论,如"一切法皆唯心现,无别自体,是故随心回转,即入无碍"(《华严经旨归》)⑤。如果说天台、华严二宗的佛性论所言之"心"尚有传统佛教中作为抽象本体的"真心""清净心"的色彩的话,那么当禅宗把众生乃至诸佛都归结于"自心"后,其思想之内涵就与中国传统儒家的"心性"观十分接近了,因此禅宗可称作典型的"中国的佛学"。

"禅"源自梵文 Dhyāna 一词,原本音译作"禅那",后略称为"禅",意为静虑、正思虑、思维修。它原为印度各派宗教共同的修行方法,后被佛教——尤其是诞生于我国的禅宗——援用作为一种主要的修持方法,其主旨在于在高度的凝神静心中排除业已形成的观念和自我思维的束缚,从而达到彻见本体心性、直接与世界真相相接的目的。因此,从根本上讲,禅并非某种哲学或理论,而只是一种行动、一种体验。对于"禅",既不能用某种既存的尺度去衡量,也无法用客观的语言对它加以

---

① 牟钟鉴、胡孚琛:《儒家与道家比较》,《20世纪儒学研究大系·儒道比较研究》,傅永聚、韩钟文主编,中华书局,2003年版,第288页。
② 冯友兰:《中国哲学简史》,涂又光译,北京大学出版社,1985年版,第280~281页。
③ 赖永海:《佛学与儒学》(修订版),中国人民大学出版社,2017年版,第21页。
④ 赖永海:《佛学与儒学》(修订版),中国人民大学出版社,2017年版,第41页。
⑤ 赖永海:《佛学与儒学》(修订版),中国人民大学出版社,2017年版,第41页。

描述,因为任何对佛法的表述都是对佛法第二性的反映,即犯了"守指望月"之误,故达摩禅师(?—536/528)认为"不随言教""凝住壁观"才是达到自性清净的正途。而到了六祖慧能(638—713)时,不但认为"诸佛妙理,非关文字",甚至提出"道由心悟,岂在坐也?"①强调"万法尽在自心"②,应求从自心之中见真如本性,如能识心见性即能成佛。自六祖慧能始,禅宗便确立了直指本心、顿悟见性的"即心即佛"的立场。记录禅宗六祖慧能之言行,奠定了禅宗理论基础的《坛经》中有如下所载:

听吾说法,汝等诸人,自心是佛,更莫狐疑,外无一物而能建立,皆是本心生万种法。故经云:心生种种法生,心灭种种法灭。

不悟即佛是众生,一念悟时众生是佛,故知万法尽在自心,何不从自心中顿见真如本性?

佛是自性,莫向身外求。

显然,禅宗所说的"自心"不像传统佛教经典中的"心"那么玄虚抽象,而是在相当程度上带上了现实、具体的感觉,与儒家心性之说中的"心"更为接近。既然禅宗把佛性归于"自心",那么修行方法上自然也讲究走主观内省的道路,通过"内求于心"来超越自我而成佛。《坛经》中慧能关于自心修行之言俯拾皆是,随意拣几条有:

智慧观照,内外明澈,识自本心。若识本心,即是解脱。

见性是功,平等是德。念念无滞,常见本性,真实妙用,名为功德。内心谦下是功,外行于礼是德。自性建立万法是功,心体离念是德。不离自性是功,应用无染是德。若觅功德法身,但依此作,是真功德。

于世间善恶好丑,乃至冤之与亲,言语触刺欺争之时,并将为空,不思酬害。念念之中,不思前境。若前念、今念、后念,念念相续不断,名为系缚。

若修不动者,但见一切人时,不见人之是非、善恶、过患,即是自性不动。

---

① 魏道儒:《坛经译注》,中华书局,2010年版,第160页。
② 魏道儒:《坛经译注》,中华书局,2010年版,第53页。

何名自性自度？即自心中邪见、烦恼、愚痴众生，将正见度。既有正见，使般若智打破愚痴迷妄众生，各各自度。邪来正度，迷来悟度，愚来智度，恶来善度。如是度者，名为真度。

自归依佛，不言归依他佛。自佛不归，无所依处。内调心性，外敬他人，是自归依也。

上面几条，讲智慧，讲平等，讲谦虚，讲守礼，讲不执，讲自度。总之，做到"内调心性，外敬他人"即自成佛。禅宗这种重视自身修养、希求与平淡中自然见道的思想主张，显然与儒、道两家是共通的。

综上可见，无论是对整个东方世界影响巨大的佛教，还是在东亚具有绝对统治地位的儒、道思想，都十分重视人的主体性、自觉性和主动性，强调通过向内反求诸己而实现"成佛"或"同天"境界，体现了一种追求"内在超越"的价值取向。这一点与西方世界长期以来流行的将"天"与"人"二分，追求向自身之外寻求超越的思维模式有着本质上的区别。当然，这只是就大的思想倾向方面而言的，并非说东方就完全没有追求向外超越的哲学，比如重视直接的感觉经验、反对老子的"有生于无"而提出万物始于"有"的墨子，其思想就带有"外在超越"的特征。借汤一介先生的话说："像中国传统文化中的儒、道、释这种以追求内在精神境界为终极目标的'哲学'，在西方哲学中我不敢说没有，但终究不是西方哲学的主流吧！"[①]反之，于东方亦如此。

通过本章前面的考察可以看出，西田哲学同样具有向自我的内部追求超越的东方式思维特征。如前文所述，西田初期哲学的核心词汇"纯粹经验"本源自西方哲学，但西田的"纯粹经验"并非单纯来自形而上的逻辑思辨，而是以其本人通过十余年参禅、打坐所获得的精神体验为基础的。西田认为"纯粹经验"是一种"完全去掉自己的加工""丝毫未加思虑辨别"的，即排除了我们无意识之中施加的先入之见而直接所感知到的——"经验的本来状态"。在"纯粹经验"的状态中，不但完全排除了人的思想和判断，甚至没有考虑"这是外物"和"自己在感觉"，也就是一种连"自我"的意识也取消掉了的"主客未分"的状态，西田认为这才是"最纯粹的经验"。联系到开始撰写《善的研究》之前一段时间正是西田打坐参禅的"正念

---

① 汤一介：《思考中国哲学》，中国人民大学出版社，2016年版，第265页。

相续"时期,显而易见,西田用"纯粹经验"所描述的正是禅宗所追求的"身心脱落、物我相忘"的境界。尽管《善的研究》一书中没有明确提到禅,但仅从"纯粹经验"的这种主客未分、精神与自然合一的性质来看,也不难想象这一立场来源于禅宗佛学。而西田之所以参禅,固然是受到了其师北条时敬的影响,但根本原因是当时不幸的人生经历、不睦的家庭气氛及日益转向专制压抑的社会环境使他感到向外发展已然无望,因此只得转而向个人的内在精神中谋求心灵和人格的统一。显然,禅宗向自心之内追求超越性本源自性的主张当时让西田产生了共鸣,因此才有其"应为心、为生命而修禅"的感悟。当他参透"无"字公案达至明心见性之境后,才开始"考虑宗教或哲学之事",以多年参禅的体验为基础提出了自己的"纯粹经验"论。由此可见,西田哲学在"解决人生的问题"这一出发点上就与禅宗或者说佛教有着根本性的一致。不仅如此,东方传统思想的"内在超越性"在西田哲学的理论中也有明显的体现,前文中对此已有论述,在这里仅简单归纳一下。

《善的研究》第二编"实在"是全书的核心。在此编中西田指出,主客合一的实在是一种独立自在的无限活动,这个无限活动的根基中的统一力就是宗教中所说的神,而神的存在不能从"外面"来证明,只能从自我的直接经验上来证明,即"用内向的眼看神"。在这里西田还明确提到古代印度教将宇宙的本体等同于"我"的主张与他的观点最为接近。可以说,这就已经很明显地表现出了其思想的东方属性。接着,西田在《善的研究》第三编"善"中主要阐述了自己的伦理思想,指出"善"即意味着与实在相一致,是自我的最大要求,是"自我的发展和完成"。在阐释了"善"的概念后,西田又进一步将"善"与"人格"联系在一起,认为"人格的实现"就是"绝对的善"。这种将与超越性范畴的同一诉诸自我人格的提升的主张,显然与禅宗和儒家思想如出一辙。另外,西田说自己一向把宗教视为哲学的归宿。到了《善的研究》最后一编"宗教"中,西田更是明确地提出通过在学问上"知"、在道德上"爱",来达到与作为宇宙本体的"绝对无限的佛或神"相同一,认为这就是道德上的"真正的善",也是宗教的真意——"神人合一"。西田在这里所强调的"知"与"爱",与前文所引《坛经》中的"智慧观照""内心谦下、外形于礼"同样是一种个人的心性功夫,通过追求道德上的理想人格而超越自我、"神人合一",恰恰是东方尤其是中国传统哲学的特征。

如前文所述,《善的研究》可以视为西田哲学的理论雏形,此后西田的全部研究都可以说是对《善的研究》中所提出的观点的深化或发展。在《善的研究》之后，西田将"内向的眼"阐释为"自己在自己之中见自己"的"自觉"的"场所"，并在建立起了一套"一般者的自觉体系"。所谓"自觉"就是通过反省与直观的同一而"在自己的内部反映自己"。西田认为反省会在自我的内部产生对自我的新的认识，这一过程也是对自我的直观，如此得到的直观又会再次引发新的反省，新的反省又是对自我的再次直观。那么，"自觉"的深化也就意味着自我的不断觉醒，发展便成了向自我内部的不断溯源。之后，西田又建立起了一套场所性的"自觉的体系"，在这套形而上学的体系的最高点也是意识最深处的是"绝对无的场所"。在西田看来，只有将一切的物、活动、关系等包含于自身之内的"绝对无的场所"中，才会出现绝对不会被对象化的"真正的自我"。这样，向超越性的"绝对无的场所"的趋近即意味着向着自我更深的根源处回归，也意味着回到原本的自我。显然，西田哲学的这套理论是对东方传统哲学之"天人合一"和"内在超越性"的原理阐释。

由此可见，无论是西田哲学的出发点、落脚点，还是其哲学理论的实质，都与东方传统思想保持了高度的一致。

三、与禅的关系

此外，西田哲学的东方性格还突出地体现在与禅宗思想的一致上。

禅宗是印度佛教传入我国后，同我国固有的儒、道思想相融合的产物，这早已是学界的定论。至于三者间具体的影响关系，用皮朝纲先生的话说就是："印度禅学给了它肉身与外形，中国玄学给了它骨架与血液。魏晋时期由王弼、何晏等人首创的玄学，用道家思想去阐释儒家经典，从而沟通了儒、道，被称为'新道家'。实质上，玄学无非是在新的历史条件下改头换面的老庄学说而已。从思想脉络看，老庄，尤其是庄子，才是禅宗承祧的远祖。"[①]

之所以说老庄思想是禅宗的"远祖"，是因为早在达摩祖师将禅法传入我国之前，僧人和学者们甚至包括来自印度的鸠摩罗什（344—413），在翻译、解释佛经时就屡屡使用"有""无""有为""无为"等道家术语，由此造成了印度佛学与道家思想的综合。比如，鸠摩罗什的弟子僧肇（384—414）在《不真空论》中提出：万物皆

[①] 皮朝纲：《中国文化的杰作——禅》，《名家说禅》，吴平、王新霞、樊姗编著，研究出版社，2013年版，第258页。

是因缘和合而生,待缘而起、缘散而灭,因此"有"并不是真实、恒常的有,"无"也不是真正的、永远的无。既然"有"非真有,则不可谓有,即"非有";既然"无"非真无,则不可谓无,即"非无"。即是说,"非有非真有,非无非真无",一切法(存在)都是虚妄的假相,但又不是真的空无所有。因此,谈"有"、谈"空"都是一种偏执,只有"非非有"(有)与"非非无"(无)的统一才是真正的中道之"空",即"不真空"。方东美先生认为僧肇的这种"有无相即"的中道空观在"真空"的超本体论系统和"妙有"的本体论系统之间搭建了一座桥梁,"谈有而不执于有,谈空而不堕于空。然后即有以观空,使得我们精神上面能够超脱,达到空无的境界,然后再回顾万有再兼顾万有。对于即空而谈有,即有而观空的这个空,才是真空,不是断灭空,顽空;这个有,才不是执有,而是妙有"[①]。可见,僧肇的"不真空"既是对当时流行的般若学"本无"思想的批判,又是对玄学思想中"无中生有"的阐释。由此可以说,"在道家将'无'说成'超乎形象',佛家将'无'说成'非非'的时候,却是真正的相似"[②]。

在中国传统思想重视现实人生的思维影响下,僧肇之后又把其"非有非无"的中道空观运用到了对人生的指导上。在《涅槃无名论》中,他写道:"净名曰:不离烦恼,而得涅槃。天女曰:不出魔界,而入佛界。然则玄道在于妙悟,妙悟在于即真,即真即有无齐观,齐观即彼己莫二。所以天地与我同根,万物与我一体。"[③]在这里,僧肇指出:涅槃存于尘世,佛界即在人间;玄道(无)需要悟得,即达到亦有亦无、无我无他、圆融无碍之境。换句话说,"要知'无',只有与'无'同一。这种与'无'同一的状态,就叫作涅槃"[④]。"天地与我同根,万物与我一体"语出庄子《齐物论》,"僧肇这种老庄玄学化的思想对中国禅宗有直接的影响。禅宗正是在此基础上进一步把理论引向实际生活,提出了'世间即涅槃',认为'君臣父母,仁义礼信'等间间法与涅槃不二,完全由否定世间法而转向了对世间法的肯定。就此而言,'出世'的禅学与'入世'的玄学就不仅仅是相通,简直就是走到一起去了"[⑤]。

正是在上述思想的基础上,鸠摩罗什的另一位高足道生(355—434)提出了"顿悟成佛"的主张。既然成佛即与"无"同一,可"无"之所以为"无",就是因为它

[①] 方东美:《中国大乘佛学》(上),中华书局,2012年版,第60页。
[②] 冯友兰:《中国哲学简史》,涂又光译,北京大学出版社,1985年版,第285页。
[③] 僧肇,张春波校释:《肇论校释》,中华书局,2010年版,第209页。
[④] 冯友兰:《中国哲学简史》,涂又光译,北京大学出版社,1985年版,第288页。
[⑤] 洪修平:《禅玄的相通与相摄》,《名家说禅》,吴平、王新霞、樊姗编著,研究出版社,2013年版,第262页。

是无声无臭、无形无相的"非实体",因此就不能像实体一样一部分一部分地渐修加成,只能一步到位地以"顿悟"的形式与其全体同一。道生对中国佛教发展的另一大贡献是提出了"一切众生悉有佛性"的思想。道生认为佛性是众生本性中所固有的,要认识到自己的佛性,只能通过学习或修行努力于自己之中去"见"。而佛性又不可分,不见则不见,见则见全体。这里的"见"即"顿悟"。顿悟到自己自身之内的佛性,也就意味着与佛性同一,道生称之为"返迷归极,归极得本"。(《涅槃经集解》卷一)

道生之"一切众生悉有佛性"及"顿悟成佛"的主张,很快为佛教其他各派所接受,成了中国佛性理论的主流,也为禅宗进一步调和传统儒家所关注的"心性"问题,提出"当下即是""即心即佛"的思想铺平了道路。禅宗的核心主张前文中已有论及,这里就不再赘述了,但关于禅宗所讲的顿悟,李泽厚先生有如下一段精彩的描述,笔者以为有助于我们更好地理解禅的主旨,引为如下:

> 禅宗讲的是"顿"悟。它所触及的正是时间的短暂瞬刻与世界、宇宙、人生的永恒之间的关系问题。这问题不是逻辑性的,而是直觉感受和体验领悟性的。即是说,在某种特定条件、情况、境地下,你突然感觉到在这一瞬间似乎超越了一切时空、因果,过去、未来、现在似乎融在一起,不可分辨,也不去分辨,不再知道自己身心在何处(时空)和何所由来(因果)。所谓"不是心,不是佛,不是物"是也。这当然也就超越了一切物我人己界限,与对象世界(例如自然界)完全合为一体,凝成为永恒的存在,于是这就达到了也变成了所谓真正的"本体"自身了。本来,什么是我?如果除去一切时空、因果("生我者父母"以及我为何在此时此地等等)之外,也就不存在了,在瞬刻的永恒感中,便可以直接领悟到这一点。在禅宗看来,这就是真我,亦即真佛性。超越者与此在(Dasein)在这里得到了统一。可见,这并不是"我"在理智上、意念上、情感上相信佛、属于佛、屈从于佛。相反,而是在此刻永恒中,我即佛,佛即我,我与佛是一体。①

李泽厚先生对"顿悟见性"后所获得的"瞬刻的永恒感"的形容,显然会让人不

---

① 李泽厚:《中国古代思想史论》,生活·读书·新知三联书店,2008年版,第218页。

由得想起西田几多郎对"纯粹经验"的描述。而且,结合前文对西田哲学的考察还可以看出,西田哲学与禅宗思想除了在表层体验上的相似之外,在深层的核心思想、理论架构、逻辑理路及实践等方面也体现出很多相通之处。比如,在核心思想上,居于西田哲学形而上最高点的"绝对无"与禅宗的"无"(空)一样都不是虚空,而是一种兼具本源性与本体性色彩、非实体、非二元、非超验的、能动的作用或活动;在理论架构上,西田哲学在现象的层面上讲"有",在本质的层面上讲"相对无",在超本体的方面上讲"绝对无",分别与禅宗的"有无""非有非无""非非有非非无"存在着对应关系;在实践上,西田哲学追求通过"反省的思维"来在自己自身的最深处"见"到真正自己,即与超越性的"绝对无"相同一,从而实现"人格的完成"或"真正的善",这与禅宗之"直指本心、见性成佛"的宗旨也相一致。更重要的是,在思维逻辑上,二者使用的都不是"非此即彼"式的形式逻辑,而是把矛盾的双方在更高层次上共同加以超越的"禅的逻辑"。

禅宗认为成佛之道只在自心,自性悟即佛,自性迷即众生。故此禅宗主张打破教条,既要破除对语言文字的执着,又要打破诵经、拜佛等规范形式的限制,即所谓的"不立文字,教外别传"。但这又使得禅师们陷入了一些不得不说的体悟却说不得的困境,因此禅宗逐渐发展出了静默无言、玄言说禅、以势说禅等"绕着说"的方式,来引导人们突破常规的逻辑思维,超越物我、自他之分,达到"无我"之境,从而认识到"万物皆如其本然"。《五灯会元》中记载了唐代青原惟信禅师的一段话,为我们理解禅的逻辑提供了一把钥匙:

> 老僧三十年前未参禅时,见山是山,见水是水。及至后来,亲见知识,有个入处。见山不是山,见水不是水。而今得个休歇处,依前见山只是山,见水只是水。大众,这三般见解,是同是别?(《五灯会元·卷第十七·南岳下十三世上》)

这段话如果按照常理来看无疑是说不通的,必须打破主客二分的思维定式,跳出常规逻辑才能理解。

禅师说修禅之前"见山是山,见水是水",是从主观看客观的角度做出的肯定性认识。此时山与水作为被我们的主观所客观化了的对象,也就掺杂了主观的色彩,真正的山、水本身尚未出现。而且,在我们区分此为山、彼为水的背后,隐藏着一种把作为主观的自我和客观的世界区分开来的观念。换句话说,有了"山是山""水是水""他是他"的判断,判断的主体就会相应地产生"我是我"的判断或者"我是谁"的疑问。于是我们就会发现,这个判断或疑问中出现了两个"我",一个是做出判断、发出疑问的主语的"我",一个是被判断、被发问的宾语的"我",后一个"我"才是我们日常生活中所以为的"自我"。可见,自我在把事物作为客体而对象化的同时,相应地把自己自身也对象化了。这样一个客体化了的"自我"绝不会是真正的主体性,即那个判断"我是我"、质疑"我是谁"的、作为主语的"真我"。

当明白了这一点后,我们的认识就会上升到惟信禅师说的第二层境界,即"见山不是山,见水不是水"。这是对前一个层次认识的否定。在第二个层次上,我们认识到,山不是山,水不是水,他亦非他、我亦非我。也就是说,在第二个层次上取消了主客二分的对立,消除了物我、自他之别,较之前一个层次已经趋近了事物的本质与"真我"。然而,当我们讲"非"的时候必然隐含着"是",讲"无我"的时候必然暗含着"我"。因此,第二个层次上的否定性认识依然是一种相对,仍然带有把"非"与"无"客体化的倾向,故还不能说看到了真正的本质和"真我"。由此可见,要见到事物的本来面目和"真我",就必须把第一个层次上的肯定和第二个层次上的否定同时加以否定,也就是惟信禅师说的第三个层次。

在这个全新的层次上,既否定了第一个层次上的二元性,又否定了第二个层次上的超验性;既否定了第一个层次上的判然分明,又否定了第二个层次上的浑然一体。所谓"见山只是山,见水只是水",那就是山只是山、水只是水。换句话说,完全排除了"是"或"非"等任何强加给事物的成分,山如其本然,水亦如其本然。此时的万事万物既保持了独自的个性,又彼此相即不离、圆融无碍,是一个包含了个体性和交融性两个方面的动态整体。由于已经完全克服了主体与客体的二元对立,山与水已并非"我"自身之外的东西,而是作为"无"或"空"的"我"自身。这里在谈论"山是山,水是水"的"我",也并非相对于外物而言的"我",而是不依附于任何事物、永远不能被对象化却又主持着认识活动的"真我"。之所以说这个"真我"是"无"、是"空",是指它既不是超验的、与万物对立的实体,也不是能为思维所反映的实在,亦不是反映实在的思维。只有把握到了这种非实体性、非二元性、非超验性的"真我",才能破除法我两执,从而终见"万物皆如其本然"。

· 140 ·

很显然,与僧肇的中道空观一样,惟信禅师的认识三段论与西田哲学的"场所"理论之间也存在着对应关系。这种用终极性的"绝对无"来对"有"和"无"共同加以超越的逻辑,显然违反形式逻辑的同一律、矛盾律和排中律,但也不同于黑格尔辩证法的否定之否定规律。一方面,如前文所述,从根本上看黑格尔哲学中的"绝对精神"始终没有摆脱实体性与超验性,因此"我"始终要受制于"绝对精神"的摆布,而无法成为具有完全主体性的"真我";另一方面,黑格尔辩证法的否定之否定规律讲事物的发展是螺旋式的上升,但显然在禅宗思想和西田哲学中,在"有""无"和"绝对无"之间存在着间断,尤其是从第二层次到"绝对无",必须要有一个飞跃式的境界提升,即禅宗说的"顿悟"。

前文中提到过,西田在《一般者的自觉体系》中以意识的意向活动为线索,把之前的三种"场所"逻辑化为"判断的一般者""自觉的一般者""睿智的一般者"和超越性的"无的一般者",只有最后的"无的一般者"才是完全摆脱了主客的对立、绝对不会被实体化和对象化的真正的"主体性",亦即禅宗所要于自心中"顿见"到的"真如本性",或者说是"真我"。但是,单纯依靠反省的思维却无法直接由"睿智的一般者"上升到"无的一般者",而必须由出现在"睿智的一般者"最深处的"道德的自己"在自我矛盾发展至极限时发生一种完全放下自我或者说自我否定式的转变,才能最终超越至终极性的"无的一般者",或者说实现与"绝对无"的同一。西田把这种完全放下自我的转变称为"回心",经历了"回心"之后就会获得"色即是空,空即是色的宗教体验"。显然,这种完全放下自我的"回心"即"顿悟"。那么,为何不直接说"顿悟"呢?

事实上,因为与禅的复杂交织,西田哲学经常被说成禅的哲学。但西田本人却极力反对这种论调。他在晚年致自己的弟子西谷启治的信中曾写道:

> 所谓存在着禅的思想的背景,我认为完全如此。我原本并非是知禅之人,而世人原本亦几乎完全误解了禅。因此我认为,所谓禅应该是真切地将现实的把握视为生命。尽管我认为这样的把握不怎么可能,但依然想将禅与哲学结合在一起。这便是我三十多岁以来的一贯的期望。但是,因为你提出了这样的问题,所以我也可以理解。但是,无知之徒将我的立场称之为禅的立场,对此我是极力反对的。这样提的人不知禅,也不了解我的哲学,他们不过是强

调 X 与 Y 基本一致而已。我认为他们既误解了我的哲学,同时也误解了禅。①

从这里我们可以看出,西田所反对的并不是说其思想是禅与西方哲学的结合——这正是他一直以来的努力方向,而是反对将其哲学简单地等同于禅。从前文的考察也可以看出,对于西田来说,禅只是引导其哲学的前提,或者说给他提供了一个方向,但西田所面对、所思考的始终是一个哲学问题,因此西田说:"我并不是站在宗教的体验的立场来进行论述的,而是站在历史的现实的、彻底的逻辑的分析这一立场来进行的。而且,我并不只是分析它的结构,还探讨它的运动。"②正是因为认识到在面对西方哲学时,以禅为代表的东方文化受到了缺乏逻辑的质疑,所以西田才努力地从"彻底的逻辑的分析"的立场上为"几千年来孕育我等祖先的东洋文化"赋予哲学的根据。从根底上讲,面对哲学所发出的疑问,西田所持的是一种"东方立场",而并非仅仅是禅。可见,或许正是为了弱化禅的色彩,他才有意地在其论著中回避了"禅"。说"回心"而不说"顿悟"也盖因如此吧。值得强调的是,西田为东方思想所赋予的哲学根据,也恰好体现在对"回心"或者说"顿悟"的阐释上。

在写《场所的逻辑与宗教的世界观》的过程中,西田曾在写给好友铃木大拙的信中写道:"我现在正在写宗教的东西。大体上,用从来的对象逻辑是无法思考宗教的,我想证明必须用我的矛盾的自己同一的逻辑,也就是即非的逻辑。"③一周后,同样是给铃木的信中再次写道:"总之,般若即非的逻辑很有趣,必须将之逻辑化为能同西洋逻辑相对抗的东西。若不这样,即使讲东洋思想,也会被说成是不科学的东西,从而没有世界性的发展力。"④

所谓"即非逻辑",是铃木大拙从《金刚经》"佛说般若波罗蜜,即非般若波罗蜜,是名般若波罗蜜"一句中抽象出的一种禅所独有的逻辑。与此句相同的句式在《金刚经》中频频出现,如:

---

① 西田几多郎:《书简集》,《西田几多郎全集》第19卷,岩波书店,1966年版,第224~225页。转引自上田闲照《禅与哲学》,戴捷、吴光辉译,《日本问题研究》,2015年第1期,第43页。
② 西田几多郎:《哲学论文集第三》,《西田几多郎全集》第9卷,岩波书店,1965年版,第57页。
③ 西田几多郎:《书简集》,《西田几多郎全集》第19卷,岩波书店,1966年版,第399页。
④ 西田几多郎:《书简集》,《西田几多郎全集》第19卷,岩波书店,1966年版,第405页。

第四章 作为"东方思想"的竹内鲁迅与西田哲学

所言一切法者,即非一切法,是故名一切法。

如来说庄严佛土者,即非庄严,是名庄严。

如来说诸相具足,即非具足,是名诸相具足。

所言善法者,如来说即非善法,是名善法。

凡夫者,如来说即非凡夫,是名凡夫。

佛说微尘众,即非微尘众,是名微尘众。

如来所说三千大千世界,即非世界,是名世界。

所言法相者,如来说即非法相,是名法相。

铃木大拙将此类句式抽象为"A 所以是 A,是因为 A 即非 A,故 A 是 A",并称之为"般若即非的逻辑"。按照西方的形式逻辑,如果说 A,那么 A 就一直是 A,而不会是"非 A",因为这违反了同一律。A 也不会既是 A 又非 A,因为这违反了矛盾律。也就是说,在同一个思维过程中,A 必须保持自身的同一性,即 A—A。但在铃木所说的"即非逻辑"中却出现了一个对 A 的否定,即 –A,思维的过程就变成了 A— –A—A。于是,就又遇到了惟信禅师抛给我们的问题:这三般见解,是同是别?

《金刚经》作为般若类大乘经的代表性经典,全文没有一个"空"字,但通篇讨论的都是"空"的智慧,告诉人们"一切有为法,如梦幻泡影,如梦亦如电,应作如是观"(《金刚经》),因而"特别为惠能以后的禅宗所重视。传说惠能就是因此经中的'应无所住而生其心'一句经文而开悟"[1]。可见此经与禅宗渊源之深厚,因此铃木才将从中抽象出的"即非逻辑"援用到对禅的诠释上。关于"即非逻辑",铃木说:"若用心非心,是谓心的形式来说明即非的逻辑,则心是肯定,非心是否定,心与非心是肯定与否定两个对立面,但二者同时又是心,但此心已不是心与非心时的心,而可以看作包容了心与非心的心。"[2]从铃木的如上阐释可以看出,"即非逻辑"中最后的 A 是将最初的肯定 A 与否定的 –A 同时包含在自身之内的 A,是在一个更

---

[1] 陈秋平、尚荣译注:《金刚经·心经·坛经》,中华书局,2007 年版,第 2 页。禅宗六祖的名字历来有"慧能"和"惠能"两种写法,孰是孰非,莫衷一是。各类辞书中通常两种写法均作为词条收录,但只注释其一,从注释的详略情况看也是各有倾向。本书中的人名用、生卒年等主要参考了上海辞书出版社的《哲学大辞典》(修订本),根据其注释倾向,使用了"慧能"的写法。此处的"惠能"为所引原文。

[2] 《近代日本思想大系》第 12 卷《铃木大拙》,筑摩书房,1974 年版,第 49 页。转引自赵京贵《铃木大拙及其禅思想》,《日本学刊》,1993 年第 4 期,第 150 页。

高的境界上对前两者的共同超越,这一点与惟信禅师的山水之论和西田的场所逻辑相同。尽管在结果上,A 依然保持着自我同一,但在经历了一次自我否定后上升到了一个新的层次上。"即非逻辑"强调的正是经历了自我否定或者说以自我否定为媒介,才能达到真正的自我同一。

事实上,铃木大拙在解释"即非逻辑"时也援引了惟信禅师的山水之论为例,他说:"按常识的逻辑,山是山,水是水。与此相对,按照般若的逻辑,山不是山,水不是水,故山才是山,水才是水。像这样以否定为媒介才进入肯定,才是看待事物的真正方法,即般若逻辑的特性。……常识基于区分。所谓区分,正如其字面意义,即区分对象。把对象和其他事物区分开来,将之设想为独立的对象。于是 A 就不能是 A 以外的东西。例如,把原本不生之物区分为生与死,生是生而非死,死是死而非生。这就是在不生(不死)之上考虑生与死,区分的思考本是抽象的。所以应当说,生非生才是生,死非死才是死。般若的逻辑是对这种区分性逻辑的否定,是对二元论看待事物的否定。"①如果把铃木所举生与死的问题用"即非"句式来表达,即所谓生,即非生,是名生;所谓死,即非死,是名死。代入"即非逻辑"表达式的话,那么就是 A(生)— –A(死)—A(不生[不死])或 A(死)— –A(生)—A(不死[不生])。可见,"即非逻辑"强调的是,只有认识到"一切法无我"而放下"我执",或者说通过对自我的否定而真正打破二元对立的思维模式后,才能达到物我一如、圆融无碍的禅之境界,正所谓"所谓自我,即非自我,是名自我"。

与惟信禅师的山水之论相比可以看出,尽管所表达的思想内容是相同的,但铃木的"即非逻辑"凸显了"自我否定"在由"虚相"到"实相"这一认识飞跃过程中所起的作用,正是这一点引起了西田几多郎的思想共鸣。在《场所的逻辑与宗教的世界观》中,西田写道:"在佛教中,把金刚经中的悖论表达为即非的逻辑(铃木大拙)。……我所说的正是绝对矛盾的自己同一性地绝对辩证法的东西。黑格尔的辩证法也尚未摆脱对象逻辑的立场。……只有佛教的般若思想才反而能真正贯彻绝对辩证法。"②前文中提到,"绝对矛盾的自己同一"可称作西田哲学的根本原理,"自我否定"则在其中发挥着最关键的媒介性作用。在自我否定的作用下,有限的、相对的"我"才能实现同"绝对无"的同一,而转变的那一瞬西田称为"回心"。

---

① 铃木大拙:《日本的灵性》。转引自小坂国继《西田几多郎的思想》,讲谈社,2002 年版,第 282 页。
② 西田几多郎:《场所的逻辑与宗教的世界观》,《西田几多郎全集》第 11 卷,岩波书店,1965 年版,第 398~399 页。

也就是说,"自我否定即肯定"的"即非逻辑"就是"回心"的原理。西田与铃木这一对好友在禅宗思想上的殊途同归,恰是西田哲学之东方性格的最有力的证明。

第三节 作为"东方思想"的竹内鲁迅

一、明治时期日本的学术与主体性问题

中国的儒学约在公元5世纪同汉字一起传入了日本,但最初只是作为"汉学"教养的一部分局限于贵族阶层,并没有在意识形态中占据主体地位。6世纪中期佛教传入日本以后,儒学更是沦为了佛教特别是禅宗佛教的附庸。直到13世纪初期宋代理学随同禅经一起被中日两国的禅僧带到日本,并逐渐普及地方之后这种情况才逐渐发生改观。17世纪的德川幕府时代,儒学才真正取得独立地位,在理论和实践两个方面迈出"日本化"的步伐。德川初期的统治者出于巩固政治统治的需要而推崇儒学,使儒学中的朱子学获得了官学的地位。但德川幕府的着眼点仅在于利用儒学中的伦理学说教来整顿战国时代以来形成的"下克上"风气,以重建幕府的权威和社会阶级秩序,并没有以官方的尺度对儒学理论进行统一的裁剪,这就在政治和思想上为儒学的发展创造了极为宽松的环境。一方面,现实的政治需要使日本儒学体现了强烈的事功主义色彩,儒家各派在重视封建伦理道德、发挥儒教"经世致用"功能这一点上体现了较为明显的一致性;另一方面,在江户时期日本长期政治稳定、城市繁荣,且商品经济获得极大发展的背景下,儒学体系的发展也呈现出了多样化的特点,围绕着儒学之中的本体论,尤其是朱子学的"理气之说"提出了各种不同学说。

林罗山继藤原惺窝之后发展了日本的儒学,使朱子学在江户时期稳居官学的地位,在日本思想史上产生了很大的影响。在本体论上,林氏一门接受了朱熹的客观唯心主义观点,认为万物是由"理"和"气"构成的,而"理"具有本原的性质。较之林罗山的"理一元"论,德川中期以后产生的日本朱子学其他各派及阳明学、古学等儒学各派,虽然在对世界本源的看法上动摇了"理本气末"的观点,或是主张"理气融合"来减杀"理"的优先属性,或是主张纯粹的"气一元"论,但总体来看,都凸显了中国传统思想中追求一元性、超越性的思维倾向。而这一点,则源自宋明两代理学家为弥补前代儒学在形而上层面的不足,从佛道两教的本体论中借鉴并吸

收了"无极""太极""太虚""天理""心"等意图为世界提供统一性的超越性哲学范畴。可以说，虽然江户时期的日本儒学兴盛一时、学派各异，但在思想根基上仍闪烁着宋明理学家们融合佛儒道思想而成的重原发、重整体、重感性、重和合的东方哲学智慧。

　　日本学者源了圆指出："日本文化不喜好思辨形而上学的东西，而具有偏重现实现象、经验、实证方面的'客观主义'的倾向。"[①]诚如斯言，居于官学地位的朱子学也好，与之对立的其他学派也好，都共同体现了趋近现实的倾向。最初便是作为幕府治国的理论基础而受到推崇的日本朱子学，本就十分重视"经世致用"，而在古学派将天道与人道做了切割之后，形而上学、伦理道德和自然科学在朱子学中浑然一体的状态被打破，原本作为最高哲学范畴、先验性存在的"理"被限定在了客观事物的层面，其思辨抽象的形而上学因素遭到了削弱，含义也逐渐接近了西方自然科学中的客观规律，人的主体性也因此从自然法则和伦理规则的束缚中解放出来。江户中后期日本儒学的这种变化趋向，从主客观两方面为之后兰学的兴起创造了一个宽松的环境，但也在思想上遗留了很多问题。例如，在江户末年佐久间象山和桥本左内等人的"东洋道德、西洋艺术"之类的主张中，依然能够看出他们是在用朱子学中的"穷理"去置换西方对于自然科学的探求，两两消减的结果便凸显了儒学中的伦理道德，西方哲学思想的存在及其优越性也由此被遮蔽。而这一问题直到明治时期西周等新一代知识分子将西方哲学引入日本才得以解决。

　　明治维新以后，为了在西方列强纷纷侵入亚洲的形势下维持国家的独立和安全，明治新政府以"富国强兵"为目标正式迈出了近代化的步伐，紧锣密鼓地施行了一系列旨在吸取西方近代文明的"文明开化"政策。在经济上大力倡导殖产兴业，以移植西方先进的产业技术和经济制度。在教育方面，新政府于1872年颁布了学制令，仿照英、法、德等国建立了近代学校教育体系，修正了教育目标，更新了教育内容。在政府文明开化政策的号召下，西周、津田真道、加藤弘之、西村茂树等人发起了民间学术思想团体"明六社"，以机关刊物《明六杂志》为阵地，掀起了以摄取、移植西方思想为要务的思想启蒙运动。"明六社"成员们广泛地就议会制度、言论自由、经济贸易、道德伦理、思想宗教等诸多问题发表己见，同时翻译出版了众多西方启蒙思想论著。在明治初期的启蒙思想活动中，虽然也产生过把儒学

---

① 源了圆：《日本文化与日本人性格的形成》，郭连友、漆红译，北京出版社，1992年版，第66页。

作为虚学加以批判的声音,但启蒙思想家们并未从根本上把东方思想与西方哲学加以对立,在他们接受西方哲学的过程中,儒学还是隐藏在他们的思想之中。而且,由孔德、穆勒的实证主义和功利主义哲学到学院派的进化论,再到德国唯心主义哲学,从这样不停地通过引入一种思想来批判、取代另一种思想的前进方式中也可以看出,他们对西方哲学的接受只不过是一种功利性的、部分化的接受,并未从根本上把握西方的哲学精神。既想完成对东方思想的超越,又不能完全摆脱其束缚,这一特征不但共同体现在明治初期启蒙思想家们的身上,也体现在日本近代哲学形成的过程之中。这一点也为东方传统思想留下了一条在时代的发展中进行自我解构,与外来的西方思想结合在一起,重新找到自我主张和自我恢复的出路。

明治维新既然是一场自上而下施行的资本主义改革运动,那么实施改革的主体——明治政府——便必然内在地包含着培育资本主义经济和确立集权政治体制之间的矛盾。在维新初期,对于迫切希望大力导入西方文化冲击封建时代的传统思想,为近代化的起步提供驱动力量的明治政府来说,天生具有"反神学、反形而上学、唯物主义论"性质的英法启蒙思想正是绝佳的工具。可是当以开启民智为目标的思想启蒙运动不断深入,逐渐突破了启蒙的框架,开始向以夺取政治权力为目标的自由民权运动演变的时候,明治政府自然又会露出保守的真面目。面对着自由民权运动日渐高涨的局面,明治政府一方面采取奖励移植具有保守性质的德国哲学的政策在思想上打压反体制的英法启蒙哲学,另一方面则通过引入西方哲学的因素来改造并复兴了儒、佛等传统思想,并使之同神道的皇国史观相融合,以"国民道德"的形式贯彻到全社会,用来强化"忠君爱国"的国权主义、君权主义思想。当然,儒、佛两教的复活除了政府的导向因素外,还是思想上的乃至宗教上的自发要求。但无论怎样,正是在明治政府日益趋于反动的过程中,思想界出现了传统东方思想与西方近代哲学相融合的倾向。

宇野精一曾指出儒教是"明治人精神支柱"的"很大的要素"。[①] 某种学问或思想并不会随着政权的更迭而迅速销声匿迹。儒学虽然自明治之初就失去了官学的地位,但也只是被淡化了与近代科学观念不符的形而上学的一面,有关于"道德"和"历史"的一面却作为"汉学"的一部分在学校教育中得到了延续。"在颁布学制的明治五年(1872年)前后,日本各地所设立的私塾中教授汉学的,在数量上远远

[①] 宇野精一、中村元、玉城康四郎:《讲座东洋思想》(10),东京大学出版会,1975年版,第348页。

比江户时代多。"①某种程度上,说儒学向下普及到普通民众间始于明治时代或许也并不为过。正如山室信一②指出的那样:"至少在明治日本,既没有儒学、儒教全废论,相反,应该完全排斥西方学术而复活儒学的论调也没有出现。就是说,在明治之后的日本,既没有像清末康有为等人所推进的儒教国教化论或尊孔运动,也没有出现可以与如'五四新文化'运动中的打倒孔家店和'文化大革命'中的批林批孔等相比拟的思想或运动。"③正因为如此,明治维新以后儒学虽然丧失了在思想史中的主流地位,但依然保留了自己的一席之地,作为一股潜流涌动在各种社会思潮的深处,并在某种程度上保持了一定的思想上的影响力。

回顾幕末及明治时期的日本思想史就会发现,这一时期的思想家们都表现出一个共同特征,即有着深厚的儒学背景。从西周、津田真道、加藤弘之、西村茂树、福泽谕吉、井上哲次郎,到佛教宗门出身的井上圆了、清泽满之,几乎无不如此。虽然明治维新之后,随着自由民权运动的激化,思想界中出现了对传统儒学思想的批评势头,但活跃于明治时期的思想家,在他们的思想形成期,儒学和汉学教育的影响占了很大的比重,这一点不但对他们的世界观、价值观和思想内容的形成产生了重要的影响,还影响了他们接受新思想、生产新思想的思考方式。尽管福泽谕吉、森有礼等"明六社"的启蒙思想家,在他们的思想活跃期之中,为了扫清阻碍日本向现代社会迈进的思想障碍而把儒学作为封建意识形态的代表加以抨击,但事实上他们本身并没有完全摆脱儒学的影响,在他们的精神根底中仍然可以看出儒学教养的作用。例如,植木枝盛在论及对自由的理解时,一方面援引了卢梭的天赋人权思想,主张自由是人天生的权利;另一方面又引用《尚书》"民惟邦本"、孟子的"民贵君轻"的思想,从国家的本质和功能的角度论述了维护人民的自主、自由的必要性。④ 井上哲次郎也曾提出,通过外界观察和内界省察的方式来认识作为宇宙原理的"实在",这一点与朱子学通过"穷理"和"居敬"的方法体认宇宙之"理"有着类似之处。⑤ 虽然这些人接受西方思想的时间和动机各不相同,但他们每个

---

① 山室信一:《明治儒学的存在形态及其意义》,《明治儒学与近代日本》,刘岳兵主编,上海古籍出版社,2005年版,第359页。
② 山室信一,1951年生,日本历史学家、政治学家,京都大学人文科学研究所名誉教授。
③ 山室信一:《明治儒学的存在形态及其意义》,《明治儒学与近代日本》,刘岳兵主编,上海古籍出版社,2005年版,第361页。
④ 参见刘岳兵《日本近现代思想史》,世界知识出版社,2010年版,第90页。
⑤ 参见渡边和靖《明治思想史——儒教的传统与近代认识论》,ぺりかん社,1978年版,第118页。

人在人生之初接受教育、探求真知的思想成长期接受的都是儒学教养,并且在转向西方哲学后,都是以儒学视角来理解西方哲学的。这一点对日本哲学的形成产生了重要影响,日后也成了日本哲学的主要特征之一。

1890年,《大日本帝国宪法》实施后,为打压反体制的启蒙哲学巩固君权主义思想,明治政府一方面通过颁布《教育敕语》,在中小学中加强了"忠君爱国"的德育教育,另一方面聘任刚从德国留学归来的井上哲次郎为东大教授,在东京帝国大学宣传德国观念论。日本从明治中期开始移植的德国观念论曾先后产生过多位有代表性的哲学家和理论派系,而他们之所以能被看作一个整体,就是因为无论是康德的"物自体"、费希特的"绝对自我",还是谢林的"同一哲学"或黑格尔的"绝对精神",其共同的立场都是用一种超越性或融摄性的"绝对的观念"来为世界提供统一性。尽管其内部各派系所持的观点有所差异,但这种不分观念与实在、主体与客体的哲学观与儒家的"天人合一"、佛教的"圆融相即"等东方传统哲学有着极大的契合性,这也是明治中期国家主义思想抬头后,井上哲次郎能够通过杂糅东西方思想提出"现象即实在论"和西村茂树、井上圆了、清泽满之等人能够利用德国观念论来包装并复活儒佛两教思想的根本原因之所在。这些人的实在论虽彼此之间有所差异,但都具有取消物质与精神对立的一元论倾向,日本哲学的唯心主义传统也是由此而形成的。

通过考察从幕末到明治中期日本思想史的复杂样态,我们还应该看到,维新之后,日本在以"脱亚入欧"为目标接受西方文化、走向近代化的同时,还面临着如何建立近代"主体性"的问题,而且其中内含着国家主体性与"人"的主体性之间的矛盾。

在国家文化层面,对当时的明治政府来说,要树立起日本自身文化的主体性以应对西方思想文化的挑战,只能从神、儒、佛三种思想中援引资源。而三家之中,神道在理论上落于空洞,佛教虽思想深远但欠缺现世色彩,所以无论从江户时代以来的发展状况还是理论本身的内涵及性质考虑,儒学都是最佳的选择。但一方面日本的儒学本是源自中国,加以利用时有必要突出其日本色彩;另一方面,如前文所述,明治政府在维新之初曾批判过儒学陈腐、空洞,落后于时代,再次利用前必须引入近代性因素对之加以粉饰。元田永孚和西村茂树都从以上两方面对儒学进行过加工,最后由井上哲次郎把传统儒学的伦理观与德国的国家主义、日本神道的皇国史观融为一体，构筑起一个以"忠君爱国、忠孝一本"为思想核心的"国民道德论"，并在《教育敕语》这一最高纲领的指引下经由学校教育系统灌输到日本全社会，为明治日本"政教一体"的国家意识形态提供了强有力的伦理支撑。

近代日本学术的复杂状况，又导致了"人"的主体性缺失的问题。

14—16世纪发生在欧洲的文艺复兴运动打破了封建神学的精神枷锁，把"人"从神权的束缚中解放出来，完成了"人的觉醒"。在文艺复兴运动的推动下，西方的自然科学取得了很大的进展，进一步破除了中世纪的神学说教，使人确认了自身的价值，为早期资本主义的诞生打下了人文基础和经济基础。之后，笛卡尔通过其著名的"我思，故我在"的命题肯定了人的理性的价值，创立了近代主体性原则，为西方近代哲学奠定了基础。理性精神的产生又进一步激发了人们摆脱天主教会的思想束缚和封建专制统治的愿望，从而在17—18世纪引发了覆盖哲学、政治学、经济学等各个思想领域的启蒙运动。欧洲的启蒙思想家们通过著书立说有力地批判了专制主义和宗教愚昧，完成了继文艺复兴运动后的第二次思想解放，为此后欧洲各国爆发的资产阶级革命和西方社会制度的变革做了充分的思想准备。显然，在文艺复兴运动以来西方世界发生的思想及社会的急剧变革中，作为个体的人的主体性成了贯穿性的重要因素。可以说，具有在多元价值中自主选择的能力、能够以理性自我控制、自我负责的主体的人，才是近代精神的关键。而这恰恰是明治维新以来的近代日本所缺失的。

在明治维新之前，以"三纲五常"为核心的封建伦理道德严重阻碍着人的思想和社会的发展。文明开化政策推行后，虽然福泽谕吉等启蒙思想家以西方自由主义思想为武器猛烈地抨击了封建伦理，倡导和主张了自我的意识和个人的权利，但一方面他们是通过头脑中根深蒂固的儒佛思想来理解西方哲学的，而在传统东方哲学中"人"是与"天""真如"等超越性存在合而为一的，这就决定了百科全书式的启蒙思想家不可能从理论上深刻阐明个人或自我的概念；另一方面当时他们最关心的问题是借助西方的思想理论来改造日本社会，自然也不会把人的主体性问题上升到特别的高度。而且正如丸山真男在为麻生义辉的《近世日本哲学史》一书所写的书评中所指出的，日本开始全面接触欧洲文明时已经是19世纪中叶，在彼时的欧洲，黑格尔的哲学体系已经开始瓦解，自然科学的发展使人们开始更加关注经验的、现实的生活，思想界盛行的是实证主义、功利主义、自然科学的进化论。日本在维新之后从欧洲引入的恰恰是这种"物质文明的哲学",而不是"精神内面的哲学"。虽然这种哲学在维新之初起了开化国民的作用,但其本来的思想性格并不具备从内部改变国民精神的力量,只是让人们在无形中学到了精于形式与器物的精神,因此日本并没有真正意义上地同欧洲精神产生过对话。① 更重要的是,明治中期以后在国内外政治环境的压力下,政府为了巩固绝对主义天皇制,愈发倾向于移植保守的德国哲学来打压启蒙哲学,本就没有完全覆灭的封建意识形态遂借机改头换面地得以复活。明治政府有意识地宣扬"忠君爱国、忠孝一本"为核心的"国民道德",把个人置于了绝对主义天皇制的从属地位,进一步压缩了个人主体性的生存空间。

日本著名文艺评论家荒正人(1913—1979)认为:"只要存在作为以前时代日本社会象征的天皇制,就不可能确立近代的自我。"②而叶渭渠(1929—2010)先生则认为:"如果说,西方的自我的基本定义是建立在西方式人际关系上的一个完整的个人,那么,日本的自我则是在根植于东方传统的社会系统上的个人与群体的同一体。"③两位先生此处的意见分歧即国家主体性与个人主体性的矛盾问题。笔者认为,汪卫东先生的如下论述可以弥合荒与叶的分歧。

> 从个人的个性到民族和国家的个性这种思想的发展,在19世纪初期费希特、谢林、施莱尔马赫甚至黑格尔那里都有所表现,国家和社会不再被认为如英法启蒙主义所设定的是个人之间的契约性理性构建,而是"超个人的创造性力量,用独特的个人这种材料不断构筑成的一种精神的整体,依据这种精神整体,再不断地创造出包含和体现这种精神整体意义的具体的社会政治组织的制度"④。自我发展便由"更高的"个人进一步转向个人是其中一分子的集体——民族国家。这一观念的转化不排除当时德国民族国家形成的历史背景和现实动机,但其逻辑根源存在于德国民个人主义的自我理念中:在个体自我与普遍性实在的关联中,后者是一个随时可以注入新内涵的位格范畴,为其由

---

① 参见丸山真男《读麻生义辉〈近世日本哲学史〉》,《丸山真男集》第2卷,岩波书店,1996年版,第190~194页。
② 松原新一等:《现代的文学〈别卷〉战后日本文学史·年表》,讲谈社,1978年版,第47页。
③ 叶渭渠:《日本文化的自我——论传统与现代化》,《日本研究》,1990年第4期,第55页。
④ E. 特洛尔奇(E. Troeltsch)语,转引自卢克斯《个人主义》,第19页——汪原注。转引出处为史蒂文·卢克斯《个人主义》,阎克文译,江苏人民出版社,2001年版——笔者注。

上帝到自然到国家的"填充",在逻辑上提供了顺理成章的可能性。这样,在德国思想中,个人主义不再被认为像法国人所想象的那样危害社会共同体,而是社会共同体的最高实现,民族国家作为有机整体获得高于个人的地位。但是,这一个人主义理念在实践中产生的不良后果,引起了一些思想家的反思,认为这种自我发展的个人主义("积极自由"),很可能变成并已经变成了奴役。①

基于德国哲学与中国哲学——尤其是与儒学中的实体观念、"天人合一"思想、"相反相成"的辩证法及其实践性道德倾向上——具有亲缘性这一论断,汪卫东先生指出:"德国个人主义思想传统与中国思想传统在'自我'意识结构上具有同构性。"②明治中后期的日本,普通民众被灌以"忠孝一本"的封建伦理,而知识阶层中德国哲学盛行。在这样一种状况下,普罗大众难以觉醒私人化的个人主义,而精英阶层的有限自我也必定处于国家有机体的下位而沦为奴役。自我的个性与尊严无法得以实现使青年知识分子们陷入了精神上的苦闷与彷徨,前文提到的新佛教运动、精神主义运动和无我爱运动,都是佛教界针对这种"人生烦闷"提出的解决之道。明治三十六年5月22日,生于北海道大富之家、就读于旧制一高③的天之骄子藤村操从华严瀑布跳崖自杀,他在投水岩石旁的树上留下的遗言《岩头之感》或许是这一"烦闷时代"的最好注解:

悠悠哉天壤,辽辽哉古今,
今以五尺之小躯丈量此大。
赫雷修之哲学,值何等权威?
万有之真相,唯一言悉之,
曰——不可解。
我怀此恨而烦闷,终至决死。
既立于岩头,胸中了无不安。
始知,最大的悲观即为最大的乐观。

---

① 汪卫东:《鲁迅前期文本中的"个人"观念》,人民文学出版社,2006年版,第128~129页。
② 汪卫东:《鲁迅前期文本中的"个人"观念》,人民文学出版社,2006年版,第129页。
③ 相当于东京大学预科,毕业生几乎全部可以升入东京大学。

二、"竹内鲁迅"的东方价值

从思想本身而言,日本近代哲学由幕末对西方哲学的介绍起步,经历了启蒙思想家对欧洲近代哲学的移植,并最终在国家权力的指导下形成了以介绍、宣扬德国观念论为主的学院派哲学。另一方面,在接受外来思想的同时,日本的知识分子们也积极地对神、佛、儒等传统思想加以改造,开始了对东西方思想加以融合的努力。但正如中江兆民所指出的那样,至少在明治时期内尚未出现成体系的具有日本特色的哲学思想。从思想发展与政治的关系来看,随着明治政府专制性质的日益加强,国民的自我意识与政府的国家主义思想发生了矛盾与对抗。在这种形势下,一部分知识分子同国家主义相妥协,而另一部分对政府专制怀有抵触情绪的知识分子则走向了超俗的精神主义方向。

在生于明治三年的西田几多郎身上,可以说充分体现了明治时期的上述思想状况。一方面,西田几多郎幼年时期接受过传统儒学教育,为他的学术打下了良好的东方思想基础;另一方面,新学制下的教育又使他早早地接触了西方的文化和思想,激发了他对西方哲学的热情,并为其系统地学习、研究西方哲学创造了条件。同时,西田的青年阶段正值经济上日本资本主义快速发展、政治上专制主义日益加强的时期,家道的中落、学业的不顺、家庭的风波等打击与挫折,使他同当时的许多知识青年一样感到向外发展的无望,从而把目光转向了精神内部,通过打坐参禅来寻求个人精神的统一与内心的安宁。从青年西田的思想动向来看,无疑是当时知识分子阶层的自我意识的动向的一个典型。正是以上种种主客观因素的推动,使西田走上了以东方思想为基础,以西方哲学为材料,构建一套具有独特理论内容和逻辑结构的哲学体系的研究之路,从而被誉为日本最初的独创性哲学家。

从思想史发展的脉络上看,西田哲学无疑处在明治哲学思想由引进、到融合再到创新的发展路线之上,甚至是集大成者。从思想的内容与倾向上看,西田哲学也显然与明治后期流行的"精神主义"不无关系。西田不但与清泽满之门下的晓乌敏、多田鼎、佐佐木月樵人保持着交友关系,而且翻看西田日记,1902年1月14日的日记中写有"读《精神界》清泽的文章有所感"[1],1905年5月9日写了"读清泽

---

[1] 西田几多郎:《日记》,《西田几多郎全集》第17卷,岩波书店,1966年版,第71页。

氏的信仰座谈"①,1907年8月3日的日记中又记载着"为《精神界》草拟《知与爱》一文"②。由此可见,"西谷启治认为在西田的精神成长的过程中受到清泽思想的强烈影响不是没有道理的"③。《知与爱》一文后来被西田附在了《善的研究》的最后,文中写道:"主观是自力,客观是他力。我们说知物和爱物就是舍弃自力和建立他力的信心之意。如果说人的一生的工作不外是知与爱的话,那么我们就是每天在他力的信心上进行活动的。学问也好,道德也好,都是佛陀的光明,宗教则是这个作用的极致。学问和道德是在各个不同的现象上蒙受这种他力的光明,而宗教则是在整个宇宙上与绝对无限的佛陀本身相接触。"④这里的"自力""他力""绝对无限的佛陀"等词语也明显体现了同精神主义的相通之处。此文被收于《善的研究》中更说明了"精神主义"与西田哲学并非毫无关联。某种程度上,两种思想的提出都直接源于维新以来日本国民萌生出的个人意识在国家主义压迫下产生的苦闷与彷徨,这也是"精神主义"与《善的研究》甫一问世就能打动人心的原因所在。剧作家仓田百三(1891—1943)在1921年发表的《爱与认识的出发》一文中写了他在第一高等学校读书时首次在《善的研究》中读到"不是有了个人才有经验,而是有了经验才有个人。比起个人的差异来,经验是根本的,——从这种想法才得以摆脱了唯我论"这句话时的感受,他说:"我感到心脏的跳动似乎都停止了!我胸中充满了喜也不是悲也不是的一种肃穆的紧张,无论如何也读不下去了。我把书合上,坐在书案前宁静不动,眼泪不由得从面颊流了下来。"⑤三木清也是在就读一高期间读了《善的研究》后感到"前所未有的全人格的满足"⑥,才抱着要在西田身边学习的决心,没有去东京帝国大学,而是进入了京都大学。这在当时可称是破天荒的举动。随后户坂润、谷川彻三⑦、西谷启治等人也纷纷效仿,从一高入东京帝国大学,一时间成了热潮。这些在当时尚为青年的知识分子们,在西田哲学中感受到了生命的共鸣,找到了自身苦闷的哲学代言人。西田哲学在这种背景下被广泛接受、介绍和普及,成了大正与昭和时代中哲学领域研究的重点,从而深刻地介入了

---

① 西田几多郎:《日记》,《西田几多郎全集》第17卷,岩波书店,1966年版,第142页。
② 西田几多郎:《日记》,《西田几多郎全集》第17卷,岩波书店,1966年版,第187页。
③ 刘岳兵:《日本近现代思想史》,世界知识出版社,2010年版,第177页。
④ 西田几多郎:《善的研究》,何倩译,商务印书馆,2010年版,第150页。
⑤ 转引自近代日本思想史研究会《近代日本思想史》第二卷,李民、贾纯、华夏等译,商务印书馆,1991年版,第134～135页。
⑥ 三木清:《无言的哲学》,《三木清全集》第18卷,1968年版,第29页。
⑦ 谷川彻三(1895—1989),日本哲学家,曾任法政大学文学部哲学科教授、理事、校长等职务。

日本近代与现代思想的发展之中。

第三章中通过分析竹内好的主要文章，笔者考察了西田哲学在思想与行动上对竹内好的影响。如果把分散在竹内好的几篇经典文章中的西田哲学思想用一句话来总结的话，即通过把"他者"与"自我"进行共同否定的"绝对否定"的作用，以"回心"式的方式向自我的深处不断超越，最终与"绝对无"相连接。从本章前两节的考察中可以看出，西田哲学在"绝对无"的特征、向"内"的超越方向、"顿悟"式的超越方法、向"人（精神）"的价值指向等几方面都突出体现了与佛、儒、道等东方传统思想有着密不可分的关系。与其说西田哲学是东西方哲学的融合，莫不如说它是披着西方哲学外衣的东方思想，或者说是装在西方哲学肉身中的东方灵魂。而这种颇具东方思想色彩的哲学的形成，又与"近代日本"的历史进程有着密不可分的关系。

在东西方思想交织、传统与现代激荡的近代日本，思想文化的发展始终处在国体与政体的制约之下。神儒佛等东方传统思想的教化、德国观念论哲学的引导和专制政府的镇压，使追求个人自由与个性解放的西方式个人主义思想在日本失去了生存的土壤，本就具有资产阶级属性的知识阶层集体转向了对精神、内心与人格的追求，在此基础上产生了一般思想界中的种种右翼思想以及哲学界里以观念论为主的纯学院哲学派和以"绝对无"为核心的京都学派，而这些思想与哲学又进一步为法西斯政府所利用，从而形成了缺失近代主体性的"日本近代"，也为第二次世界大战后的日本思想界留下了一个无法回避的课题。竹内好的文学与思想正是由此而起步的。

我们在前文中分别考察过西田与竹内的思想背景和成长经历。可以看出，尽管他们所生活的时代不同，但在幼年的教育经历和性格特点上却表现出了一定的相似之处。尤其是贯彻在近代日本学校教育中的儒学教育，为他们打下了相似的儒学基础，使得竹内与西田有了思想接近的可能。在他们的青少年时期，也共同表现了对作为既有权威象征的学校教育的抵抗，而这又是近代以来许多青年知识分子都曾共有体验，体现了近代日本个人的个性和尊严在国家主义、专制主义思想面前遭受打压的思想状况。在西田成长的明治前期，政治上保守、专制日渐增强，思想上传统势力稳固，作为外来思想被引入并盛行的又是德国唯心主义哲学，在这些因素的共同作用下，西田的思想越发倾向于精神的内部，因此在他的哲学中也体现了诸多东方传统哲学思想的要素，反过来，东方思想传统也得以通过"西田哲学"渗透到了"竹内鲁迅"乃至日本现代哲学、文学及文化之中。关于"竹内鲁迅"的思想影响，目前学界的研究已经相当充分，本书第一章中亦有所谈及，故不再赘述。下面想在前文分析的基础上谈谈"竹内鲁迅"作为一种东方思想所体现的价值。

靳丛林先生指出："所谓'竹内鲁迅'，我以为既是日本学者所指'竹内式的鲁迅论、鲁迅形象'，同时也包括竹内自身的因素，亦即指竹内构筑鲁迅形象和构筑形象的方法论。对于'竹内鲁迅'的内涵的发掘恰恰不能忽视竹内自身的因素。"[①]诚如其所言，笔者认为，"竹内鲁迅"所体现的"东方价值"不但体现在其论说本身，更体现在竹内好个人对"思想"的应用上。

首先，"竹内鲁迅"最明显的东方价值体现是对"无"与"回心"等东方思想的继承与利用。从前文的考察中可以看出，竹内好虽然很早就接触到了鲁迅的作品，但他写作《鲁迅》、将鲁迅的精神原理归结为"无"却是在系统地读了西田哲学之后，而且在与《鲁迅》同期写作的《大东亚战争与吾等的决意》中也明显地体现了多种西田哲学的原理，这些都证明了竹内好的"无"之思想直接来源于西田哲学。与其他西田哲学接受者不同的是，竹内好把从西田那里继承的东方式的"无"用在了文学阐释上，并利用东方传统哲学的"回心"思想从鲁迅文学、现代中国身上阐发出了一种"自我否定"的价值观，在为鲁迅、中国赋予一种别样的意义的同时，也为日本的文学与思想的发展提供了参照系。

更为特别的是竹内好对西田哲学的把握方式和应用方式。从竹内好文学家的身份及学术发展经历中可以看出，说他对西田哲学有如何精深的研究倒也未必。作为这么说的例证，遍览《竹内好全集》可以发现，直接提到西田或西田哲学之处少之又少。甚至在对西田哲学术语的使用上，也像李冬木先生所说的那样难称"随处可见"，而且在措辞上竹内本人也承认"并非在严格意义上遵从了西田哲学的术语"。可尽管如此，在前文的分析中我们已看到，的的确确是西田哲学的核心特质或者说是西田哲学中最具"东方性"的东西，为竹内好的论述提供了深度与张力。由此可见，竹内好不但对鲁迅的把握方式甚至对西田哲学的把握方式都是"直观"式的。并且正如前文中所提到的那样，他的这种"直观"式的把握方式正是竹内鲁迅论给人以"玄学""本质论"倾向的原因所在，也是其思想的魅力之源。竹内好之

---

① 靳丛林：《竹内好的鲁迅研究》，北京大学出版社，2012年版，第15页。

所以能够做到如此,笔者以为这固然有竹内好个人资质的因素,但更重要的还是因为在西田、竹内与鲁迅的背后有着共同的东方思想传统作为背景。

在注重西方哲学式理论推演和科学分析的现代,能够从东方思想传统中生发出新的价值与应用方式,并将之用于对现代文学、文化的批判,这无疑是竹内好的功绩。

其次,"竹内鲁迅"的东方价值体现在他对"东方"的利用上。前文中提到,竹内好在《何谓近代》中提出了"欧洲"与"东洋"一进一退的矛盾关系,认为"东洋"在对欧洲的抵抗中自我否定地形成了自己的"近代",而他这一思想的最终根源,也是经由西田哲学获得自东方传统哲学。

竹内好之所以抽象出近代"欧洲"与"东洋"的一进一退关系,是想借意识的发生在于"抵抗"这一话语,来引出他在鲁迅和近代中国身上所看到的自我保存、自我生发的东西,并以此来对日本的"转向式近代"进行批判——这当然是竹内好当时所面对的思想课题。但如果把竹内好的这种批判的、否定的思维转换为肯定的思维来思考的话,那么我们就会看到"东方"的意义。也就是说,跳出竹内好的时代语境,站在我们今天的角度把竹内好的论述反向视之,当他在强调"真理本身是不断发展的,并且只有发展的东西才是真理""欧洲对东洋的入侵不可能单方面发生""鲁迅以身拼命隐忍着我所感到的恐惧"[①]的时候,也无异于在说"欧洲"并非是一成不变的标准,"东方"也在不断地形成自身的价值。

因此,笔者以为,尽管在当时竹内好对"东洋"概念的使用有抹杀东方国家的差异与诉求之嫌,但从今天来看,他对东方现代主体性及产生方式的想象,对日本的"转向"文化、"优等生"思想的批判,却显示出了抵御"西方中心主义"思想的意义。

再次,"竹内鲁迅"的东方价值体现在对我国学术界的启示上。伊藤虎丸曾指出:"竹内的名字很快就最早出现在北京大学钱理群等一些人的论文里,文学研究所汪晖的大著《反抗绝望》一九八九年出版,书名上就藏不住竹内的影响。"[②]正如其所说,在汪晖的"他否定了希望,但也否定了绝望;他相信历史进步,又相信历史

[①] 竹内好:《何谓近代》,《近代的超克》,孙歌编,李冬木等译,生活·读书·新知三联书店,2005年版,第191、195、196页。
[②] 伊藤虎丸:《鲁迅与终末论——近代现实主义的成立》,李冬木译,生活·读书·新知三联书店,2008年版,第388页。

的'循环';他献身于民族的解放,又诅咒这一民族的灭亡;他无情地否定了就生活,又无情地否定了就生活的批判者——自我"①的论述中,能很清楚地看到"竹内鲁迅"中悖论式的思维方式。另外,韩琛指出竹内好追求鲁迅"思想原点"的思维对中国学界产生了很大的影响,说:"他们在各自的论述中,总是尝试着从根柢上诠释'竹内鲁迅''伊藤鲁迅'的问题和方法。但是,更为激进的本土学者显然没有这样的顾忌,而是竞相将竹内好的鲁迅'原点'视为应予超越的对象,进而提出自己的鲁迅原点说。"②尽管不同学者对"竹内鲁迅"给我国学界带来的影响的看法见仁见智,但我们从中可以看出,竹内好基于东方思想传统所阐发出的思维方式的的确确地在我国学界绽放出了生命力。

---

① 汪晖:《反抗绝望——鲁迅及其文学世界》,河北教育出版社,2000年版,第31页。
② 韩琛:《鲁迅原点问题及其知识生产的悖反——兼及新世纪中国鲁迅研究批判》,《理论学刊》,2014年第5期,第120页。

终　　章

  我们日本从古代到现在,一直没有哲学。本居宣长和平田笃胤这些人,只是发掘古代陈墓,研究古代语言文字的一种考古学家,茫茫然不懂得宇宙和人生的道理;伊藤仁斋和荻生徂徕这些人也就经书的注解提出了新的意见,而归根结底只是能够算是经学家;佛教僧侣方面,固然不是没有人发挥创造性,完成了开山成佛的功果,然而这终究是属于宗教家的范围,而不是纯粹的哲学。进来有加藤某和井上某,自己标榜是哲学家,社会上也许有人承认,而实际上却不过是把自己从西方某些人所学到的论点和学说照样传入日本。这是所谓囫囵吞枣,而不配叫做哲学家。[①]

  日本著名民权思想家中江兆民(1847—1901)在他的遗著《一年有半》中提出了如上"日本无哲学"的著名论断。事实上,不但日本历史上原来没有"哲学",甚至中国、印度乃至阿拉伯世界也没有相当于西方那样的"哲学"。随着近三百年来西方文明席卷世界,西方的种种哲学思想被介绍到东方后,获得了参照系的东方学者们才自觉地在吸收、借鉴西方哲学的基础上,从儒、释、道等各自的传统著作中梳理出与西方哲学有着不同思想特征与价值的"东方哲学"。但即便"东方哲学"这一名称已为人们所接受,但其内涵的合法性仍然是个问题。然而,必须承认的是,在孔子、老庄、释迦牟尼等人的思想中的确存在中某些共通的东西,正是这些共性使文化和思想上的"东方"得以成立。

  通过与西方哲学的比较可以看出,西方哲学起步于古希腊人对世界本原的思考,倾向把世界二分为超越性的本体世界和现实世界,将"有"作为唯一存在,相信

[①] 中江兆民:《一年有半·续一年有半》,吴藻溪译,商务印书馆,1979年版,第15页。

外在性的超越力量,具有肯定性思维倾向。而东方传统思想的出发点并不在于对外在世界的认知,而是偏重对人自身价值的追求,因此在思维模式上通常具有"体用一源"的特征,以"无"作为思想体系的最高范畴,在实践上要求打破二元对立,通过向内的自我否定来实现精神的升华,从而达到理想的人生境界。换句话说,二者最大的差别在于,在东方思想传统中"人"或者说"自我"才是终极性的价值主体。

面对着西方"近代"的冲击,思想家福泽谕吉喊出了"脱亚入欧"的口号。随着这一口号的普及,日本与东方世界其他国家之间有着优劣之差的观念逐渐渗透到了日本民众之中。尽管经济上实现了高速资本主义化、生活中欧化之风也在狂飙,但在绝对主义天皇制的压制下,最能体现近代性的思想上的个人主义精神却始终没能得到足够的成长。在这种思想状况下,知识分子们普遍出现了向精神内部逃避的思想倾向。日本哲学家西田几多郎也是在这种思想氛围中展开了自己的哲学研究,并以西方哲学的框架为参照建立了一套东西结合的哲学体系。但深入考察后可以看出,西田哲学在以"人生问题"为思想的出发点、以超越性的"绝对无"为逻辑基础、以"反省的思维"为实践方式、以"内在超越"为实践方向、以"自我否定"为核心原理等方面,都体现出了浓厚的东方思想色彩。可以说,西田哲学有着一颗东方的"灵魂"。但遗憾的是,穿着近代外衣的传统思想更便于为帝国主义所恶用。在个人层面,西田哲学给青年带来了抚慰,但在政治层面却被绑架到了日本帝国主义对外侵略的战车之上。竹内好正是被战车之上的西田哲学吸引了目光。

较之于明治时期的西田,成长于大正、昭和时期的竹内好与宗教等传统思想拉开了一些距离。但同样作为"近代"日本的知识分子,他所面对的思想问题仍然是个体层面上自我意识受到压抑,对西方的盲目追随又导致国家层面上的近代主体性始终没有成立的困境。随着战争的扩大,日本思想界中对西方和西方式近代的反叛与反抗也开始出现。最初,竹内好是被"京都学派"等一批思想家对西方的反叛思想——"近代超克论"吸引了目光才拿起了西田哲学。之后,个人的性格气质、主体性缺失的思想课题以及同鲁迅文学的相遇,使原本对西方的"反叛"转化成了对西方的"反抗",促使他把鲁迅和中国作为新的价值参照系,从而提出了他的竹内鲁迅论和日本近代批判论,中国与日本在"近代化"上优劣也得以颠倒。考察竹内好的几篇经典文章可以发现,他把握鲁迅的方式、他的思考方式、他的论述话语甚至他的决绝的行动中都能看到西田哲学的影响。如果说西田是向西方哲学的框架中灌注了东方的思想传统,那么竹内则是用西方哲学框架中的东方的思想传统重新浇筑了鲁迅的文学精神。

20世纪80年代,竹内好充满特色的鲁迅阐释就被介绍到了中国,成了启发学者们从主体精神结构角度研究鲁迅的重要思想资源。进入90年代后,关于"现代性"的讨论成了我国现代文学研究领域中的热点,"竹内鲁迅"作为一种异域资源重新进入了学界视野,作为现代性反思语境中的热点被广为谈论。步入21世纪以后,对"竹内鲁迅"的研究更进一步向理论化、精细化方向发展,研究的角度各异,评价或褒或贬,呈现出了多样化的趋势。其实,无论是我们今天对"竹内鲁迅"的关注还是对它的褒贬不一,都源于两个问题意识的错位。

竹内好的鲁迅论能够展现出强大的魅力无疑是因为他精准地把握了鲁迅身上那种不盲从、不屈服以及时刻自省的主体精神,而他之所以能够以"直观"的方式捕捉到这一点,是因为有西田哲学这架沟通的桥梁。换句话说,是因为竹内、西田与鲁迅三者之间——甚至包括与今天的我们之间——有着共同的东方思想基础。

但竹内好的问题意识与鲁迅的问题意识发生了错位。或者说,二者在对"传统"与"近代"的利用上发生了错位。鲁迅当时所面对的问题是中国强固的思想传统阻碍了对西方近代性的接受,因此鲁迅才去批判传统,以批判传统来开拓近代,可以说鲁迅是在利用"近代"批判"传统";而竹内好所面对的问题是日本过急、过快、盲目地接受了西方的"近代"反而丧失了传统,因此竹内好需要批判近代,以批判近代来重建传统,也就是说竹内好是在利用"传统"来批判"近代"。

竹内好作为一名第二次世界大战后的文学研究者,正如他本人所说,并非"哲学家"。在当时尚且年轻的他所能做到的就是利用西田等前代学者留下的思想工具来解决上一代学者们所无力解决的思想课题。这个时候,共同的东方思想背景成了沟通西田、竹内与鲁迅的桥梁。换句话说,竹内好通过把鲁迅阐释为一个敢于反抗一切成规与权威、在不断的自我否定中实行自我变革并逐渐形成自己自身的"文学者",正是要利用西田哲学中超越性的"无"、指向自我自身的实践指向,来批判近代日本在以西方为标准追求"近代性"的过程中不停地"转向",以致最终失去了国家和民族的主体性,甚至是国家的主权。他所欲呼唤的正是鲁迅和现代中国身上表现出来的强固的自我和主体性精神,某种程度上,"竹内鲁迅"的本原论、主观性倾向,正是"竹内鲁迅"在"战后日本"这一语境中的价值所在。感佩于"竹内鲁迅"的思想魅力者,或许正是因为看到了这一点吧。

第二个错位是我们与竹内好之间的错位。个人主体的生成是社会现代性转型的本质内容。但改革开放以来,社会经济的高速发展使个人主体性的生成和发育产生了滞后,或者使自我盲目地膨胀造成了同他者的冲突,成了我们今天的"现代性焦虑"的主要内容。我们当今所面对的这一思想课题在某种程度上与竹内好当时相似,所以20世纪90年代后"竹内鲁迅"才被文学之外的一般思想界所重新发现,形成了学界中的"竹内热"。但另一方面,我们今天所面对的现状和国际环境又与竹内好所面对的完全不同。我们当今的"现代"仍然是一个未完成的现代,摆在我们面前的是重新崛起的机遇和复杂国际环境的挑战,这就要求我们不能完全抛弃传统而弱化主体性,也不能彻底地拥抱西方的现代性而丧失自我,偏废哪一方可能都会延缓或导致丧失发展的机遇,因此国内学界才形成了对"竹内鲁迅"的复杂态度。

但正如量子力学的诞生并没有推翻牛顿力学在宏观低速下的正确性一样,脱离竹内好所处的时代语境,在未了解"竹内鲁迅"全貌的情况下"断章取义"地批评竹内好,这也未必妥当。面对我们当今的"现代性焦虑",如何从"竹内鲁迅"中获得启示,从东方思想传统中发掘出新的价值,来抵御横行世界数百年、已渗透在社会方方面面中的"西方中心主义"思想,恐怕才是"竹内鲁迅"之于我们今天的最大价值。可以说,"竹内鲁迅"的问题和"竹内热"的问题,所折射出的都是对东方思想传统如何加以利用的问题。或许"竹内鲁迅"对于我们的最大意义也正在于此吧。

参 考 文 献

一、著作类(按照出版时间顺序)

[1]东京府学务课.学令全书[M].十一堂,1887.

[2]西村茂树.日本道德论[M].东京:日本弘道会,1913.

[3]青木正儿.以胡适为中心的文学革命[M]//支那学社.支那学:第1卷.清水:弘文堂书房,1920.

[4]北条时敬.廊堂片影[M].西田几多郎,编.东京:教育研究会,1931.

[5]户坂润.日本意识形态论:现代日本中的日本主义、法西斯主义、自由主义思想批判[M].东京:白扬社,1936.

[6]教育史编纂会.明治以降教育制度发达史:第一卷[M].东京:龙吟社,1938.

[7]下村寅太郎.年轻的西田几多郎先生——《善的研究》成立前后[M].东京:人文书林,1947.

[8]刘及辰.西田哲学[M].北京:商务印书馆,1963.

[9]西田几多郎.西田几多郎全集[M].东京:岩波书店,1965—1966.

[10]三木清.无言的哲学[M]//三木清.三木清全集:第18卷.东京:岩波书店,1968.

[11]增田涉.鲁迅的印象[M].东京:角川书店,1970.

[12]宇野精一,中村元,玉城康四郎.讲座东洋思想(10)[M].东京:东京大学出版会,1975.

[13]渡边和靖.明治思想史——儒教的传统与近代认识论[M].东京:ぺりかん社,1978.

[14]松原新一,罗传开,柯森耀.战后日本文学史·年表[M].东京:讲谈

· 163 ·

社,1978.

[15] 中江兆民. 一年有半、续一年有半[M]. 吴藻溪,译. 北京:商务印书馆,1979.

[16] 竹内好. 竹内好全集:第1~17卷[M]. 东京:筑摩书房,1980—1981.

[17] 近代日本思想史研究会. 近代日本思想史:第一卷[M]. 马采,译. 北京:商务印书馆,1983.

[18] 山田敬三. 鲁迅世界[M]. 韩贞全,武殿勋,译. 济南:山东人民出版社,1983.

[19] 韦勒克,沃伦. 文学理论[M]. 刘象愚,邢培明,陈圣生,等,译. 北京:生活·读书·新知三联书店,1984.

[20] 中川几郎. 竹内好的文学与思想[M]. 东京:オリジン出版中心,1985.

[21] 冯友兰. 中国哲学简史[M]. 涂又光,译. 北京:北京大学出版社,1985.

[22] 加藤周一,前田爱. 日本近代思想大系·6·教育的体系[M]. 东京:岩波书店,1990.

[23] 近代日本思想史研究会. 近代日本思想史:第二卷[M]. 李民,贾纯,华夏,等,译. 北京:商务印书馆,1991.

[24] 近代日本思想史研究会. 近代日本思想史:第三卷[M]. 那庚辰,译. 北京:商务印书馆,1992.

[25] 吉田久一. 日本近代佛教史研究[M]//吉田久一著作集4. 美浓:川岛书店,1992.

[26] 源了圆. 日本文化与日本人性格的形成[M]. 郭连友,漆红,译. 北京:北京出版社,1992.

[27] 中村雄二郎. 西田几多郎[M]. 卞崇道,刘文柱,译. 北京:生活·读书·新知三联书店,1993.

[28] 伊藤虎丸. 鲁迅、创造社与日本文学:中日近现代比较文学初探[M]. 孙猛,等,译. 北京:北京大学出版社,1995.

[29] 丸山真男. 丸山真男集:第2卷[M]. 东京:岩波书店,1996.

[30] 杨曾文. 日本近现代佛教史[M]. 杭州:浙江人民出版社,1996.

[31] 卞崇道. 现代日本哲学与文化[M]. 长春:吉林人民出版社,1996.

参考文献

[32] 卞崇道.战后日本哲学思想概论[M].北京:中央编译出版社,1996.

[33] 卞崇道.跳跃与沉重——二十世纪日本文化[M].北京:东方出版社,1999.

[34] 汪晖.反抗绝望——鲁迅及其文学世界[M].石家庄:河北教育出版社,2000.

[35] 伊藤虎丸.鲁迅与日本人:亚洲的近代与"个"的思想[M].李冬木,译.石家庄:河北教育出版社,2000.

[36] 张杰.鲁迅:域外的接近与接受[M].福州:福建教育出版社,2001.

[37] 史蒂文·卢克斯.个人主义[M].阎克文,译.南京:江苏人民出版社,2001.

[38] 小坂国继.西田几多郎的思想[M].东京:讲谈社,2002.

[39] 木山英雄.文学复古与文学革命——木山英雄中国现代文学思想论集[M].赵京华,编译.北京:北京大学出版社,2004.

[40] 竹内好.近代的超克[M].孙歌,编.李冬木,等,译.北京:生活·读书·新知三联书店,2005.

[41] 松本健一.竹内好论[M].东京:岩波书店,2005.

[42] 丸山升.鲁迅·革命·历史:丸山升现代中国文学论集[M].王俊文,译.北京:北京大学出版社,2005.

[43] 孙歌.竹内好的悖论[M].北京:北京大学出版社,2005.

[44] 刘岳兵.明治儒学与近代日本[M].上海:上海古籍出版社,2005.

[45] 卞崇道,王青.明治哲学与文化[M].北京:中国社会科学出版社,2005.

[46] 汪卫东.鲁迅前期文本中的"个人"观念[M].北京:人民文学出版社,2006.

[47] 竹内良知.近代日本思想家7·西田几多郎[M].东京:东京大学出版会,2007.

[48] 藤田正胜.西田几多郎——人生与哲学[M].东京:岩波书店,2007.

[49] 鹤见俊辅,加加美光行.超越无根的国家主义:竹内好再考[M].东京:日本评论社,2007.

[50] 郜元宝.鲁迅六讲[M].增订本.北京:北京大学出版社,2007.

[51]薛毅,孙晓忠.鲁迅与竹内好[M].上海:上海书店出版社,2008.

[52]伊藤虎丸.鲁迅与终末论——近代现实主义的成立[M].李冬木,译.北京:生活·读书·新知三联书店,2008.

[53]李泽厚.中国古代思想史论[M].北京:生活·读书·新知三联书店,2008.

[54]刁榴.三木清的哲学研究:以昭和思潮为线索[M].北京:社会科学文献出版社,2008.

[55]丸山真男.日本的思想[M].区建英,刘岳兵,译.北京:生活·读书·新知三联书店,2009.

[56]丸尾常喜.耻辱与恢复——《呐喊》与《野草》[M].秦弓,孙丽华,编译.北京:北京大学出版社,2009.

[57]朴金波.西田"融创哲学"研究[M].长春:吉林大学出版社,2009.

[58]韩书堂.纯粹经验:西田几多郎哲学与文艺美学思想研究[M].济南:齐鲁书社,2009.

[59]刘岳兵.日本近现代思想史[M].北京:世界知识出版社,2010.

[60]魏道儒.坛经译注[M].北京:中华书局,2010.

[61]僧肇.肇论校释[M].张春波,校释.北京:中华书局,2010.

[62]丸川哲史.竹内好——与亚洲的相遇[M].东京:河出书房新社,2010.

[63]西田几多郎.善的研究[M].何倩,译.北京:商务印书馆,2010.

[64]鹤见俊辅.竹内好——某种方法的传记[M].东京:岩波书店,2010.

[65]小林敏明."主体"的去向——日本近代思想史的一个视角[M].东京:讲谈社,2010.

[66]刘伟."日本视角"与中国现代文学研究——以竹内好、伊藤虎丸、木山英雄为中心[M].北京:人民出版社,2011.

[67]赵京华.周氏兄弟与日本[M].北京:人民文学出版社,2011.

[68]藤田正胜.西田几多郎的现代思想[M].吴光辉,译.石家庄:河北人民出版社,2011.

[69]沟口雄三.中国的冲击[M].王瑞根,译.北京:生活·读书·新知三联书店,2011.

[70]子安宣邦.东亚论——日本现代思想批判[M].赵京华,编译.吉林人民出版社,2011.

[71]井上克人.西田几多郎与明治精神[M].大阪:关西大学出版社,2011.

[72]山田敬三.鲁迅:无意识的存在主义[M].秦刚,译.北京:北京大学出版社,2012.

[73]方东美.中国大乘佛学:上[M].北京:中华书局,2012.

[74]靳丛林.竹内好的鲁迅研究[M].北京:北京大学出版社,2012.

[75]吴平,王新霞,樊姗.名家说禅[M].北京:研究出版社,2013.

[76]吴平,郑伟,叶宪允.名家说佛[M].北京:研究出版社,2013.

[77]吴平,吴士蓉,李雪锋.禅趣人生[M].北京:研究出版社,2013.

[78]雷晓敏.苦闷文学反思:以厨川白村与鲁迅为枢纽[M].广州:暨南大学出版社,2013.

[79]汪卫东.现代转型之痛苦"肉身":鲁迅思想与文化新论[M].北京:北京大学出版社,2013.

[80]汪卫东.探寻"诗心":《野草》整体研究[M].北京:北京大学出版社,2014.

[81]夏目漱石.社会与自己:夏目漱石演讲集[M].东京:筑摩书房,2014.

[82]竹村民郎.大正文化——帝国日本的乌托邦时代[M].欧阳晓,译.上海:三联书店,2015.

[83]汪卫东.人·现代·传统——近30年人文视点及其文学投影[M].北京:北京大学出版社,2015.

[84]吴震.当中国儒学遭遇"日本"——19世纪末以来"儒学日本化"的问题史考察[M].上海:华东师范大学出版社,2015.

[85]汤一介.思考中国哲学[M].北京:中国人民大学出版社,2016.

[86]肖建原."三教合一"之心:王夫之佛道思想研究[M].北京:北京师范大学出版社,2016.

[87]赖永海.佛学与儒学:修订版[M].北京:中国人民大学出版社,2017.

二、重要论文类(按照发表时间顺序)

[1]春阳.西田几多郎及其哲学刍议[J].外国问题研究,1984(1).

[2]叶渭渠.日本文化的自我——论传统与现代化[J].日本研究,1990(4).

[3]程麻.超越竹内好——日本鲁迅研究之动态[J].东方丛刊,1992(1).

[4]赵金贵.铃木大拙及其禅思想[J].日本学刊,1993(4).

[5]刘国平."竹内鲁迅"论[J].鲁迅研究月刊,1994(10).

[6]李春林,臧恩钰.关于"竹内鲁迅"的断想[J].鲁迅研究月刊,1995(4).

[7]代田智明.论竹内好——关于他的思想、方法、态度[J].世界汉学,1998(1).

[8]顺真.西田哲学的儒学来源[J].吉首大学学报:社会科学版,2006(4).

[9]木山英雄.也算经验——从竹内好到"鲁迅研究会"[J].鲁迅研究月刊,2006(7).

[10]李冬木."竹内鲁迅"三题[J].读书,2006(4).

[11]高远东."仙台经验"与"弃医从文"——对竹内好曲解鲁迅文学发生原因的一点分析[J].鲁迅研究月刊,2007(4).

[12]姚婕.西田几多郎的"纯粹经验"与老子哲学[J].日语学习与研究,2011(3).

[13]代田智明.谈鲁迅论与"个"的自由主体性——由伊藤虎丸论起[J].赵晖,译.现代中文学刊,2011(3).

[14]刘伟.鲁迅的抵抗与亚洲的主体性建构——伊藤虎丸和竹内好关于中日近代化的比较性思考[J].理论界,2011(10).

[15]吴光辉,吕绮锋."哲学之道"将走向何处?——京都学派哲学研究的动态与断想[J].日本问题研究,2012(4).

[16]韩琛.从"竹内鲁迅"到"竹内赵树理"——"近代的超克"与作为方法的现代中国文学[J].鲁迅研究月刊,2012(10).

[17]代田智明.作为方法的鲁迅与讲鲁迅的难题[J].内蒙古民族大学学报,李明军译,2013(1).

[18]龚颖.哲学与政治之间:近二十年京都学派研究概述[J].世界哲学,2013(3).

[19]韩琛.鲁迅原点问题及其知识生产的悖反——兼及新世纪中国鲁迅研究批判[J].理论学刊,2014(5).

[20]韩琛."无"鲁迅的"竹内鲁迅"[J].湘潭大学学报:哲学社会科学版,2015(1).

[21]上田闲照.禅与哲学[J].戴捷,吴光辉,译.日本问题研究,2015(1).

[22]韩琛."迷信可存":"伊藤鲁迅"的东亚近代像[J].鲁迅研究月刊,2015(5).

[23]徐英瑾.西田几多郎的"场所逻辑"及其政治意蕴——一种基于认知语言学的解读[J].学术月刊,2015(8).

[24]孙江.在亚洲超越"近代"?——一个批判性的回顾[J].江苏社会科学,2016(3).

[25]孙海军."竹内鲁迅"的逻辑误区:以"回心"说为中心[J].文艺评论,2016(4).

[26]李明晖.百年日本鲁迅研究的生机与偏至[J].文学评论,2016(5).

[27]刘超.东洋何以近代,回心还是转向?——竹内好的东洋近代观探究[J].鲁迅研究月刊,2016(5).

[28]韩琛.近代的超克、漫长的20世纪与"竹内鲁迅"[J].学术月刊,2016(6).

[29]唐永亮.日本的"近代"与"近代的超克"之辩——以丸山真男的近代观为中心[J].世界历史,2017(2).

[30]韩琛.竹内好鲁迅研究批判[J].山东师范大学学报:人文社会科学版,2017(4).

[31]董炳月.竹内好的"现代"话语——从子安宣邦〈何谓"现代的超克"〉讲起[J].文艺研究,2017(8).

[32]张静宜.京都学派及其哲学实践[J].文化学刊,2018(6).

后　　记

　　本书是在我的博士毕业论文的基础上修改整理而成的。博士毕业后不到一年，就得到机会使论文能够成书出版，这对我本人来说多少有些意外。由于论文的写作和成书都比较仓促，研究中的许多问题和想法都没得到足够的总结、反思和沉淀，因此尽管在论文答辩和书稿评审时收到了专家们很多有益的意见，但有些地方仍然存在着这样或那样的问题，只能以现在这种不尽如人意的样子接受大家的评判。若有疏漏肤浅、不当不足之处，责任完全在我个人，恳请读者朋友不吝指正、批评。如果还有机会，我会努力逐一将之修正。

　　读博是一段值得永远珍藏的时光。当年之所以选择教师这份职业，完全是出于留恋校园生活中的宁静与纯真。但我本为俗物，尽管平日喜欢遨游于书海，工作中亦热爱眼前的三尺讲台，却惰于思考、懒于提笔，对于学术研究一直无甚热情。可一方面如先贤所言，学如逆水行舟，不进则退；另一方面，经济社会飞速发展的现状也不允许故步自封。为了给怠惰的自己一份压力与动力，扩展学术视野、提高学术能力，甚至是为了坚定彼时业已动摇了的继续从事教育之心，才在年逾而立后选择到苏州大学继续求学。

　　博士入学之初，恩师汪卫东先生就结合我此前的日语专业背景为我指点了研究方向。无奈不论是西田哲学还是竹内鲁迅，抑或研究中必然会涉及的日本思想史和东方哲学史等知识，对我来说都很陌生，所以尽管论题确立得很早，最初的两年却几乎都用在了上课修学分以及收集、阅读材料，恶补基础之上。随后我又幸运地在黑龙江省人民政府外事办公室和外交部有关部门的推荐下，作为国际交流员赴日本北海道政府工作一年。其间虽搜罗了很多新旧日文资料，但阅读、筛选、扫描、复印等工作也旷日弥久，几乎占用了全部的业余时间。真正动手写作是回国之后才开始的。即便酝酿已久，可实际动笔才发现很多涉及的哲学概念都需要仔细

后　记

辨析,引用日文材料时也要细心推敲、翻译,还得分出时间兼顾工作和家庭,只有深夜或寒暑假才"码字儿"效率较高,进度远不如所想得快。欲速则不达,古之人不余欺也。为了赶稿而长期熬夜过度,心脏出了问题,不得不停笔休养了近半年的时间,无奈只能申请延期毕业。在身心俱惫之时,导师的理解与支持给了我极大的宽慰,帮助我走出了那段灰心、焦虑的时光,调整好身体和心态,复又对案,重振斗志。为了将之前囫囵吞枣地塞入脑海中的东西梳理清楚,只能以不同的研究内容为中心,分"块"地逐一来写,这一写的过程对我来说也是一种颇为必要的深度学习。但敲了20余万字且截稿期限再次临近之时才发现,这种写法导致了整体结构松散的问题。在面对推倒重来的绝望时,又是汪老师的建议给了我启迪,果断地舍弃了数万字,重新调整了章节结构,才得以如期交稿。可以说,本书从选题到构思,由框架的建立到撰写、修改的过程,每个环节都离不开汪老师悉心的指导和帮助。从汪老师身上,我收获的不仅是深邃的思想和知识,更重要的是严谨的学术态度、一丝不苟的治学精神以及对学生润物细无声的关怀之情,这些宝贵的品格必将成为支撑我今后人生的基石。

读博数载,由于要兼顾工作,实际上在校的时间仅有短短的半年而已,这不得不说是我人生中最大的憾事之一。但在苏州的短暂时光却满是收获。从千里沃野的白山黑水间初到风姿娟秀的江南水乡,山水风物的差异固然给我留下了深刻的印象,在这里遇到的良师益友更是让人难忘。

对于我的授业恩师汪卫东教授,心中的感激之情实在无以言表,唯望今后能不辜负老师的教诲与期待。刘祥安教授、李勇教授不但在课堂上拓宽了我的视野、丰富了我的知识,更以其不做空谈、踏实细致的学风为我树立了榜样。朱栋霖教授、赵杏根教授、侯敏教授在开题或预答辩时指出了我的不足,使我少走了许多弯路。汤哲声教授不但全程参与了开题、预答辩和正式答辩,还给了我许多中肯的建议和温暖的鼓励,让我感受到了师者的仁和与宽厚。此外,答辩时浙江师范大学的高玉教授和苏州大学的房伟教授、张蕾教授也对本书提出了积极的修改意见,令我受益匪浅。在此谨向各位老师表示衷心的感谢!

感谢我的各位同门。蔡洞峰师兄相见时每每会给我许多建议和鼓励,沈洁、何欣潼两位师妹在我回校预答辩时替我忙前忙后,刘晓慧师妹替不在学校的我不停奔波……尽管相聚时短,从同门处体会到的却是家人般的温暖。

感谢我的各位同窗。永远忘不了与史哲文、赵永君、陈林、杨韬等兄弟于午后暖阳中畅谈的惬意、于深秋并肩游园时的快然。之于你们，我或许只是校园生活中的匆匆过客；而对于我，你们却代表着求学生活中最为快乐的时光。裘兆远、胡影怡两位同窗好友更给了我许多切实的帮助，你们的热情友善永远是我心中最美好的记忆。还有赵言领、李晨、孟明娟、岳芬、黄新炎等有缘相聚相识的同窗，在此也是难以一一谢过。海内如存知己，天涯亦若比邻。虽说如此，仍愿我们能早日再聚。

此外，还要感谢哈尔滨理工大学的高鹏飞教授、同济大学的刘晓芳教授和我本科、硕士阶段的同窗好友——哈尔滨工程大学的王雪松博士、黑龙江大学的田雷博士、任越博士，以及读博期间在工作方面为我提供了诸多便利的领导与同事。能够前行至今，离不开你们给予我的帮助和鼓励。

本书能够出版，得益于黑龙江省社科联、立项评审专家以及黑龙江人民出版社的大力支持和帮助。几位立项评审专家对拙作给予了积极的评价和切实、中肯的意见，对我来说是一种莫大的鼓励。在考博和申请本项目时，曾两次得到黑龙江大学文学院叶君教授的大力推荐，在此谨向叶先生的关爱与支持表达最诚挚的谢意。另外，恩师汪卫东先生在百忙之中拨冗为本书作序，师恩如山，难以为报，只望今后认真地做好每一篇论文，以求不堕恩师之名。

最后要感谢的自然是一直默默给予我支持的父母和妻子。对他们，"谢谢"二字从未曾出口，这一方面固然是因为越是亲密的关系越觉得难以启齿的心理作祟，另一方面也是因为这二字远远不够表达心中的感激之情。筹备考博时小儿尚在襁褓之中，如今已上小学了。这几年间，是我的父母和爱人无私地承担了照顾孩子、洗衣做饭等家务，才让我有时间静下心来看书和写作，这几年的一路艰难前行，实际上也是他们与我一起拼搏的过程。我的家人给了我温暖，给了我力量，他们一直是我最大的精神依靠，也是我继续进取的动力之源。在这里，我要对他们由衷地说一声："谢谢！"

最后的最后，写给自己。记得十年前年届而立时，曾写下这样一句话："40岁就能不惑了吗？那么是不是应该盼着早点到40岁呢？"当时是对前路感到迷茫才有感而发。现在，终于可以告诉十年前的自己了：此时，诚然对前路已然不惑，但生活、工作中的烦恼却有增无减。尽管褪去了许多妄想，可学术、职称、经济方面也未看到什么希望。幸好生活的艰难还没有磨去对三尺讲台的热爱,又从反复的历练中获得了成熟平和的心态,平凡的自己才能坦然地直视着生活的无奈而继续无奈地生活。怀着一颗感恩的心去接受身边的每一份善意,真诚地对待每一个人,至于前路漫漫终点何如,就顺其自然吧。

葛　强
2020 年 8 月 31 日